彗星狩り 上

JN095707

宇宙空間での水の供給源となる彗星に最初に到達したものが、その所有権を手に入れる──アメリカの零細航空宇宙会社スペース・プランニングの社長ジェニファーが持ち込んできた新たな仕事は、はるか彼方を飛ぶ彗星を追いかける宇宙船レースへの参戦だった！　惑星間生物学者の少女スウの協力も取り付けたスペース・プランニングだったが、その資金と人員規模では長距離宇宙船を建造することすら困難で……。航空宇宙整備再生センターのスクラップから必要な部品を探し出すところか始まった宇宙飛行士の羽山美紀たちに果たして勝算はあるのか？

登場人物

■航空宇宙会社スペース・プランニング

羽山美紀《はやまみき》……………………パイロット

ジェニファー・V・ブラウン……社長

マリオ・フェルナンデス…………オペレーター

ナニー・モレタニア………………事務全般担当

ヴィクター…………………………チーフメカニック

ウォーレン…………………………サブメカニック

デューク・ドレッドノート………最古参のパイロット

ガルビオ・ガルベス………………ベテランパイロット

チャーリー・チャン………………パイロット

■その他

ガーニイ・ガーランド……………航空宇宙会社オービタルコマンドの社長。通称大佐

スウ…………………………………カリフォルニア工科大学に研究室を持つ惑星間生物学者の少女。マリオの同級生

劉健《リユウケン》………………………………総合商社カイロン物産勤務。ジェニファーの元夫

彗星狩り 上

星のパイロット２

笹本祐一

創元ＳＦ文庫

GET THE COMET! :

THE ASTRO PILOT #2

by

Yuichi Sasamoto

1998, 2013

目次

彗星狩り 上

星のパイロット2

カウントダウン

ハードレイク上空、空中再回収

消えていたはずの警告灯がまたついた。

「どーする、これ」

チャンは念のために警告灯のついたパネルを軽く弾《はじ》いた。接触不良などではないらしく、消えない。

「まただぜ」

「困ったわね」

何でもなさそうに言って、美紀《みき》はキーボードにコマンドを打ち込んだ。機載コンピュータに組み込まれた自己診断回路が、警告灯のついた周辺ブロックを高速で検査する。

「……ありゃあ」

結果は、一秒もたたないうちにディスプレイに表示された。首脚《ノーズギア》、ダウンモーター及びロック回路で断線。

「耐熱関係じゃなくて助かったわ」

さらに詳しい故障検査を行いながら、機長席の美紀は呟いた。

「大気圏突入の最中に、その手の警報にはお目にかかりたくないけど」

パイロット席のチャンは、傾斜角のきつい、あまり視界のよくない正面風防《キャノピー》に目をやった。濃く防眩《ぼうげん》／対放射線処理されたフロントグラスの外で、大気圏突入時の超高速によるプラズマが荒れ狂っている。

チャンは、ディスプレイに目を戻した。着陸装置の故障に関する、さらに細かい情報がそこには表示されていた。

「……要するに」

映し出された文字と概念図の列をざっとスクロールさせて、チャンは大気圏突入時の荷重に従って腕を下ろした。

「首脚のドアが開かない、開いても首脚が降りないってことか」

「このまんまならね」

念のためにもう一度同じ場所を故障診断させて、美紀はうなずいた。

「首脚のドアさえ開けば着陸脚《ギア》そのものは重力で降りてくれるし、ドアだって人力で開く方法もあるわ」

航空機には、ひとつの回路が壊れても何とかなるように、いくつもの補償回路がある。最後の手段として、着陸脚は人力で降ろすことができるようになっている。

「でなければ、乾湖《ドライレイク》の底に胴体着陸か」

シートベルトの締め具合を確認して、チャンは頭の上で腕を組んだ。

「処女飛行《ファースト・フライト》からそんな真似はやりたくないねえ」

「トラブル続きのファースト・フライトだわね」

美紀は苦笑いした。

「軌道に上がる前にブースター《SRB》がエンストするし、軌道上で反動制御システム《RCS》がいかれるし、宇宙服は空気洩《も》れ起こすし」

「俺のせいじゃない」

チャンは憮然《ぶぜん》とした顔で言った。

「こんなぼろ、いつまでも使ってっからいけないんだ」

「普通ならとっくに手放してるはずの機体なんですってねえ、このダイナソアのA号機って」

美紀は、基本的なレイアウトはこれより新しいC号機と同じではあるが、使い込まれてくたびれた感じの内装を見回した。第一世代民間用小型シャトルの、しかも初期型であるダイナソアA号機は、スペース・プランニング所属の宇宙機ではもっとも古い機体である。

「飼い主が変わって拗《す》ねてるのかしら」

スペース・プランニングで、ダイナソアA号機の専属は、宇宙パイロットとしては最古参のデューク・ドレッドノートだった。機齢も経歴もかなりのものになる機体はそれなりの曲者で、慣れているベテランパイロットのもとでこそたいした問題もなく運用できるものの、そうでないパイロットは苦労させられることになる。

今回のミッションでは、スペース・プランニングの宇宙機の運用順番《ローテーション》の問題、さらに専属パイロットであるデュークが別のミッションに参加中などの理由で、やむを得ずダイナソアA号機が使われることになった。

飛行を中止するほどではないにしろ、細かい問題は次々に噴出した。そのたびに地上の整備班長であるヴィクターや、軌道上研究施設《サテライト・ラボ》で仕事中のデュークに連絡を取って指示を仰ぐような状態が続いている。

「胴体着陸ねえ」

ただでさえ空力安定性の良くない、着陸進入速度の高いリフティングボディ宇宙機での胴体着陸は、危険度が高まる。よほどうまく機体を接地させても、横滑りして横転したりすることは珍しくない。

「あたしは構わないけど、社長がうんて言うかしら」

「まあ、人力で首脚が出ないって決まったわけじゃなし、地上と相談してからでも方針決定は遅くないと思うよ」

チャンはフライトディスプレイ上の飛行経路と飛行時間に目をやった。

「そろそろブラックアウトを抜けるし」

秒速七キロから八キロを維持する低高度衛星軌道から大気圏に突入すると、あまりの高速度のために機体前面の大気が断熱圧縮されてプラズマ化してしまう。この現象は宇宙機が空気抵抗によって充分に減速されるまで続き、電磁波、光通信をはじめとする一切の通信手段は、断たれることになる。

大型機なら背面の通信アンテナから衛星中継で回線を維持することができるが、小型のダイナソアは全体がプラズマに包まれてしまうため、通信は途切れてしまう。

チャンは、久しぶりの重力を確かめるように、アームレストから自分の腕を上げてみた。

「いざとなれば、お願いするわ」

大気圏突入中の飛行シークエンスが順調に推移しているのを確認して、美紀はシートに背をもたせかけた。

「人力で脚を出すのは、力仕事だし」

ダイナソアは、高度五万五〇〇〇メートル、マッハ十一まで減速したところでブラックアウトから回復した。機体のまわりを流れる大気はまだ充分に熱いが、超短波を使う無線通信には何の支障もない。

太平洋上空を無動力のまま超音速で駆け降りながら、美紀は地上司令室のあるハードレイクのミッションコントロールに通信回線を開いた。同時に、デジタルデータ通信がA号機の現在の状況を送り込む。

「胴体着陸!?　じょーだんじゃないわよ！」

ダイナソアA号機の胴体着陸の判断を求められたスペース・プランニング社長、ジェニファー・ブラウンは、ミッションコントロールに響き渡るような悲鳴を上げた。

「あなた、いったい何持って降りてきたか忘れたの！　アルファなんとかの無重力結晶よ！」

「アルファ・クリスタット」

ミッションディレクター席のマリオがさりげなく訂正する。

「そう、そのアルファのクリスタル！」

「そうじゃないんだけど」

「衛星軌道上の微小重力下でしか成長させられなくって、おまけに大気圏突入時にぶち壊れたら価値なんかほとんどなくなっちゃうっていう、ガラス細工みたいな荷物なのよ！」

「いや、まあ、別に破片からでもある程度の分析はできますけど」

「とにかく、胴体着陸の許可なんか出せません！」

ジェニファーは、カンパニーラジオにきっぱりと宣言した。

「何のためにわざわざパイロット乗せたシャトルで降りてきたと思ってるの？　無重力結晶を壊さないような静かな着陸してもらうためよ！　それを放り投げた石でもできるような胴体着陸なんて、誰が許可すると思ってるのよ！」

「……と言われましても、ねえ」

空の上で超音速で滑空するダイナソアの操縦席で、美紀は溜《た》め息をついた。

「着陸脚は音速の半分を切らないと出せないし、そうすると高度も速度も着陸寸前ですから、脚が出なかった場合の再上昇とか着陸やり直しなんてできないんですけど」

　宇宙機であるダイナソアは、各部の構造重量が極限まで軽減されている。着陸脚もその例外ではなく、その格納扉も、着陸脚本体も、時速五〇〇キロ以上で開いたり降ろしたりすることはできない。それ以上の速度だと、空気抵抗によって華奢《きゃしゃ》に作られた着陸脚の構造がダメージを受けたり、最悪の場合吹き飛ばされてしまうこともある。

「ええと……」

　ミッションコントロールでカンパニーラジオの受話器を握り締めているジェニファーの横で、マリオは古いダイナソアの飛行説明書《フライトマニュアル》の緊急要項のページをタブレットで開いた。

「着陸脚を降ろすにしても、安全な速度と高度まで降りてきてからだと、着陸まで三〜四分しかありません。通常のモーター駆動ならともかく、人力で着陸脚を降ろすとなると、もし脚が出なかった場合にはそのまま問答無用で胴体着陸を強行することになりますが」

「そのオプションはなしだって言ってるでしょ！」

　ジェニファーはマリオに咬《か》みついた。

「何のために、重くてかさばるスタビライザークッション付きのコンテナ積んだ宇宙機を出したのよ！　ただでさえ壊れやすい結晶をそのまま持って帰ってくるためよ‼」

「とまあ、うちの総司令はこういうふうに言ってるけど、どうするA号機？」

　マリオはカンパニーラジオに呼びかけた。

「どうするって、こっちで決めていいの？」

美紀は、ラジオに聞き返した。

「だったら、型通りのことしかできないわよ。通常の着陸進入、人力で着陸脚降ろしてみて、もし駄目ならそのまま胴体着陸。他に選択できるオプションがあると思う？」

「もし脚が出なかったら、どうするのよ！」

「まあ、たぶん、結晶は壊れるでしょうね」

マリオは冷静に判断した。

「大気圏突入時に保《も》つかどうかだって、賭けみたいなもんだったんです。スポンサーには、破片を渡してあきらめてもらうしかないでしょう」

「なんとかならないの？」

ジェニファーは、ミッションコントロールのスタッフと降下経路上のダイナソアの両方に言った。

「ほら、たとえば昔のテレビみたいに、滑走路でトラック走らせて荷台で受け止めるとか」

「何の話です？」

きょとんとしているマリオの横で、ガルベスが難しい顔で腕を組んだ。

「ああ、そりゃあ無理だ。ハードレイクの主《メイン》滑走路使ったって、ダイナソアの接地点《タッチダウン・ポイント》までに時速二五〇キロまで出せるトラックなんかここにはない。あれの着陸速度は、三〇〇キロ近いからな」

「それじゃ、飛んでるうちに回収できないの？」

マリオとガルベスは、ジェニファーに何を言い出したんだという顔を向けた。

「だってあのダイナソア、あなたのハスラーが抱えてって空の上から飛ばしたのよ。もう一度空中で捕まえて、そのまま降りてくることだってできないはずはないでしょう」

ガルベスは、マリオと顔を見合わせた。

「つまり、空中で再ドッキングしろと?」

「そういうこと言ってるんだと思うけど」

溜め息をついて、マリオは車椅子をコンソールに向け直した。

「聞こえてたか、A号機?」

「……何と答えろと?」

美紀と顔を見合わせていたチャンが応えた。

「空中再ドッキング?　ええと、とりあえず機長に替わるわ」

「あたしが機長ってことは、あなたがパイロットでしょ!」

「いや、だって空中再回収なんて、シミュレーションでも見たことないし」

「あたしだって見たことないわよ!」

「何とかならない?　あなたたちならできるでしょ」

「あなたたちって……」「誰と誰のことだ?」

地上と空中で、美紀とガルベスが同時に言った。

「成功したらボーナス出すわ!　今回の飛行手当二倍にして、結晶を無事持って帰ってくれたらみんなに一週間の有給休暇も出しちゃう‼」

「飛行手当二倍って……」

マリオは、呆《あき》れ顔でコンソールに肘《ひじ》をついた。

「社長、いったいメタ・クリスタに成功報酬いくら吹っかけたんです？」

今回のミッションのメインスポンサーは、結晶系の新素材開発のベンチャー企業である。

「内緒。——成功報酬より、メタ・クリスタの開発局長と賭けしてるのよ」

肩をすくめて、ジェニファーはあっさり白状した。

「もし、アルファァルファァの無重力結晶を地上に持ち帰れたら、局長がストックしてるシェルビー・チューンの427エンジンくれるって」

「427エンジン⁉」

ただひとりその言葉に反応したのは、成層圏の上からの応答だけだった。チャンが声を上げる。

「社長、そんないいもん独り占めする気っすかあ⁉」

「半球型《ヘミ》・ヘッドのオールアルミエンジンよお」

ジェニファーは嬉しそうに、他の社員には理解できない専門用語で答えた。

「ディアボーン産のレース用エンジン、それも慣らし運転しただけっていう、新品も同然。もちろん、成功報酬だって半端な金額じゃないけどね」

「メタ・クリスタの連中、よほど今回の結晶に入れ込んでやがるんだなあ」

ガルベスは、太平洋上から高速で西海岸に接近してくるダイナソアの飛行経路をメインスクリーン上に見上げた。コンソールの構内電話をとって、スペース・プランニングの格納庫の番号をダイヤルする。

「ああ、ヴィクターか。ミッションコントロールのガルベスだ。ハスラーを緊急発進《スクランブル》させるとして、どれくらいで浮かべられる？　……よし、わかった。すぐに行く、エンジン掛けといてくれ」

ガルベスは、受話器をコンソールに戻した。

「ハスラーは五分で飛べる。スタンバイさせとくから、やろうってんならこっちで管制塔に話を通しといてくれ」

「やってくれるの、ガルベス⁉」

ジェニファーの顔が途端に明るくなった。

「上の連中が納得してからの話だ。とにかく、ハスラーを出す用意だけはしておく」

ガルベスは年齢を感じさせない軽い身のこなしで、ミッションコントロールセンターから出ていった。

「ミッションコントロールより、ダイナソアA号機？」

あらためて受話器を耳に当てたジェニファーは、降下してくる宇宙機に呼びかけた。

「そういうわけで、回収側の準備は整ったわ。あとは、そっちがやる気になってくればいいんだけど」

応答が戻ってくるまでに、少し間が開いた。

「今回だけは、機体を全損させても責任を問わないって言ってくださるのなら、挑戦してみてもいいですけど」

「あなたなら、できるわよ！」

ここぞとばかりにジェニファーは畳みかけた。

「うち一番の腕っこきが揃ってやってくれるミッションだもの、失敗なんか考える必要もないわ」

「お世辞はいいですから、今回の特別ミッションに関する限り、責任を問わないってことを確認させてください」

成層圏の美紀は冷静に言った。

「努力はしますけど、こんなこと、成功させられるかどうかわかりません。機械に、それだけのことができる余裕《キャパシティ》があるのかどうかもわからないし」

ダイナソアとコントロールを結ぶカンパニーラジオは、しばらくの間、沈黙だけを中継した。大袈裟《おおげさ》な溜め息のあと、ジェニファーは口を開いた。

「わかったわ。ハスラーとの空中再ドッキングから着陸までの間、機体及び積み荷の損害は一切乗員《クルー》には問わない。これでいいんでしょ！」

「マリオ。今のしっかり記録しといてくれた？」

「音声記録と、ぼくのコンピュータのほうにも二重に記録しといた。交信記録はそっちのレコーダーにも入ってるはずだ」

「そのかわり」

ジェニファーはさらに付け加えた。

「もし無事にダイナソアを持って降りてきても、アルファルファの結晶に傷でもできてたら、ボーナスも有休も一切なしだからね！」

「社長の命令で危険な飛行に挑戦させられるんです」

美紀の声はあいかわらず落ち着き払っている。

「その分の危険報酬は、どうなります？」

答えが返ってくるまでに、短い沈黙があった。

「特別飛行手当、二日分、余分に出してあげるわよ」

ジェニファーの声は低かった。

「あなたと、それから危険な飛行に付き合わされるチャンとガルベスにもね。これなら文句ないでしょう」

ダイナソアの操縦室で、隣の席のチャンと顔を見合わせた美紀はウィンクしてみせた。

「スタッフにはけちらない主義の社長のことだから、そう言ってくださると思ってましたわ」

「はいはい。後でミス・モレタニアになんて言い訳しようかしらね」

『特別飛行手当二日分とは豪勢だな』

カンパニーラジオにガルベスの声が入った。

『こちらハスラー、離陸準備完了した。管制塔《コントロール》の離陸許可《クリアランス》は取ったが、飛行計画《フライト・プラン》の提出はそっちでやってくれ』

「了解。えー」

ちらっと社長の顔を見て、マリオはマイクに向き直った。

「わかってるとは思うけど、優先順位は生命、機体、積み荷の順だ。現場の判断にまかせるけど、少しでも危ないと思ったら、すぐに作戦《ミッション》を中止《アボート》して逃げ出してくれ」

『わかってるさ、ミッションディレクター。ハスラー、ただいまより離陸する』

「上で接触するまでに再ドッキングの検討をしておきます」

『なるべく楽な方法を考えてくれよ』

「……いいですけど」

マリオは、離陸許可が出ると同時に滑走路を走り出し、飛び立っていったハスラーの後ろ姿をモニターに見ている。

「最悪の場合、うちは一機しかない空中発射母機と中古の連絡艇《てい》、それに腕利きのベテランパイロットと前途有望な若手二人を同時に失うことになりますよ」

「……安い賭け率《オッズ》じゃないわね」

ジェニファーは、衛星軌道図に変えて北米大陸西海岸側の地図が投影されているメインスクリーンを見上げた。

「しかも、こりゃ結構厄介なアクロバットだ」

それまで休みなく動いていたキーボードから手を離して、マリオはカンパニーラジオに呼びかけた。

「ダイナソアA号機、及びハスラー・パパ、聞こえてる?」

『こちらダイナソア、きれいに聞こえてるわ』

『こちらハスラー、その言い方はやめろ』

「今こっちで、空中再回収する場合の飛行パターンをおおざっぱだけどシミュレートしてみた。見当はついてると思うけど、結構厄介な飛行をしなくちゃならないよ」

『続けて』

投げやりな調子で、美紀が答えた。

『聞くだけならタダだわ』

「失敗した時の再試行《リカバー》を考えると、理想を言えばできるだけ高いところでランデブーして欲しいとこなんだけど、超音速でそんな馬鹿やるわけにはいかない」

超音速による衝撃波は、接近した他の機体を簡単に叩き落とすくらいの威力がある。

「だから、接近するだけならともかく接触は亜音速、それも高速の乱流を考えると、できるだけ速度は落としたい。しかし、ある程度の大気圧がないと、反動制御システム《RCS》があるダイナソアはともかくハスラーは細かい操作ができない。以上の条件を考慮した結果、高度八〇〇〇、マッハ〇・八くらいが適当なランデブー速度になると思うんだけども」

『高度八〇〇〇で、亜音速にまで減速しろってわけね』

飛行条件にもよるが、飛行特性の悪い宇宙往還機は速度と高度をうまくコントロールして着陸飛行を行う。再び飛び上がるための推進剤がないから、速度エネルギー、高度による位置エネルギーだけが飛ぶための動力源になる。

『やれってんならやってもいいけど、もし失敗したら、どうやっても自動操縦での着陸なんてできなくなるわね』

ダイナソアの自動着陸プログラムは、標準的な飛行パターンを基本に組まれている。その中から逸脱《いつだつ》しないかぎりは、いつでも自動と手動の切り換えができるが、プログラムされていない飛行領域では、乗っている人間が手で、あるいは離れた場所から遠隔操縦するしかない。

「予定ランデブーポイントはハードレイクの上空だから、そうややこしい飛行はしてもらう必要はないけど、まあ、もし失敗したら……」

マリオは、おおざっぱに計算したハスラーとダイナソアの飛行経路をハードレイク周辺の地図と重ね合わせた。

「墜落場所には気をつけてね。できれば、うちの液体燃料の貯蔵区画とか、格納庫のまわりには墜ちないように」

『……努力はしてみるわ』

「あんまり遠くに墜とされると、回収しに行くのと後始末が大変だから、できれば空港区画内の乾湖《ドライレイク》内がいいなあ」

『勝手なことばっかり言ってくれるわねえ』

むすっとした声でダイナソアの美紀が答えた。

『心配しなくたって、きちんと滑走路に降ろしてあげるわよ。積み荷と機体の保証はできないけどね』

「それじゃ、そのパターンで飛んできてくれ。できるかぎり高度を保ったままハードレイク上空に来て、そこで旋回して速度調整、ハスラーとランデブー後ドッキングに挑戦する。速度も高度も飛んでるうちにどんどん失われていくから、もし離れたりしたら、再接近のチャンスはないと思ってくれ」

「二回も三回もこんなバカやる気ないわよ」

美紀はコンソールから顔を上げた。高速で大気圏突入するために傾斜のきついフロントグラスはあまり視界がよくない。しかし、ダイナソアには大気圏内で他の機体を捉えるためのレーダーなど搭載されていないから、接近してくるハスラーは自分の目で確認するしかない。

『ハスラーよりダイナソア』

航空無線にガルベスの声が入った。

『まもなくそちらの高度に達する。こちらはそちらを肉眼で確認したが、そちらは見えているか？』

「さすが、下からあがってくるほうが有利よね」

空をバックにして飛んでいるものを見つけるほうが、上から下を見下ろして飛んでいるものを探すより簡単である。

「方向はわかってるんだ。ええと、あれかな？」

パイロット席で電子双眼鏡を目にあてていたチャンが言った。

「どこ？」

「ええと、一一時の方向、下方大体一〇度。こっちに腹向けるかたちで急上昇してきてる」

『一度そっちの上に出てから、減速してかぶせる。準備はいいか？』

「大丈夫です」

なるべく高度を失わないようにダイナソアに水平飛行をさせながら、美紀は答えた。

「ハスラーを肉眼で確認しました。現状のまま水平飛行を維持――する努力だけは続けます」

衛星軌道から降りてきたダイナソアには、姿勢を制御する程度の反動制御システムの推進剤くらいしか燃料は残っていない。胴体と、追加されているささやかな翼の揚力だけで空を飛ぶダイナソアは、普通の飛行機とくらべて揚力が低いから、高度を保ったまま水平飛行を続けると、それだけ早く速度を失うことになる。

すでに、ダイナソアの速度は、通常の飛行パターンでは想定されていない速度域にまで落ちている。衛星軌道から降下してきたこの高度なら、超音速飛行が普通である。

「まあ、成層圏なら乱気流の心配も少ないだろうけど」

「さすがに、がすがす速度が落ちてくなあ」

パイロット席のヘッドアップディスプレイで速度を読み取っていたチャンがつぶやいた。

「そろそろ音速切れるよ」

「わかってる」

揚力を胴体で発生するため揚抗比の悪いリフティングボディ機がもっとも安定するのは、音速をはるかに超えた高速の領域である。速度が落ちれば落ちるほど機体は安定を失っていき、最終的にはコントロールできなくなって墜落する。

「ハッチの窓から、追いかけてくるハスラー、見えると思う?」

操縦桿を握り、ヘッドアップディスプレイで機体の姿勢を保持しながら美紀が言った。

「試してみるかい」

シートベルトをはずして、チャンがパイロット席から立ち上がった。

「そっと運転してくれよ」

「わかってるわ」

貨物室に入りきらない貨物や工具類があちこちに固定されているから、ダイナソアの操縦室はかなり動きにくくなっている。抜き足差し足で天井のグリップやハンドルで身体を支えながら操縦室後部に行ったチャンは、乗降用ハッチの小さな窓から空を見上げた。

『ハスラーよりダイナソアA号機、そちらの後方一キロにつけた』

二人のつけているヘッドセットに、ガルベスの声が入ってきた。

『そのまままっすぐ飛んでろ、こっちから追いついてやる』

「ダイナソア、了解」

美紀は無線に答えた。

「どう？　見える？」

「なんとか、見えないこともない」

持っていった双眼鏡片手に、チャンは答えた。

「迎え角を大きめにとらないと水平飛行してくれないリフティングボディ機でなきゃ、上向きについてる窓で後ろ確認するなんて真似できないぜ」

ヘッドアップディスプレイ上に表示される速度計の数字が、音速を切った。それまで静かだった機内に、風切り音をはじめとする機外の様々な音が戻ってくる。

『ミッションコントロールよりハスラー及びダイナソア、通信状態は良好かい？』

地上のマリオから通信が入った。

『こちらハスラー、通信状態は良好だ』「ダイナソア、ばっちり聞こえてるわ」

『シミュレーションのチェックが終了した。見当はついてると思うけど、ハスラーとダイナソアをランデブー飛行させようとするととんでもないことになる』

声と一緒に、ハスラー、ダイナソア双方のフライトコントロールデータリンクシステムに大量のデータが転送されてきた。ディスプレイ上に図表化された計算結果を見て、ガルベスがうんざりしたような声を出す。

『速度一定にすると高度がえらい勢いで下がるし、高度を保とうと思うと急減速かい』

『そういうこと。老兵とはいえ端《はな》っから飛行機のハスラーと、大気圏じゃ降りてくることしか考えてないシャトルとじゃ、飛行特性が違いすぎるんだ』

「姿勢制御用の推進剤が、まだかなり残ってるわよ」

美紀は、ダイナソアになるべく速度と高度の低下を抑える飛行姿勢を取らせている。

「進行方向に反動制御《リアクシヨン・コントロール》全開で噴かせば、かなり速度稼げると思うけど」

『軌道上で使うことを前提にしてる反動制御《RCS》システムじゃあ、大気中じゃ役に立たないよ。速度維持はおろか、せいぜい減速をゆるめるくらいが精一杯だ』

「それじゃ、高度維持に下向きに噴いてみる?」

「まあ、いざとなればだけど、飛行中に推進剤《ハイパーゴリック》ふかすと飛び方がどう変わるかなんてことに慣れるほど飛んでないだろ。そういうわけで、ダイナソアの方は降下率を一定に保って直線飛行に専念してくれ。ハスラーはこれに覆いかぶさってランデブーしてもらうんですが、こちらも緩降下《かんこうか》しながら、なおかつゆっくりスピード落とすっていう厄介な飛行になります」

重力があるから、スロットルを一定にしてエンジン推力を保ったままの降下は徐々に加速されることになる。スロットルを絞ってエンジン推力を低下させても、空気抵抗の低い高空ではあまり減速できない。

『まあ、何とかなるだろう』

ガルベスが答えた。

『ドッキングラチェット及びフックのテスト終了している。現在距離三〇〇、ややこしいことはこっちで済ましてやるから、ダイナソアはそのまままっすぐ飛ぶことだけに専念しろ』

「了解。チャン、見えてる？」

「いちおー、見えてる。六時の方向、斜め上から結構いい勢いで接近してくるけど」

乗降ハッチの下に張りついているチャンは、斜め方向の視界を苦労して確保しながら言った。

「正確な距離わかる？」

「さて、こんな分厚いガラス透かして、こいつの測距計が効くかどうか」

チャンは、レーザー測距計、暗視装置、その他いろいろと組み込まれている電子双眼鏡を目の前に持ってきた。接近してくるハスラーを視界に捉え、サイトポイントにターゲットを合わせて測距ボタンを押す。

近距離すぎて計測不能を示す横一列がデジタルに表示された。

「駄目だ、計測不能！」

「大気圏内で軌道用の計測システム展開するわけにもいかないし、いいわ、目測で距離読んで」

「一五〇！　さらに接近中！」

正面、雲のほとんどない青い空を見つめる美紀の視界上に、ヘッドアップディスプレイによって現在の高度、速度、機体姿勢などが重ねて表示されている。高度を維持しようと思うと、推進力のないダイナソアの飛行速度はじわじわと落ちていく。

超高速ダッシュ用に設計された旧式機であるハスラーは、デリケートな動きは得意ではない。にもかかわらず、ガルベスは正確極まりない操縦で石のように飛ぶダイナソアに機体を接近させていった。

「距離一〇〇、接近速度変わらず。思いっきりかぶせてくる！」

「振られるかなあ、振られるだろうなあ」

むかし勉強したはずのデルタ翼機の産み出す乱流を思い出そうとして、美紀は呟いた。

「まあ、これだけこっちの空力が悪ければいいかなあ、リアクションコントロール使えるし」

「距離五〇！　おーお、すっげえ迫力だ」

操縦席の美紀にまで、はっきりと接近してくるハスラーのF－100ジェットエンジンの音が聞こえてきた。

『わかってるだろうが、こっちには軸線を合わせるレーザー同調《シンクロ》なんぞない』

ガルベスの声がインカムに入ってきた。

『しっかり見てろよ、これからつけるぞ！』

「どうぞ！」

反射的にバックミラーに目を走らせて、美紀は正面に目を戻した。後方視界は無に等しいダイナソアの操縦席には、後方確認用のバックミラーは備え付けられていない。

電気信号で操縦の意志を機体に伝えるダイナソアには、機体が振られることを逆に操縦システムを介してパイロットに伝える機能はない。美紀は操縦桿を握る手からできるだけ力を抜いて、余分な入力をしないようにする。

斜め上方から接近してくるハスラーの操縦席からは、もうダイナソアの機体は見えていないはずである。にもかかわらず、ガルベスは思い切りよく大型デルタ翼機をリフティングボディの宇宙機にかぶせてくる。

「目測で、軸線一致」

ニアミスの挙げ句、空中接触、双方空中分解などという不吉な展開を予想しながら、無線でチャンが告げた。

「接触する、五、四、三、二、一！」

かつんと、ダイナソアに鈍いショックが伝わった。続けてもう一度、コンピュータ制御による直線飛行を続けるダイナソアに、ハスラーが急接近する。

「もうちょい左、じゃなくて右に機体を振ってください」

後ろを向いているチャンと進行方向を向いているガルベスとでは左右が逆になる。ほんのわずかだけ方向舵《ラダー》ペダルを踏み込んだガルベスは、再びハスラーをわずかに降下させた。

ハスラーの下面で圧縮された空気と、ダイナソアの上面で加速された空気が無数の乱流を巻き起こして双方の進路を細かく乱す。

それぞれ自機も相手機も見ていない美紀とガルベスは、狂いなくまっすぐに機体を飛ばしているつもりなのだが、上部ハッチから見ているチャンには細かいぶれが見て取れる。

「こっちの補助翼かなあ」

強い推力で力任せに前進し、空力安定性も大きいハスラーを見て、チャンはつぶやいた。

ダイナソアから見ればハスラーの飛行の方が不安定に見える。しかし、無動力の上にリフティングボディのダイナソアの方が不安定なはずである。

「駄目だ、ずれてる」

お互いの機体軸線が正確に一致しないと、ダイナソアのハードポイントをハスラーのフックで固定することはできない。地上ではレーザー光線と高精度ジャッキを使って行う作業を空中で飛行中にやろうというのだから、簡単にはいかない。

『微修正、いけるか？』

それ以上接近せずに、ガルベスが無線で聞いてきた。

「軸線はまだインチ単位のずれですんでるんですが、前後がおそらくフィート単位で合ってません。この調子でやってると、両方の機体に傷が増えるだけじゃないかと……」

『あきらめて降りるか？』

「いいんですかガルベス、この回線、地上にも筒抜けでしょ」

『しかたあるまい。無駄な手順は省く主義だ』

「どうせ素直に着陸許可なんかでないと思うし。ちょっと待ってくださいよ……」

チャンは、上部ハッチの下にあるコントロールスティックを見た。

「美紀、こっちのコントロールとそっちの操縦系統を同時に生かすのって、できたっけ？」

シートから一瞬だけ振り向いた美紀は、何を言ってるんだという顔をした。

「手引書《マニュアル》見てる暇なんかないわよ」

「だから、空力操縦は任せるとして、こっちのコントロールで反動制御システム《RCS》操作ってできると思う？」

ダイナソアは、宇宙空間での機体コントロールを二カ所で行えるようになっている。機首を前に向けて飛ぶだけの大気圏内と違って、宇宙空間では機体姿勢に制限はなく、背面の貨物《カーゴ》ドアを開いたまま後ろ向きにデリケートな接近を行わなくてはならないこともあるからである。

そのため、操縦系統は通常の操縦席で一つ、背面、または後ろ向きでもコントロールできるようにキャビンの後方にもう一つの操縦システムが設けられている。上部ハッチからハスラーを見ているチャンは、ちょうどそのシステムを前にしていた。

「試した方が早いわ」

美紀は、念のために入れておいたＲＣＳのモードを切った。

「そっちでスイッチ入れてみて。動くかどうか」

「了解」

慣れた手つきで、チャンはコントロールパネルに指を走らせた。地上で訓練を重ねた上に軌道上で調子のよくない反動制御相手に散々苦労したから、扱いには慣れている。

「いけそうかな」

ディスプレイに映し出された推進剤の残量とモード指定のパネルを見て、チャンは操縦パターンを設定した。

宇宙空間では対象物に接近するにつれて微妙な操縦が必要になるので、推進剤を噴射してその反動で機体をコントロールするＲＣＳの出力は、ニュートン単位（一ニュートンは推力約二キログラム）で設定できる。大気圏内の高速飛行中だから、最大出力に設定して、チャンはシステムをオンにした。

「ダイナソアよりハスラー、ちょいと離れてください。ＲＣＳで機体をコントロールできるかどうかやってみます」

『あいよ』

ダイナソアの上部から、ハスラーがすうっと上昇して離れた。

「美紀、少し動かしてみる」

「どうぞ。そっちの動きは修正しないからね」

もう一度操縦室の後方を振り向き、後ろ向きにコントロールスティックを握ったチャンに目を走らせて、美紀は正面に向き直った。

「大気圏内で連弾みたいな操縦するなんて思ってもみなかったわ」

「あらよ」

一瞬だけ、チャンは操縦桿を左に倒した。その一瞬だけ機体側面のスラスター内に四酸化窒素とモノメチル・ヒドラジンが噴射され、自己着火して噴射炎を吹き出す。倒しっぱなしにすると連続噴射になるが、大気圏外では一瞬ずつふかして、少しずつ機体を動かす。

パイロットにはバンバン・モードと呼ばれるこの動かし方で、チャンは今度は反対側にスティックを倒した。今度は進行方向に対して左側面のスラスターが推進剤の炎を一瞬だけきらめかせる。

「よし、何とかいけそうだ」

「高度四〇〇〇、時速六〇〇！」

美紀はヘッドアップディスプレイ上に表示される自分の高度と速度を読み上げた。

「これで失敗したら、このまま最終進入に入ります。よろしいですね」

地上で交信をモニターしていたマリオが答えた。

『ハスラーでもダイナソアでも、管制塔の着陸許可は取ってる。念のために消防車の予約もしておくかい？』

『よしてよ、縁起でもない』

社長が横でぶつぶつ文句を言っているらしい。

「ダイナソアよりハスラー、こちらの準備完了しました」

チャンがスティックに手をかけ、ハッチの窓から見上げて言った。

「さっきの調子でかぶせてきてください。機体位置の微調整はこちらで行います」

『もう時間の余裕がない』

ガルベスは再びダイナソアに接近しはじめている。

『うまくやってくれよ』

「そりゃまあ、ボーナスと有休がかかってますから」

両手を握って気合を入れて、チャンはスティックを握り直した。四発のエンジンポッドを翼下に吊り下げたデルタ翼機が、覆いかぶさるようにダイナソアに接近してくる。

「ここら辺までなら大丈夫って気がするんだけどなあ」

ハスラーの腹面のディテールをハッチの窓から見上げながら、チャンはつぶやいた。胴体の軸線下に両側に開いた小ぶりなフックが縦に並んでふたつある。これとダイナソアの上面のアタッチポイントがぴったり嚙み込まないかぎり、空中再回収は成功しない。

「まあ空中接触なんて裏技、軍の曲技飛行《アクロバット》チームでもやらんからなあ」

『行くぞ！』

ガルベスが思い切りよくハスラーをかぶせてくる。ＲＣＳの推進炎でダイナソアを軽く左に振って、チャンは軸線を合わせた。

「よし、行ける！」

接触寸前、機体下面の層流にダイナソアが振られる。あわててチャンが微修正をかけようとしたところにハスラーが再び接触した。かつん、という鈍いショックが軽く機体を震わせる。

「ドッキング失敗、もう一度行ってくれ！」

チャンは無線で美紀とガルベスの両方に告げた。

「接触寸前の乱流で振られた、次はうまくやる」

『行くぞ！』

短く告げて、再びガルベスはハスラーを水平飛行のまま降下させた。チャンは汗ですべりやすくなった手を飛行服で拭いてスティックを握り直した。

無動力のため、風切り音以外はほとんど無音のダイナソアに、ターボファンエンジンの金切り声を叩きつけてハスラーが接近してくる。相対距離が五〇メートルを切れば視認できないはずなのに、左右のずれはほとんどない。

「よおし、どんぴしゃ。そのまま来い！」

ハスラー下面のフックが両側に開いて、ダイナソア上面のアタッチポイントをくわえ込もうとする。チャンはダイナソアの進行方向に軽く逆噴射をかまして機体位置を後退させた。左右に微調整したところに、再び機体に鈍いショックが伝わる。続いて、ハスラーのフックがダイナソアのアタッチポイントをくわえ込む音が響いた。

「ドッキング成功‼」

『まだだ！』

ガルベスが答えた。

『こっちの表示じゃ、前側のフックしか繋がっていない。後ろのアタッチポイントはまだふらふらしてるぞ！』

ダイナソアは、前後二カ所のアタッチポイントで母機に固定される。

『どうする、やり直すか？』

前側だけのドッキングでは、ダイナソアは安定した状態では固定されない。一カ所だけの固定ではふらふらと揺れ出す可能性すらある。

「美紀、現在の高度は!?」

「約三〇〇〇！」

パイロットの即答を聞いて、チャンは舌打ちした。高度が下がってきているから、今からではドッキングをやり直している余裕はない。

「ダイナソアよりハスラー、一瞬だけフックを開いて、すぐにまた閉じてください」

チャンは、そんなことできたっけなーと考えながら無線に告げた。

「タイミング合わせてこっちの尾部《けつ》振り上げます。できますか？」

『下手すると、せっかくくわえ込んだ前側のフックまで外しちまうぞ』

「どっちみち、前側のフックの固定だけじゃ安全な着陸はできません。もし前側まで外れちまったら、その時点でこっちはハードレイクに着陸進入します」

『このまま再上昇して時間を稼ぐって手もあるぜ』

「こっちの推進剤がそんなに残ってないんですよ」

予想はしていたが、大気圏内で反動制御システム《RCS》は推進剤の消費が大きい。ハスラーに抱えられたまま再び高度をとって同じことを繰り返しても、遠からず機内に残った推進剤は底を尽く。

「ゼロタイミングでフックを一瞬だけ開いてください。行きます。五、四、三、二、一、ゼロ！」

チャンは、RCSの縦《ピッチ》コントロールで尾部エンジンブロックの下部にあるスラスターを噴射、ダイナソアの後部を跳ね上げた。今度は機体にだいぶ大きなショックが伝わり、フックの閉じる音が聞こえた。

「行けたかな?」

ドッキングが成功したか確認できないパイロットの立場上、うかつに操縦桿を動かすこともできずに、美紀はつぶやいた。

『少なくとも、こっちのパネル上じゃ、前後のフックともばっちりそっちを抱え込んでる』

ガルベスの声が聞こえた。

『機械を信用するかぎり、このまま降りられそうだぜ』

「ダイナソア、動翼中立位置で固定」

美紀は空中で再回収された場合にとるべき手段を考えて実行した。

「操縦は、そちらに任せます」

『了解。ハスラーよりハードドレイク、ただいまよりそちらに向け最終進入に入る』

『ハードドレイクコントロールよりハスラー、〇七滑走路は向こう一時間スペース・プランニングの貸し切りだ。胴体着陸でも不時着炎上でも好きにやってくれ』

『通常着陸で何とかなる。消防車と救急車のサービスはキャンセルしてくれ』

『ミッションコントロールよりダイナソア及びハスラー』

回線に、マリオの声が聞こえた。

『空中再回収の成功おめでとう。有人の機体同士で空中再回収が行われたのは、おそらく一九六〇年代の空軍の寄生戦闘機《パラサイト・ファイター》以来だ』

「それは名誉だわね」

昔からそんなことをしていたのかと思いながら、美紀は答えた。

「それで、社長は？」

パイロット席に戻ってきたチャンが聞いた。

『ドッキングに成功したって聞いたとたんに、メタ・クリスタ社に連絡入れにすっ飛んでったよ。あの調子じゃ、他にも何か賭けてたんじゃないかな」

「なんだ」

気の抜けた顔で答えたチャンは、着陸に備えてシートベルトを締め始めた。

『ところで、ちょっとした問題がふたつばかりあるんだけど』

「……何よ」

マリオのいかにも何でもなさそうな物言いに不穏なものを感じながら、美紀は聞いた。

「いまさらなんだっていうの？」

『こっちで確認したかぎりじゃ、ダイナソアの操縦系統をふたつ同時に動かすことはできない。ソフトの問題か安全対策か知らないけど、操縦席では滑空しながらリヤコントロールでRCS動かすなんてことはできないはずだ』

美紀は思わず、パイロット席のチャンと顔を見合わせた。

「……どういうことだ？」

「だって、きっちりできたわよ？」

『たぶん、システムエラーか、配線ミスしておかしくなってんだと思う。よかったね。おかしくなってる機体じゃなかったら、今回のミッションは成功しなかったかもしれないよ』

チャンは、複雑な顔で溜め息をついた。

「俺、そんな機体で飛んでたのかよ」

「もうひとつの問題っていうのは？」

『ドッキングしたときのショックが思ったより大きい』

マリオはあっさり答えた。

『もちろん、胴体着陸した時ほどじゃないけど、センサーによるとちょっとラフな着陸したくらいの瞬間Gは楽にかかってる。せっかくの貨物が無事だといいけど』

美紀は、今度こそチャンと顔を見合わせた。

「だ、大丈夫なんじゃない、大気圏突入しても無事だったんだし」

「そうそう、特別製のショック吸収コンテナの中でしょ」

『約束したのは空中再回収までだ』

着陸操縦の片手間のガルベスが交信に入ってきた。

『貨物の状態については責任取る必要はない。どっちにせよ、ボーナスと休みはもらえるはずだ』

『だと、いいね』

「他人事《ひとごと》みたいに言わないでよ」

『そうそう、着陸前にハスラーは残存燃料をすべて放出してください。できればダイナソアの推進剤も全部放り出したいところなんだけど、そっちはそうすると爆発炎上の可能性がありますから』

引火温度の高い航空燃料と違って、ダイナソアに搭載されているハイパーゴリック推進剤は混合しただけで爆発反応する。おいそれと空中に放出するわけにはいかない。

『了解した。——やはり、着陸重量の問題か？』

『計算上は大丈夫なんですけどね、軽い方が着陸も楽でしょう』

一般に、飛行機の最大着陸重量は、最大離陸可能重量よりかなり小さい。離陸するときは翼で重量を支えられるのに、着陸するときは脚に直接機重がかかり、また着陸時のショックは瞬間的に自重を上回るからである。

最終進入路の上空で、翼端の放出ベントから航空燃料を放出したハスラーは、ゆっくりとハードレイクの〇七滑走路に降りていった。スペース節約と、胴体下に長大なタンクやブースターを抱えるために二段折り畳み式にされた首脚と、超高圧タイヤの主脚を降ろして高度を下げていく。

重い宇宙機を抱えたままでは機体の応答性も操作性も悪くなるのに、ガルベスはそんなハンディをまったく感じさせない操縦で、いつものように滑らかにハスラーを着陸させた。

第一段《ファースト・ステージ》

1　ロサンゼルス、債権回収処理

アメリカ合衆国カリフォルニア州は、世界でもっとも厳しい排気ガス規制条例を布《し》いていることで有名である。

二一世紀に入ってから、あらかじめ予告されていた通り、自動車会社は全販売台数の一〇パーセントは排気ガスを出さないようにすべし、という規制が世界に先駆けて発効された。

この規制は電気自動車やハイブリッドエンジンの進歩にともなって強化され、今や全州の新車の五〇パーセントは一切の排気ガスを出さないと言われている。

だから、いかに金持ち連中の趣味車の多いロサンゼルスのハリウッド大通りでも、純粋なガソリンエンジン車の爆音を聞くことは珍しい。それがクラシックな流線型のラインを持つスポーツカーとなれば、なおさら目立ってしまう。

「もっと静かなガソリン電気自動車《ハイブリッド》でも借りてくればよかったかしら」

大きめのパイロット用サングラスで表情を隠し、できるだけ前方を見つめたまま道行く人の視線に気づかないふりをして、ジェニファーはつぶやいた。いくら排ガス規制が厳しくなっても、ロサンゼルス市街の渋滞は一向に解消されない。だからアルミボディのコブラは重低音の排気音を撒《ま》き散らしながら、のろのろと這《は》いずり回るしかない。

「まいったなー」

ジェニファーは、左腕の年代物のロレックスGMTに目を走らせた。仕事専用のごつい腕時計の針は、そろそろ予告された時刻に届こうとしている。

「だから、自動交通システムなんかやめろって言ったのに」

また、カリフォルニア州は、世界で最初にカテゴリーⅢの自動交通制御システムの装備を、新規に販売される自動車に義務づけた州でもある。これにより、州内のほとんどの主要道路とフリーウェイでは、道路に埋め込まれた電子モジュールと車側のセンサーによって自動コントロールで運転することができる。

本来、自動車の運転から人為的ミス《ヒューマン・エラー》を排除するという名目で持ち込まれたシステムだが、自動車の値段が確実に上がることもあって、あまり歓迎されていない。そして、このシステムを備えた自動車が一定以上の割合になって、その弱点も露呈《ろてい》した。

すべての自動車が自動システムを持っているわけではない。個々の車のセンサーは自分の車の前後左右にいるのが同じシステムを持つ車かどうかを判断し、それによって安全距離を設定する。自車の前後にいるのが、システム内に組み込まれていない、人間が運転する昔ながらの自動車だった場合、安全第一に設定されたコンピュータは必要以上の安全距離を確保する。

その結果、市街地の渋滞は激しくなった。機械仕掛け車《オート・ドライブ》が必要以上の安全距離をとるようになったために、渋滞内での車一台あたりの占有面積は著しく増大し、交通の流れはかえって遅くなった。

交通当局は、すべての車に自動交通システムが搭載されるようになれば、逆に安全距離は短くなるから、今より車が増えても渋滞は解消されるとしている。しかし、額面通りに公報を受け取る市民はもはや存在しない。

再びのろのろと動き出した前の車についてほんのわずか前進して、ギアを抜いたジェニファーは助手席に放り出してあった携帯端末を取った。

「最悪の場合、こいつで参加か。現物が見られるわけじゃないのは同じだけど、現場にいないと、てきめんに不利になるのよね」

一度は睨《にら》みつけたディスプレイから目をそらして、ハリウッド大通りとビバリーヒルズとの位置関係を考える。どこからか無限に湧いてくるような前後に連なる車の列を見て、ジェニファーは溜め息をついた。まだ春だというのに、日差しはうんざりするほど暑い。

「どうせ、一つ南のサンセット大通りも同じような状況だろうし、裏道通って何とかなるかしら」

ほとんど音を立てないすぐ前の電気自動車が、モーター駆動らしいスムーズさで動いた。

こちらよりは車の少ない対向車線に目を走らせて、アクセルを踏み込んだジェニファーは力まかせにハンドルを切りながら、コブラを急発進させた。

五〇〇馬力を超えるシェルビー・チューンのＶ８エンジンが、太い後輪を空転させた。耳障りなスキール音とゴムの焼ける白煙を残して、強引なスピンターンで反対車線に飛び出したコブラは、そのままパーキングの表示の出ている脇道に飛び込んだ。

はるか後方でサイレンが聞こえたような気がしたが、気にしない。バラック同様の古いビルが建ち並ぶ裏道をクラクションを鳴らしながら駆け抜ける。

視界の片隅を紅い光線が横切ったような気がして、ジェニファーはダッシュボードから生えているバックミラーに目をやった。サイレンの音とともに、流線型のカウリングをつけた白バイがコブラの後を追って裏道に飛び込んできた。

どうやら追われているらしいと思って、ジェニファーは左手首のロレックスに目を走らせた。

「付き合ってあげる時間はないわね」

ゆっくり曲がってきた大型リムジンを押しのけるように、サンセット大通りに飛び出す。案の定、こちらも配達トラックやらタクシーやらで、片側三車線がぎっしりと埋められている。

動き出した小型の電気自動車と後続の配達《デリバリー》バンのあいだに強引にノーズを割り込ませ、ジェニファーは盛大にアクセルをふかした。半世紀近く前の騒音基準しかクリアーしていない排気管が、機関砲のような爆音を吹き上げる。

「電気仕掛けの白バイなんかで、ガソリン車に追いつけるもんですか」

まるで爆音を避けるように、コブラの前に道が空く。三車線分を直角に横切って東行きの反対車線に飛び出したコブラは、そこで申し訳程度にハンドルを切って車と車のあいだに斜めに割り込んだ。クラクションを鳴らしながら、そのまま満車の表示が出ている立体有料駐車場に飛び込む。

慌てて出てきたラテン系の係員にチップ代わりのドル札を放り、制止を無視して二階に駆け上がる。

駐車位置を探してのろのろ動いていた小型のコミューターをクラクションで追いやるように追い越して、空中回廊で接続されている隣のブロックの駐車ビルに入る。再び坂道を飛び降りて、出口のゲートは閉じているから反対側の入り口から係員に駐車料金代わりの投げキスをして飛び出す。

バックミラーに目を走らせたが、追いかけてくる警察車両の姿は見えない。しかし、オリンピック通り西のスペリオール・スターズ・アンド・コメッツの敷地にジェニファーがコブラを飛び込ませたとき、予告された開始時間はとっくに過ぎていた。

急ハンドルで飛び込んだロータリーの車寄せで、四輪から白煙が上がるような急停車をする。

「あとよろしく！」

ドアも開けずにオープンコクピットから飛び降りたジェニファーは、ふと見てはいけないようなものを見たような気がしてゆっくりと振り向いた。

駐車場から溢《あふ》れ出した自動車が、噴水のまわりのロータリーに溜まっている。フル電気駆動の延長型《ストレッチ》リムジンとかフェラーリの最新型ハイブリッドスポーツカーに、小型のシティコミューターやぼろな作業用小型トラック《ピックアップ》が交じっている風景は、今日の客層を考えれば珍しくはない。しかし、コブラのすぐ前に停まっている地を這うような低い車体のスポーツカーは、少なくともジェニファーのコブラくらいには珍しい車体である。

「なんでこんなところに……?」

フォードGT40。一九六〇年代にアメリカ最大の自動車会社だったフォードが、ル・マン二十四時間耐久レース制覇のために事もあろうに名門フェラーリを買収しようとした挙げ句、失敗したために開発されたレーシング・スポーツカーである。

「……それもマークⅡか。嫌《や》なもんがいるわね」

コブラ同様、後世になって複製《レプリカ》がつくられたり再生産が行われたりしているから、オリジナルかどうかはわからない。しかし、一九六九年のル・マン二十四時間レース優勝車と同じガルフカラーの車体には、見覚えがあった。

不吉な予感を覚えて、ジェニファーは正面玄関に目をやった。ガラス張りのメインホールには、もう人影は見えない。

「しまったぁ」

あとのことはドアボーイにまかせて、ジェニファーは慌てて走り出した。自動回転ドアを力まかせにこじ開けて正面ホールに飛び込み、ホールの中央に置かれた巨大な月ロケット、サターンV型の模型を横目で見ながらオークション会場に走る。

スペリオール・スターズ・アンド・コメッツは、航空宇宙関係の物件を専門に扱う競売《オークシ》会社《ヨニア》である。古典航空機のコレクターや博物館への仲介から、倒産した航空会社、航空宇宙関連産業の施設、設備や所属機の債権回収のための競売まで、なんでも手掛けている。

ボーイングのニューオーリンズ工場にただ一機だけ未使用のまま残されていたサターンV型を、北京航空宇宙博物館に展示するという名目で中国航天公司に仲介したり、建造されたものの使われなかったロシア製超大型ブースター、エネルギヤを生産設備ごとロッキード・マーチン社に叩き売ったりしたのがここである。

全北米大陸のみならず全世界の航空宇宙関係業者に、緊急かつ重要のスタンプが押された速達が、差出人スペリオール・スターズ・アンド・コメッツの名義で届いたのは、ほんの四日前のことだった。そして、ほとんど同時に各通信社やインターネットに配信されたニュースによって、人々は宇宙産業におけるこの一〇年で最大の倒産を知ったのである。

倒産したニュー・フロンティア・コーポレーションの設立は、前身となったウェスト・コースト・フロンティアからなら前世紀の末にまで遡《さかのぼ》る。民間最初の商業用宇宙ステーションとなったステーション・アルファの建設企業にも名を連ねており、規模も設備も技術力もトップクラスの宇宙企業だった。

　しかし、宇宙産業は莫大な費用と時間をいくらでも呑み込む仕事である。二年ほど前から経営に銀行が入っただの、同業他社との合併や買収話が進んでいるだのという噂は、業界新聞だけでなく一般紙の紙面にまで載るようになり、それでも地球圏のみならず月軌道の外側に至るまでの活動は活発に行われていた。

　だから、証券アナリストから多国籍企業の調査部に至るまでを驚愕させたニュー・フロンティア社の突然の倒産は、衝撃となって全地球表面と軌道上を駆け抜けた。

　スペリオール・スターズ・アンド・コメッツから各社、及び顧客に届けられた招待状は、このニュー・フロンティア社の債権整理のためのオークションの開催を告げていた。

　出品される物件は、ニュー・フロンティア社の本社ビルに飾られていた本物の初期型スペースシャトルオービターから、ラグランジュ・ポイントに設置されたサテライト・ラボ、小惑星帯を回る資源探査衛星まで多岐にわたる。また、独自に開発中の単段式大重量ブースターを研究開発関連施設ごとでとか、ハワイ沖の洋上ロケット発射施設をまるごととか、売れるかどうかはともかく豪快な売り物も多い。

　出品物件はオークション前日までにすべてインターネット上で公開された。最低限のチェックは入れたものの、データを入れたタブレットをハードレイクの事務所に忘れてきたジェニファーは、入り口の受付で分厚いカタログを受け取ってドアの前で立ち止まり、深呼吸して息を整えてから、会場に入った。

一段高くなった舞台の上にあったのは、石油掘削《くっさく》用のリグを改造したロケット発射施設の大判写真だった。シーラウンチ社によるハワイ沖の発射施設、設備一式のオークションが、いままさにクライマックスにかかっているところらしい。

アラブ風のオイルダラーと東南アジア系のエージェント、東洋系のホワイトカラーが争っている広い会場の中をざっと見回したジェニファーは、知った顔を見つけた。

「よお、お嬢ちゃん」

壁際にもたれていたテンガロンハットの大男が、人差し指で軽くひさしを上げてみせた。

「社長自ら現場にお出ましとは、仕事熱心だな」

「あなたもね、ガーランド大佐」

同じハードレイク飛行場で航空宇宙の商売をしているオービタルコマンド社の社長にサングラスを上げて挨拶《あいさつ》して、ジェニファーはガーランドの隣に立った。

「何か、いい出物はあった？」

「どこの格納庫にしまい込んでいたのか知らないが、実験機だったX-20付きのタイタンロケット完全ひと揃いってのが出てたぜ」

まあ、とサングラスを額に上げたジェニファーは、おおげさに目を見開いてみせた。

「よくそんなものがあったわね。でも、性能的には……」

「ロートルもいいとこさ。ただ、クラシックなロケット機だからな。プレーン・オブ・フェイムの連中とスミソニアンが張り合ってたが、横から出てきた開拓空軍《コンフェデレート・エア・フォース》にかっさらわれた」

　プレーン・オブ・フェイムと開拓空軍は民間の有志で運営されている動態保存を旨とする航空団体、スミソニアンはワシントンに本拠地がある国立博物館群である。

「飛ばすつもりかしら？」

「連邦航空局《FAA》が飛行計画《フライト・プラン》に許可を出すかな」

　ガーランドは、一〇万ドル単位でスロットマシンのように値段が上がっていく洋上発射台の写真に目をやった。

「それに、打ち上げ用のタイタンロケットは使い捨てだ。防空宇宙軍に当たれば大陸間弾道弾用のブースターくらいは払い下げてもらえるかもしれんが、それにしても……」

　五億ドルを超えたところで、オイルダラーが胸の前に上げていたカードを下ろした。

「プロトンやエネルギーみたいな大型ロケットの発射設備があの値段なら、お買い得ね」

「海のど真ん中まで部品や荷物を運ぶだけの手段を確保してあればの話だ」

　ガーランドは、小脇に挟んでいた分厚いカタログをぱらぱらとめくった。

「四方を海に囲まれた施設ってのは、ステンレスも錆びるってくらい維持運用が大変らしいぜ」

「大丈夫じゃないの？　どうせあのエージェントって、カイロン物産の人間でしょ」

　ジェニファーは、会場の片隅で落札の意志を示すためにカードを上げ続けている無表情な東洋人を見た。不穏な目付きで、会場を見回す。

「前にサンディエゴのサザビーズの会場で見たことがあるわ。海軍払い下げの原子力潜水艦を、アフリカの国と張り合って落としてたけど」

「ほお？」

「総合商社だもの、海運業ならお手のものだわ。宇宙空間にまで手を拡げるとは思わなかったけど」

「もう一方は、ニッポンの宇宙航空研究開発機構《JAXA》の人間だろ」

ガーランドは、蒼白な顔でカードを下げない日系人を顎《あご》で指した。

「種子島の発射基地が海面上昇で水没しちまってから、打ち上げ場の確保には苦労しているらしいが、どこまで粘るかな……」

日系人が溜め息をついて、ゆっくりとカードを下げた。カイロン物産による洋上発射施設の落札が決定する。

オークショニアは写真を消し、代わりに別の書類をアシスタントの美女が持ってくる。

「次は？」

ジェニファーは、受付で貰った分厚いカタログを拡げた。

「これね。軌道上追跡システム、地球上一六カ所と衛星四個組、完全稼働中か」

舞台の後ろにある巨大なディスプレイに、説明のための画面が映し出された。世界中に分散配置されたパラボラアンテナを用いた対宇宙空間用レーダーシステムと、高々度軌道に配置されたレーダー衛星のフルセットである。

「うちみたいな弱小じゃ使いきれんが、欲しがる奴は多いだろうなあ」

今度は一億ドルから始まったオークションを見て、ガーランドは肩をすくめた。

「これなら外惑星系に飛ばした探査衛星どころか、有人宇宙船の航法アシストまでできるぜ」

「そこまで手を拡げる気はないわ」

ぱらぱらとカタログページをめくりながら、ジェニファーは会場を見回した。

「それで、お嬢ちゃんは何を落としに来たんだい？」

「別に当てがあって来たわけじゃないの」

ジェニファーはつまらなさそうにページをめくりつづける。

「弱小の零細企業がニュー・フロンティアみたいな巨大企業の物件に手を出したって、持ちきれないもの。まあ、もし、誰も手を出さないような小さな掘り出し物でもあればめっけものかなと思って。近所についでの予定もあったし」

「アナハイムのメタ・クリスタの研究所だろ」

壇上に目を走らせたジェニファーは、一瞬、凍りついてしまった。思わず、拡げたカタログを口許《くちもと》に当てて顔の下半分を隠す。

「……誰から聞いたの？」

「西海岸で頭の上相手に仕事してる奴なら、誰でも知ってるさ。着陸装置のぶっ壊れたダイナソアを発射母機で迎えにいって、空中再回収に成功したってな」

「ああ、そお……」

あきらめたように、ジェニファーは顔の前でぱたんとカタログを閉じた。

「おかげで、メタ・クリスタからたっぷりと割増料金とれたそうじゃないか。うらやましいねえ」

「それは嘘。成功分の割り増しは、必要経費とうちのごろつきどもへの特別ボーナスで、きれいさっぱり消えちゃった」

「おまけにアクロバットまがいの空中再回収までできるとなれば、しばらくは航空ショーの出演で食えるぜ」

「困ったわね……そう何回もできるような仕事じゃないと思うんだけど」

ジェニファーは難しい顔で首を振った。サーカスのような危険な飛行を行う会社に好きこのんで仕事を依頼する変わり者は、どこの業界でもそう多くはない。

「噂はデマだってことにしといてよ。そんな危険な飛行したって知られたら、飛行許可全部取り消されて、どこも飛べなくなっちゃう」

「まあ、まともな神経持ってる奴なら本気にはしないだろうが」

「人命救助の緊急避難ってことで見逃してくれるかなあ……くれないだろうなあ」

ジェニファーはおおげさな溜め息をついた。スペース・プランニングには、余計な実績がありすぎる。

「潤った分で、新装備でも買いに来たんじゃないのか？」

ガーランドは意外そうな顔をした。

「ほら、いま出てる単段式《SSTO》ブースターの一機でも落とせば、一気に手を拡げられるぞ」

「あんな大型、ハードレイクじゃ運用できないわ」

一気に一〇〇トンもの荷重《ペイロード》を低軌道に上げられるという超大型の軌道ブースターのモデルを見て、ジェニファーは手を振った。

「格納庫から作らなきゃならないし、整備員《メカニック》も数ダース単位で増やさなきゃ、それにあのクラスなら軌道上にも出張所が欲しいし。ああいうのは大仕事《ビッグ・ビジネス》やってる大手に任せるわよ」

ジェニファーはちらりとガーランドに流し目をくれた。

「あなたのところみたいな、ね」

「ハードレイク《うち》にあんなでかぶつ持ち込もうとすると、燃料区画から新設しなきゃなんねえな」

ガーランドは考え込んでみせた。

「連邦航空局《FAA》に、打ち上げ／帰還回廊の設定申請もしなきゃなんねえし、大変だあ」

ガーランドは、ぺろっとカタログをめくった。

「せめて滑走路から飛べる宇宙往還機《スペース・プレーン》だったら、まだ、いまの設備で使えるんだが」

「だから、招待状はうちのエージェントが持っている」

何やら揉み合う声とともに、会場のドアが開いた。びくっと身体を震わせて、ジェニファーは思わずくるりと背を向けて、拡げたカタログに顔を埋めた。

「怪しいもんじゃないってば。誰かが僕の身分を保証してくれればいいんだろう。ちょっと待って、いま探すから……」

警備員や係員と言い合う、ちょっとした騒ぎに視線が集まる。一人ジェニファーだけが背を向けたまま小さくなって、ぶつぶつと呪文を唱える。

「あたしはいない、あたしはここにはいない、だから誰も気がつかない」

「なんだ？」

ガーランドが妙な顔をした。

「ああ、いいところにいた。ジェニー！　ジェニファー、僕だよ」

「人違いよ人違い、あたしはあなたの知ってるジェニファーじゃない」

「知り合いがいた。彼女なら大丈夫、宇宙関係の会社の社長をしている。ジェニー、こっち向いて、ジェニー」

声ごと騒ぎの気配が近づいてくる。耐えかねて、顔を上げたジェニファーはくるりと振り向いた。

「もう二度とあたしの人生に関わらないでって言ったでしょ！　どうして次から次へと人の立ち回り先に出没するのよ、あなたって人は!!」

「やあ、やっぱり君だったか」

無精髭《ぶしょうひげ》に人懐《ひとなつ》っこそうな笑みを浮かべて、男はジェニファーにウィンクした。

「この人たちに説明してくれないか、僕が怪しい人間じゃないって」

「どこの業界の人間に、そんな薄汚れた野戦服で債権整理のオークション会場に乗り込んでくるエージェントがいるっていうのよ。因縁つけにきたテロリストと思われるのが当然でしょう！」

「何を言っても、この人たちは信じてくれないんだ。君の口から言ってくれれば何とかなると思うんだけど」

「だから人の話を聞けって最初っから言ってるでしょうが！」

声を上げてから、男の後ろで事の成り行きを見守っていたスーツ姿の用心棒に向き直る。

「この人は中国系ブラックマフィアの幹部よ。放しといたら、好き勝手に歩き回って騒ぎを起こすしか能のない男だわ。とっとと、つまみ出してちょうだい」

「いや、そうじゃなくて。ちょっと待ってくれ。これはちょっとした手違いだから」

一気にまくしたてたジェニファーの台詞《せりふ》を聞いた用心棒が、丸太のような腕で男の首根っこを捕まえようとした。器用な身のこなしですっと逃れた男が、あわてて手を振る。

「お客様。とりあえず外で話をお聞きしますので、一度出ていただけませんか」

係員のいんぎんな口調と裏腹に、用心棒は今度は本気で男を押さえ込もうと腕を伸ばした。

「困ったな、ちょっとした誤解なのに。ジェニー？」

「早く放り出したほうがいいわよ。でないと、半径五マイルは草一本残さずにむしられちゃうから」

唸《うな》り声を上げた用心棒の腕が一閃した。その巨体に似合わない鋭い踏み込みから繰り出された右ストレートを、くるりと半回転してかわした男は、逆に胸元に動いた。まるで普通に歩いたような動きだが、こめかみを押さえたジェニファーは目をそらした。

男を胸元に迎えた用心棒が、後ろに吹っ飛んだ。突きを放った姿勢からぽりぽりと黒髪を搔いて、男は両手を挙げた。

「ごめん、つい身体が動いちゃった。でも先に手を出したのはそっちだから、正当防衛は成立すると思うけど」

とっさに腰からハンディ・トーキーを出した係員が応援を要請する。

「ボス！」

先程、洋上発射施設を落としたばかりの東洋系のエージェントが人だかりを割って出てきた。

「何をやってるんですか、こんなところで！」

「ああ、瞑耀《メイヨウ》、君がいるなら話が早い」

男はのんびりと手を振った。

「こちらの人たちに、僕が決して危険人物じゃないってことを説明してくれないか。身分証明も招待状も忘れてきちゃったんで、誰も僕のことを信用してくれないんだ」

カーキ色の野戦服に海兵隊用ブーツという南方の最前線から帰ってきたような男の服装を一瞥《いちべつ》して、エージェントは係員に向き直った。

「大丈夫だ、この人の身分は保証する」

スーツの内懐《うちぶところ》から社員証を出したカイロン物産のエージェントを放っておいて、男はそしらぬ振りでそっぽを向いているジェニファーに向き直った。

「やあ、すぐに君だとわかったよ。まだ、あのコブラに乗っているんだね」

「寄らないで！」

一歩退いて、丸めたカタログを振り上げたジェニファーは、男を睨みつけた。

「二度とあたしの目の前に現れないでって言ったでしょ！」

「元気そうで何よりだ。仕事もうまくいってるって話じゃないか」

「おい、お嬢ちゃん」

ガーランドが、ちょいちょいとジェニファーを肘でつついた。

「こちら、何者だ？」

ものすごい目付きで男を睨みつけていたジェニファーは困ったようにガーランドを見上げ、あきらめてあさっての方向に目をそらした。

「劉健《リユウケン》。あたしの人生における最大の汚点よ」

「汚点とはひどいなあ」

男が笑った。

「せめて、シミくらいにしといてくんない？」

「こちらは、オービタルコマンド社社長のガーニイ・ガーランド大佐。さあ、用が終わったら、さっさとあたしの前から消えてちょうだい」

「劉健です」

男が握手を求めてたくましい右腕を差し出した。

「僕のジェニーがお世話になっているようで、ありがとうございます」

「誰があんたのジェニーよ!?」

くわっと牙を剝《む》いたジェニファーが火を噴く。

「あなたとあたしはもうなんの関係もない他人同士なんだから、そういう誤解をまねくような口のきき方は今後一切やめて！」

「ガーニイ・ガーランドだ」

劉健に握手を返しながら、ガーランドはジェニファーを見やった。

「どういう関係だったんだ？」

「いやあ、大したことありませんよ。ただ、昔……」

「あんたは黙ってなさい！」

劉健を一喝して、ジェニファーはガーランドまで睨みつけた。ガーランドは目を見開いてみせ、ジェニファーは困ったように視線をそらす。

「……昔のダンナよ」

「ほお？」

ハードレイクでは前歴は不問というのが慣習である。小なりとはいえ会社の社長同士であっても、それは例外ではない。ジェニファーの結婚歴など聞いたこともなかったガーランドは、訳知り顔にうなずいた。

「それこそ、恐竜が歩き回っていた前世紀みたいな大昔の話ですからね！」

ジェニファーは早口でまくしたてた。

「昔はともかく今は完全な他人、もうなんの関係もないんだから！」

「完全な他人とはつれないなあ、少なくとも僕はそう思ってはいないよ」

「あなたがどう思おうと、あたしにとっちゃ、あんたは顔も見たくない他人なの！」

「なにか困ったことがあればいつでも頼っておいで、どんなことでも力になるからって言ってるのにさ」

「あんたなんか当てにするくらいなら、地獄の役人連中と裏取引でもする方がなんぼかましよ！」

ジェニファーは劉健にくるりと背を向けた。

「コーヒーでも飲みにいきましょ、ガーニイ。ここは空気が悪すぎるわ！」

とっとと歩き出す。珍しくファーストネームで呼ばれたガーランドは、面白そうな顔でテンガロンハットを直してから挨拶代わりに劉健に手を上げてジェニファーの後ろ姿を追った。


観葉植物に囲まれ、大きなガラス張りの天井からまるで屋外のように太陽光線が降り注ぐスペリオール・スターズ・アンド・コメッツのカフェテリアは、各テーブルごとに最新の情報システムが備えられている。ネットの利用や電話はもちろん、現在開催されているオークションに参加することもできる。

ディスプレイには、世界各国に配置された観測設備や追跡施設、その他の付属施設が次々にオークションにかけられていく様子が映っていた。各国政府や宇宙機関、大手の航空宇宙産業や時々は個人営業の中小企業までが参加して、次々に物件が落とされていく。

「だから！」

ジェニファーは辺りをはばからぬ大声を上げた。

「なんであんたまでついてくんのよ！」

「いやあ、それにしても元気そうで安心したよ」

「仕事しに来たんでしょ、仕事‼　ケープカナベラルでもエドワーズでも基地ごと買ってきゃいいじゃないの‼」

「どこにいても君の会社の噂は聞こえてくるから、心配はしてなかったんだけどね。いろいろと頑張っているようじゃないか」

カフェテリアからもターミナルを通じてオークションには参加できるから、余裕をもって配置されたコンソール付きのテーブルはひとつおきくらいに埋められている。明るい窓際の席で、ガーランドは楽しそうに飲み放題のコーヒーをすすっていた。

「だいたい、なんでこんなところに来るのよ！」

ジェニファーの声のトーンはいっこうに下がらない。

「あんたんところは運送業には手を出しても、雲の上のことは一切関係ないんじゃなかったの⁉」

「営業方針の変更なんて、そう珍しいことじゃない」

アイスティーに口をつけて、劉健は答えた。

「もっとも、星の世界にまで手を拡げようなんて決まったのは、最近のことだけどね。そうそう、だから、この業界には詳しいジェニーにはいろいろと教えてもらおうと思ったんだけど」

「あんたと話すことなんか、何にもないわよ！」

回した椅子ごとそっぽを向いて、ジェニファーは視線をそらした。

「お得意のネットワークとコネクションで、情報収集ならお手のものなんでしょ。金にもの言わせて何でも好きなことやって、雲の上だろうが星の世界だろうが、好きなだけ荒らしていきゃいいじゃない」

「どこの世界でも初期投資がものを言うけどね、資金力と人材が必要なことにかけては、航空宇宙産業ってのは戦争以上だ。てな訳で、よかったら有能な人材何人か紹介してくんない？」

「言うに事欠いて、首狩り族《ヘッドハンター》の真似事までするの⁉」

「もちろんジェニー、君が来てくれれば心強いんだけど」

「残念でした。あたしも一応小なりとはいえ企業を一つ経営している身の上なの。あんたみたいな中華系のマフィアを相手に遊んであげられるほど暇じゃないんだ」

「まあ、君が社長やっていけるくらいだから、安心はしてるけどね。きっとどっかの趣味でやってる飛行機会社みたいに、社長はホットロッド乗り回して名ばかりの社員が次から次へと厄介ごと拾ってきながら、何とか自転車操業してるんじゃないのかな」

「そりゃあ、カイロンみたいな大手で、遊んでたって世界中回れるようなぼんぼんには、うちなんかの苦労はわからないでしょうよ。なに笑ってるのよ、大佐！」

それまで必死になって笑いをこらえていたガーランドが爆笑した。

「いや、どうして離婚《わかれ》しちまったんだい、あんたたち」

「なんですってえええ!?」

「いやあ、今でも時々後悔してるんですけどね」

「あんたは黙ってなさい！　どうせあんたの人生なんか、失敗と後悔でしかできてないんだから!!」

「そうすると君は僕の失敗と後悔の片棒を担いだ上に、一時期はそれを二人で分けあっていたということになるね」

「やめて！　冗談じゃないわ。だから人生最大の汚点だって言ってるでしょ!!」

ぐわっはっはっはあと大笑いしながら、コーヒーのカップをソーサーごと持ってガーランドは席から立ち上がった。

「どうやらお邪魔らしいから、退散しよう。後は二人でゆっくりしていってくれ、勘定は払っとく」

「どうせ、このカフェテリアは無料《ただ》でしょうが！　ああ、行かないでよ大佐!!」

まるですがりつくように、ジェニファーはガーランドのジャケットの裾をつかまえた。

「いや、二人っきりの方が本音で話し合えるんじゃないかと思うんだが」

「こんなのと二人きりにされて、どうすればいいっていうのよ。いいわ、あたしも行く。だから待って」

「なあ、嬢ちゃん」

必死に笑いをこらえているような顔で、ガーランドはジェニファーの肩に手をおいた。

「たまには自分に正直になることも大事だと思うぜ」

「そうなんですよ。僕もジェニファーによく言ってるんです、君はもっと自分に正直になるべきだって」

「あんたなんかに、そんなこと言われたくないわよ！」

「でも、ご存じの通り、彼女は意地っ張りですから、それで結構いろんなところでトラブったりしてるんじゃないかと思うんですけど」

「黙れって言ってんでしょうが！　喧嘩売りにきたのか、この中国人は！」

「古い相棒と久しぶりに巡り会えたんだ、旧交を温めようと思ってもいいんじゃないかな」

「おい……」

席に座り直したガーランドが、テーブル上のディスプレイに目を落とした。

「今の液体燃料プラントで大物は終わりだ。ここから先は中古の飛行機と宇宙機。こいつらを見に来たんじゃなかったのかい？」

正面の劉健のにやけ面を睨みつけて、腰を浮かしかけたジェニファーはスツールに座り直した。

「しばらく静かにして仕事の邪魔しないでくれる？」

「しないしない、したこともない」

ディスプレイに、どこかの空港で撮られたらしい大型輸送機が映し出された。ジェニファーはカタログをぱらぱらとめくった。

「最初は、ニュー・フロンティアが専用に使っていたアントノフの進化型ね」

前世紀からの実績がある、ロシア製の大型輸送機である。巡航速度は音速以下、電子機器も旧式だが、頑丈で安価なのと重量物輸送に適し、なおかつロケットの空中発射もできるため、いまだに改良型の生産が続けられている。

「オービタルコマンドなら、あの系列の機体の整備は慣れてるんじゃないの？」

「まあ、今使ってるやつよりは整備は楽だろうが……」

ガーランドはちらりとデータスクリーンに目を走らせた。

「見てみな、あの値段」

「……スタートが、あれ⁉　中古のでか物がなんでこんなに高価《たか》いのよ。値段を一桁、間違えてるんじゃないの⁉」

「カタログをよく読んでみろ。一個中隊一二機分がまとめて売りに出てる。一機や二機ならともかく、一ダースもまとめて抱え込めるほど、うちの格納庫は広くない」

「……大手ってのはこれだから」

ジェニファーは溜め息をついた。

「零細向けにばら売りしてくれないのかしら？」

「よかったら二、三機まわそうか？」

きっと睨みつけたジェニファーの表情にも気づかないふりをして、劉健は続けた。

「たしかあれも瞑耀が落とす手筈《てはず》だから、安くまわしてあげてもいいよ」

「ほっといてちょうだい！」

ジェニファーは声を上げた。

「邪魔しないでって言ってるでしょ！　いるだけでも鬱陶《うっとう》しいのに、その上口出しして混乱させないで！」

「大型機ってのは、結構高価いもんだねえ」

劉健はディスプレイに重ねて映されている現在の価格を見ている。

「大手が売りに出してるからかな？」

「どうせ新品のビジネス機の値段しか知らないくせに」

「いや、戦闘機とか爆撃機とかと比べての値段だけど」

一般に軍用の機体は、民間のそれに比べて値段が一桁跳ね上がる。

「あんた、まだ死の商人やってるの!?」

ジェニファーの声のトーンがまた跳ね上がった。

「人間《ひと》として最低のことよ。それだけはやめろって言ったでしょ！」

「いや、別にセールスしてるわけじゃない」

劉健はあわてて手を振った。

「ただ、急にいろんな機体を調達しなきゃならないことはあるから、第三世界のブラックマーケットの市況に関してはいろいろと詳しくなっちまって……」

中古機体の市場の価格相場は、程度と年式、それに場所によって、それこそピンからキリまである。北米大陸では物好きなコレクターしか手を出さないような機体でも、場所によっては、戦闘力を保持したれっきとした軍用機として国家間で取引されることもある。

「それにしたって、爆撃機なんてそんな簡単に売りに出るもんじゃないでしょうが」

「そうでもないんだ、これが。どっから流れてきたのか知らないけど、古いツポレフなら探すのに苦労しないし、前世紀の爆撃機なら博物館用に売りに出てるやつを整備し直せば当面の用事は足りたりするし」

一〇万ドル単位で上がっていく価格の数字の伸びが鈍くなってきた。最初は捨て値だった輸送機の一団は、時間が経つにつれて少しずつ工場直送価格《アウトレット》に近づいていく。

「あいかわらず人の不幸と厄介事で商売してるのね」

ジェニファーは劉健に蔑《さげす》むような目を向けた。

「誤解だよそれは。たとえばこの前なんか、アフリカでガタのきたB－52飛ばさなきゃならない破目になったんだが、こいつは何が大変だったたって……」

「はいはい、長くなりそうだからまた後でいいわ。こっから先の物件は興味があるものが多いの、しばらく静かにしててちょうだい」

債権整理のためのオークションで、しかも一二機まとめてという条件のためだろう。超大型輸送機の一団は、かなりのバーゲン価格で落札された。

ディスプレイには落札価格と参加者の受付番号しか表示されないが、ジェニファーは、そのナンバーがカイロン物産のエージェントが掲げていたカードと同じものであることを記憶していた。

「それで、次は?」

ジェニファーはどさっとテーブルの上にカタログを拡げた。しばらくは業務用、営業用の機体が続く。

「ロッキード・スホーイの超音速ビジネスジェットに、豪華内装のカモフ製二重反転ローターのジェットヘリか」

ジェニファーはぱらぱらとカタログをめくった。

「ほんとに大棚ざらえね。債権者の連中、名前も残さずにニュー・フロンティアの一切を金に換える気よ」

「商標登録されたニュー・フロンティアの名前とロゴも売りに出されてるぜ」

「買い叩かれた挙げ句に、どっかのイベント屋の箔付《はくづ》けに使われておしまいよ」

「……昔、なんかあったのか?」

ガーランドはジェニファーの顔を見た。ジェニファーはディスプレイから目をそらさない。

「べつに」

インターネットや衛星経由、オークションには世界中から参加者がいる。直接会場に赴《おもむ》くものは、そのうちほんの一部にしかすぎない。

だから、債権整理のための競売といっても、世間一般の相場とそう違った値段がつくわけではない。

民間の中古航空機市場は成熟しているため、よほど珍しい旧式機か開発費のかかっている実験機以外は、すいすいと競売が進んでいく。

最初に売りに出された超大型輸送機の一団を落札した以外は、カイロン物産は目立った動きをしなかった。

「どうしたのよ」

面白そうにカタログのスペックとディスプレイ上の飛行機の写真を見比べている劉健に、ジェニファーが声をかけた。

「洗いざらいかっさらってくんじゃないの？」

「中古のビジネスジェットやヘリコプターを買うほど、不自由はしてない」

劉健はなんでもなさそうに答えた。

「開発を完了していない実験機や新型機に関しては、開発が継続できるだけの資金と人員を抱えていなけりゃ宝の持ち腐れさ。とりあえず、まず、商売できるだけの陣容を整える。それが今のところカイロンの基本方針だと思うけど」

「まあ、正解だが」

ガーランドはまとめて自分のカタログをめくった。

「そうすると、目当てはこっちか」

そのページから先は、いきなり書き込みやページの折り込みが多くなる。ジェニファーは、ガーランドが開いたページに目を走らせて嫌そうな顔をした。

「やっぱり大佐の目当てもそっちか」

「やっぱりじゃないだろ。嬢ちゃんだって、こいつに参加しに来たんだろうに」

航空機の競売が終わると、物件は軌道ブースター、あるいは往還機などの宇宙機のセクションに移る。最低一人でも運用できる小型シャトルや有償荷重《ペイロード》二〇トン止まりの中型までの貨物機が大部分で、カタログに記載されている最低入札価格の桁もぐっと低くなる。

「中古の宇宙機がこれだけまとめて売りに出るなんてのは、この一〇年で初めてだ。これから先も、あるかどうか……」

「大手の倒産なんて、普通は吸収合併で片がつくものね。ニュー・フロンティアだって、いくつか声はかかってたようだけど」

「どうやら、どれも総帥のお気に召さなかったらしいぜ」

劉健の一言に、ジェニファーとガーランドはびっくりしたように顔を向けた。大企業といえば多国籍が常識のこの時代、ニュー・フロンティア社は映画産業で巨額の利益を生んだのち宇宙産業に転進した創設者のワンマン企業として知られていた。ただし、その名も正体もほとんど知られておらず、表に出てくることも滅多にない。

「そうか、あなたもニュー・フロンティア買収しようとしたのね⁉」

「オレじゃない、オレじゃ」

劉健はめんどくさそうに手を振った。

「やろうとしたのは、チャイナタウンのうちの爺さま。向こうのヘッドに直接交渉かけたらしいが、残念ながら物別れに終わったって話だ」

「会えたの⁉　今やフロリダの病院のワンフロアそっくり借り切って、植物人間も同然の生活をしてるって総帥に」

「ああ、そりゃデマだって。フロリダに住んでるのは確かだが、歳に似合わない元気な爺さんだったらしいぜ。もっとも生まれが生まれなんで、うちの爺さまとは反りが合わなかったんだろうなあ」

ニュー・フロンティア社の最高権力者、通称、総帥に関しては、確実なところはほとんど何も知られていない。ユダヤ系らしいというのも、噂にすぎない。

「西海岸最大の宇宙会社が、あやうく中国資本に乗っ取られるところだったのね」

「その結果、手の届く限りほぼ太陽系全域に手を伸ばした巨大企業が、あえなく空中分解しちまうってわけだ」

「まあ、そのおかげで、使い古しじゃなきゃ出てこないような宇宙機が、ごっそり売りに出されてるわけだが」

ガーランドはオークションの進行につれてカタログをめくっていく。

最初にキティホークで飛んでから一〇〇年を軽く超える歴史を持つ飛行機と違って、民間で飛ばせるような宇宙機が市販されたのは、二一世紀に入ってからである。

歴史も短く、また流通するほどタマの数がないため、中古宇宙機の市場は成熟しているというには程遠い。

「でも、まあ、これだけ客が多いんじゃ、バーゲンセールでお得な買い物ってのは望み薄かもね」

ジェニファーは、表紙に打たれたカタログの通し番号に目を落とした。今日、この会場で渡されたカタログだけでも、すでに二〇〇を超している。全世界からの参加者の数はどう低く見積もってももう一桁多いに違いない。

「大物は大手に任せて、おれたち弱小はあまり物でも分けてもらうさ」

ガーランドは、宇宙機のセクションの第一ページ目を開いた。

「お目こぼしがあれば、の話だが」

航空機の競売が終了し、宇宙機部門一機目のブリティッシュ・エアロ・スペース製の有人軌道シャトルの写真が、テーブルに仕込まれたディスプレイに映し出された。最低落札価格は超お買い得価格。ただしもちろんその価格で落札されるはずはなく、群がった入札者によって新品同様の中型シャトルの値段はみるみる上昇していく。

「債権整理の在庫大放出だって話じゃなかったの」

もし値段が上がらないようなら手を出そうと考えていたジェニファーは、むすっとしてつぶやいた。

「わざわざ会場まで来たってのに、こんなんじゃ足代も出やしない」

新機価格の五割を上回るにいたって、入札者はどさっと減った。機体はフルオプション、予備部品も多数付属とはいえ、探せばこの程度の中古機は見つけられる。

「……また、あんたのところ?」

ジェニファーは、汚らわしいものでも見るような目を劉健に向けた。

「みたいだね」

サブディスプレイに残っている入札者の番号に目もくれずに、劉健はお茶の追加を注文した。

「なにせ、カイロンは使える宇宙船ってものを一機も持っていないからねえ。にしても、誰が払うんだか、こんな金」

「あんたのところの会社でしょうが!」

ジェニファーはばしんとガラスのテーブルを叩いた。

「これ以上ひとの仕事場邪魔するようなら、こっちにも考えがありますからね‼」

「別にオレが邪魔してるわけじゃなくてね」

続いてメッサーシュミット・ベルコウ・ブローム社のゼンガー、ロッキード・マーチン・

マリエッタ社のベンチャースター、アリアン・スペース社のエルメスプラスなど、民間仕様のシャトルが次々と競売にかけられていく。

「……あんたねー！」

テーブルの向こうから、ジェニファーは劉健の野戦服の襟首《えりくび》をつかみ上げた。

「いったい、どこまでひとの仕事を邪魔すりゃ気が済むのよ！」

「いや、だから、ひとの邪魔して宇宙船独り占めしてるのは瞑耀であってオレじゃないって。聞いてる？　オレの話」

「これだけ大量の宇宙船が売りに出る機会なんて、一〇年に一度、あるかないかってとこなのよ！」

「まあ、一〇年前は考えられなかったが、こっから先は多くなるかもしれないぜ」

わざとらしく電子手帳のキーボードを打ちながら、ガーランドが口をはさんだ。

「資金力のある大手に荒らされれば、個人営業の中小企業なんか、あっというまに吹き飛ばされるね」

「宇宙船片っ端から程度のいい順にかっさらってって。せっかく新しい宇宙船調達できるいい機会だと思ったのに。地面の上だけじゃ足りなくって、空の上まで荒らしてくつもり⁉」

「荒らすだなんて、そんな。うちの会社は地球に優しい企業ってことで、全米ランキングでもベストテンから落ちたことがないのに」

「アメリカってのは、地球に厳しい企業で世界ランキングのベストテンを独占してるんでしようが！」

「ほお、次のダイナソアは見送りか」

ボーイング社製、地上からブースターごと打ち上げることも、空中で母機から発射することもできるダイナソア・シリーズの初期型が競売にかけられた。

「どうせ、ぼろな初期型だと思って見送ってるんでしょ！　確かにニュー・フロンティア社の宇宙船の中でも一番古い世代の機体だけど、あれだって立派に使える宇宙船なのよ！」

「じゃあ、どうぞ」

襟首を摑《つか》まれたまま、劉健は両手を挙げた。

「謹んで、君に譲るよ。あれなら、君のところでも楽に使いこなせるだろ？」

「あれくらい、うちにだってあるわよ！」

ディスプレイにちらりと目をやって、ジェニファーは突き飛ばすように劉健の襟首から手を放した。

「うちの会社が仕事はじめた時は、あれとおんなじ機体が二機と、あとは使い古しのレシプロ輸送機が一機しかなくって、ミッションのたんびに、空中発射用の母機をいろんなところから借り出してきてたんだから」

「懐かしい話だねえ」

ガーランドがうなずいた。

「そういや、嬢ちゃん自ら、よくうちの母機借りにきてたっけ」

さすがに旧式な機体とあって、それまでよりも価格の上がりは鈍い。オークショニアはいくどかより高額の入札を促してから、最低落札価格同然の入札価格で初期型ダイナソアの落札を決定した。

続いて、何機もの改良型のダイナソアが競売にかけられる。

ダイナソアは、今も改良されながら製造、販売が続いている民間向けの再使用型軌道シャトルである。耐熱複合材《コンポジット》製のリフティングボディに大気圏内飛行用の安定翼を追加した基本構成こそ変わっていないが、搭載されている電子機器、メインエンジンの変更、有償荷重《ペイロード》増加のための大型化や高出力化など、派生型は多い。また、長年製造されて多数の機体が飛んでいるため信頼性も高く、部品も多く出まわっていることから維持運用も楽である。宇宙時代のDC－3と言われる所以《ゆえん》である。

スペース・プランニングでも使っているのと同じダイナソアC型機数機は、その半数以上がカイロン物産のエージェントによって落札された。たった一社ですべての物件を買い取ってしまいそうな入札者のせいで、カフェテリアのモニターを見るだけでも会場の沈滞した雰囲気が伝わってくる。

ジェニファーは、殺気のこもった目で正面の劉健を睨みつけた。

「うーん、君のその表情、あいかわらず魅力的だよ」

続いて、再使用型軌道シャトル部門最後の物件が売りに出される。ボーイングSB－911ダイナソアE型。

おそらく、ニュー・フロンティアが最後に購入した物件だろう。まだ市場にはほとんど出ていない、今年になってからカタログに載った最新型の機体である。

劉健を睨みつけたまま、ジェニファーは手元のコンソールで入札に参加するキーボードに指を走らせた。

「ほお？」

ガーランドは、付き合い程度の気軽さで同じ動作で入札する。

「やっぱりお目当てはあいつか。しかしE型ってのは、今までの機体より発射重量で倍くらい大型化してるぞ。スペース・プランニングも業務拡張か」

「目の前の中国人が余計な真似しなけりゃね」

ジェニファーは劉健から目を離さない。劉健は楽しそうに両手を挙げた。

「ジェニーが言うんじゃしょうがない、君の望む通りにしよう」

しかし、今注文しても納入は早くて半年後とも言われる最新型機である。すでに機体登録され、耐空証明までついているから各社お好みの注文製作《オーダーメイド》とはいかないが、メインエンジンの予備部品までついて今すぐ手に入るとなれば入札者は多い。

最低落札価格がディスプレイ上にあったのはほんの一瞬で、後は入札価格はスロットマシンのように跳ね上がり始めた。

ガーランドはあっさりキーボードから指を離した。

「なんかの間違いで放出されるようならラッキーだと思ったが、こりゃ付き合ってられん」

「君のところの空中発射母機って、こんなちっちゃな超音速機じゃなかったっけ？」

キーボードから指を離さないジェニファーに、劉健が両手の人差し指と親指で三角形を作ってみせた。

「同じダイナソアでも、これだけ大型化してるのに大丈夫なの？」

「……余計なお世話だって言ってんでしょ！」

こめかみのあたりに血管を浮び上がらせながら、ジェニファーは叫んだ。

「無駄口叩いてる暇があったら、あんたとこのエージェント、とっとと黙らせなさいよ！」

全入札希望者の番号はディスプレイ上に表示されている。価格の上昇につれてその数はどんどん減っていくが、その中には例によってカイロン物産のエージェントの数字が残っていた。

「……頑張るな」

ガーランドは残り数社になってもまだ降りようとしないジェニファーの横顔を見た。

「他人事ながら心配になってきたぞ」

「大佐は黙ってて」

いつもは血色のいいジェニファーの顔が蒼白になっている。もうとっくにスペース・プランニングの希望落札価格は上回っている。にもかかわらず、ジェニファーはキーボードから指を離そうとしない。

「おいおい、ほんとに大丈夫なのかい？」

劉健は神経症のようなジェニファーの表情を面白そうに観察している。

「いくら大仕事片付けたばっかりで懐《ふところ》があったかいっていっても、金のかかるところで意地張ると、ろくなことにならないぜえ？」

「あなたに心配してもらうことじゃないわよ！」

ディスプレイ上に残る数字は、カイロン物産のものとスペース・プランニング、他数社しか残っていない。どの入札者も機体の価値をわきまえているのか、価格の上昇する勢いも鈍らない。

「カイロンだけならともかく、なんでエイムズ・ドライデン研究所やカリフォルニア工科大学《カルテック》までこんな機体欲しがるのよ。お国がかりなんでしょ、素直にボーイングに注文すりゃいいじゃない」

「ドライデンは自前の実験機の追跡機を探してるんだよ。つい三週間前に軌道上の事故でシャトルを半壊させてるしね。カルテックは、ジェット推進研究所《JPL》が軌道上天文台への自前の交通手段を欲しがってるんで、それと合同で獲得計画を立てたらしい」

「ずいぶんと専門外のはずの情報に詳しいじゃないの」

ジェニファーはきっと劉健をにらんだ。

「そりゃまあ、うちの爺さまは孫子の兵法にうるさいから」

「彼を知り、己を知れば百戦して殆《あや》うからずか。厄介な同業他社が増えるようだな」

ガーランドがつぶやいた。

「新参者なら新参者らしく、おとなしくしてらっしゃいよ！」

値段が上がるにつれて、入札をあきらめた参加者の数字が消えていく。落札価格が予算の三倍を超えるにいたり、ジェニファーは人でも殺しそうな目をしてキーボードから手を離した。

「おぼえてらっしゃいよ！」

「言った通り、何にもしてないのに？」

「どこが何にもしてないのよ！　軌道シャトルの半分以上持ってっちゃって、いったい何始めるつもり⁉」

「だから、どうやら新規参入ってやつを考えてるらしいってば。雲の上相手の商売なんて、うちの爺さまもそろそろお迎えが来るころかねえ」

軌道シャトルの次は、軌道上のみで使われる純然たる『宇宙船』のセクションに移る。低軌道から高軌道に物資を運び上げる軌道ブースターや、宇宙ステーション、月への連絡などに使われる、一生、大気圏内へ突入することなどない、宇宙空間のみでの使用を前提に建造された真の意味での宇宙船である。

「言っときますけどねえ、機材だけ揃えば仕事ができるほど、この業界甘くはないんですからね！」

「機材も揃えないで、人材だけで仕事やろうとするよりゃましだろ？」

「どこの話よ！」

軌道上のみでしか使えない宇宙船は、とりあえず機体と地上基地があれば軌道飛行ができるシャトルよりも、はるかに使用条件を限られる。基本フレームやユニット化された推進エンジン、姿勢制御装置などは、規格化されて数社から発売されている。

しかし、基本部品の製造はともかく最終的な建造は軌道上で行われるため、ほとんどが使用者ごとのオーダーメイドとなり、完成すれば二度と地上には降下できないから、軌道上に基地がなければ運用できない。

そのため、建造、運用費が高価なわりには、取引価格はそれほど高価《たか》くない。

「だいたい、こんなに資金《かね》かけて装備だけは揃えて、宇宙空間でいったい何するつもり!?」

「そりゃまあ、宇宙ってのは最後の開拓地《フロンテイア》ですから、そこでやることったら」

「金儲け」

ほとんど同時に同じ形に口を動かした劉健は、ジェニファーに台詞を取られて噴き出した。ジェニファーは、笑い転げる劉健を冷ややかにねめつけた。

「言っときますけどね、宇宙ってのは怖いところよ」

「君が怖いっていうんなら、そうなんだろう」

「見なさいよ」

ジェニファーは、今までの活況が嘘のようにのろのろとしか値段の上がらない宇宙船の写真が映し出されているディスプレイに目を向けた。

「無重力合金のフレーム、高額電子機器の塊みたいな制御装置、地上だったらぴくりとも動かないような低推力の姿勢制御装置、そこらへん飛んでるジェット機なみの推力出すのも難しいようなメインエンジンに自重の半分以上あるような推進剤抱えていて、あんな不格好な図体で戦闘機の一〇〇倍もスピードが出るくせに、ラグランジュ・ポイントまで上がるのがせいいっぱいなのよ」

「ラグランジュ・ポイントってのは、らぐじゅありーならんじぇりーと何か関係が？」

ジェニファーは溜め息をついた。地球、月、太陽の重力が釣り合うポイントが地球周辺軌道に五カ所あり、計算によりその場所を求めた数学者の名をとってラグランジュ・ポイントと呼ばれている。

「孫子の兵法は、経済学はともかく物理学は教えないのね。月まで行って、帰ってくるのがやっとなのって言えばわかる？」

「冗談だよ。地球から離れれば離れるほど運用コストがかさむことくらい知ってる」

「数字の問題じゃないわ」

ニュー・フロンティア社が低軌道と高軌道、月基地への物資輸送と補給用に建造した宇宙船の一隻目が、いくつかの軌道上研究施設と工場を運用しているオービタル・サイエンス社にやっと落札された。

「言葉でいくら説明しても、わかってもらえないかもしれないわね。宇宙空間ってのは地球以上に厳密な物理法則に支配された場所だけど、数字だけじゃどうしようもない場所でもあるのよ。地球上とおんなじ気分で商売成り立つなんて思ってるなら、必ず手痛い目に遭《あ》うわ」

「いや、まあ、その意見にはオレも賛成するけどね。うちの爺さまが素直に聞くかってえと、聞かねえだろうなあ、やっぱり」

「宇宙空間てのは、札束振り回してれば何でもできる場所じゃないのよ」

「札束も振り回せねえと、何にもできないがな」

ガーランドが控え目に自分の意見を述べた。劉健はうなずいた。

「初期の宇宙開発が金に糸目つけないで札束振り回したおかげで、民間の宇宙開発が大幅に遅れたって説もあるぜ」

「一つだけ、ほんとに役に立つ忠告をしてあげる」

ジェニファーは艶然《えんぜん》と微笑んだ。

「儲ける気なら、来ないほうがいいわ」

「儲け話に苦労が付き物なのは承知の上だけどね。宇宙空間てのは、苦労すれば苦労しただけ報われるところだって聞いたけど？」

「儲けをお金でしか計れない人には、説明するだけ無駄だと思うわ」

「君は、それを知ってると？」

「この宇宙船一隻建造するのに、いくらかかるか知ってる？」

ジェニファーは、二隻目の作業用宇宙船が映し出されたディスプレイを指した。

「宇宙規格の部品と要員、それにそれを最低でも低衛星軌道まで持ち上げるだけで、最新型のジェット旅客機が一〇〇機も買えるような費用がかかるのよ。なのに、売ろうとしたら使い途《みち》ごとに特化されてるから、そんなに値段がつかない。手に入れるほうだって、現物を確認するために軌道上まで上がっていかなきゃならないし、使い途によってはさらに改造したり整備したりしなきゃならない。カイロンがどれだけ大きな企業か知らないけど、宇宙産業に手を出すっていうのがどれだけとんでもないことか、わかってるのかしら？」

「通り一遍の表向きくらいは知ってるつもりだけどね」

さらに数隻の宇宙船が売りに出されるが、競売の値付けは鈍い。

「そして、成功すれば輝かしい未来と、莫大な富が手に入る」

劉健はディスプレイを顎で指した。

「この計画みたいに、ね」

ジェニファーはディスプレイを見た。オークションは、その最終局面に移っていた。数十年単位での建設が計画されているラグランジュ・ポイント上のスペースコロニーを除けば、ニュー・フロンティア社が手がけていた宇宙計画の中でも最新、最大、そして最後のものが、彗星《すいせい》捕獲計画である。

地球圏に接近する彗星を軌道上で捕まえることによって、宇宙空間での水資源と液体水素／酸素の供給源とする。

構想だけなら前世紀の終わりからある計画だが、その実現には様々な技術的問題の解決と、そして条件に合う彗星の接近という幸運が必要だった。

冥王星軌道外、カイパー・ベルトから飛んでくると言われる彗星を遠距離で捕捉し、高反射率のアルミニウムをその表面に蒸着《じょうちゃく》して、氷の塊である彗星の構成成分のそれ以上の蒸発を防ぐと同時に、一部のみを開く。

太陽に接近してくるにつれて彗星の質量は蒸発し、その大部分は太陽風に吹かれることによって長い尾となる。しかし、アルミニウムで覆われた銀色の彗星は太陽熱の大部分を反射し、その質量の大部分を保ったまま太陽への最接近点を目指す。

アルミニウムの蒸着は、太陽熱と太陽風を完全には反射できない。接近するにつれて彗星の内圧は高まり、一部分だけ開けられた穴からジェットとして噴き出す。

彗星の自転周期と公転軌道、そしてジェットを噴き出す穴の大きさによって、衛星の軌道をある程度制御し、地球を巡る軌道上に捕らえる。

ある程度の質量損失は見込まれている。それでも、計画が予定通りに行けば、ニュー・フロンティア社は数億トンにも及ぶ大質量の水資源を軌道上に確保できるはずだった。

そして、条件に合う彗星は意外に早く発見された。

民間で軌道上天文台の運用が行われるようになってから、新彗星の発見は海王星軌道の外側、まだその長い尾も曳《ひ》かないうちに行われるようになっている。彗星捕獲計画は、できるかぎり遠距離で彗星に対して熱反射素材の蒸着を行い、太陽に接近するに従って激しく噴き出すジェットで軌道修正する。軌道修正は遠距離で行われるほど少ないエネルギーでできる。

慣習に従い、ほとんど同時に国際天文学連合に発見を通報した二人の発見者の名前が付けられたヨーコ・エレノア彗星は、地球最接近時の距離六〇〇万キロという天文学的には地球と衝突寸前のような軌道要素から、捕獲計画の標的に選定された。

即座に先行偵察のためのパスファインダーが、ホットロッドのようにブースターを増加装備して彗星とのランデブー軌道に放たれた。同時に、彗星を捕獲するための無人作業船の建造が開始された。

しかし、かつて建造された中で最大の軌道上構造物となった無人捕獲船の建造、及びその航行計画は莫大な費用を呑み込み、その計画予算のあまりの巨額さに保険会社は失敗のリスクを恐れて保険の引き受けをやんわりと拒否した。結果としてニュー・フロンティア社は一切の保険なしにこの計画を推進することになった。成功した場合の利益と失敗した場合の損失の途方もないへだたりから、史上最大の賭けとして、ニュー・フロンティア社の株は世界中の証券市場で乱高下を繰り返すことになった。

できるかぎり太陽から離れた位置で彗星に熱反射処置を施すために、常軌を逸したスケジュールで建造された捕獲船が地球軌道から発進したのは五年前。精密に計算された軌道を高出力の液体ロケットブースターで長時間にわたる加速を続けた捕獲船がヨーコ・エレノア彗星を捕らえ、土星軌道以遠でその表面にアルミニウムを蒸着するのに成功したのが三年前である。

軌道上の望遠鏡衛星によってやっと微かな尾を観測できるようになっていたヨーコ・エレノア彗星は、熱反射のためのアルミニウム蒸着を受けて地球上の天体望遠鏡でも見えるほど輝くようになった。そして、ニュー・フロンティア社は、光速で二時間近くも離れた場所を時速二万キロ以上で突進する数億トンの氷の塊のコントロールを開始したのである。

　太陽系を横断する彗星を巧妙に減速し、地球軌道上のラグランジュ・ポイントに安定させる。自身が噴出するジェットと太陽風を、減速、及び軌道コントロールに使い、パナマ運河以来と言われた大事業は成功したかに見えた。

　そして、地球から見て太陽の反対側を通過することになった近日点から再び彗星が姿を現した時、順調に推移していたかに見えた史上最大の賭けは破綻《はたん》を来したのである。

　一〇〇年単位でしか起こらないような太陽活動の活発化が、近日点を通過しようとするヨーコ・エレノア彗星を直撃した。太陽にもっとも近いポイントに発見されたときとほとんど変わらない質量のまま接近したヨーコ・エレノア彗星は、地球軌道上近辺の船外活動《EVA》のみならず有人宇宙船の飛行中止まで勧告されるような激しい太陽風の洗礼を受けた。

　いくつかの観測衛星は、ヨーコ・エレノア彗星の変形と質量欠損を報告した。そして、地球から見てちょうど太陽をはさんだ反対側となるその近日点からヨーコ・エレノア彗星が再びその姿を現したとき、かつてひとつの天体として登録されていた彗星はAからTまでの、IとOを除いた続き記号《アルファベット》をその名に追加されることとなった。

　かつて木星に突入したシューメーカー・レヴィー第九彗星のように、ヨーコ・エレノア彗星は一八もの破片に砕かれたまま、そのすべてはもとの軌道要素を持って、まるで列車のように列を組んでいたのである。

　最大の、そして熱反射のための蒸着部分をもっとも多く残した、ヨーコ・エレノア彗星A

を先頭に、いくつかの破片はそれでも減速されたまま地球軌道を目指した。質量の少ない破片は熱反射膜を失ったまま太陽風にあおられて長い尾を噴き出し、通常の彗星よりはるかに遅いスピードのためにこの先半年以上にわたって天文ショウを演じることになった。

地球圏のありとあらゆる天文観測網を動員した精密な観測とそのデータ検討の結果、大きな破片のいくつかは再び太陽系外まで戻っていくが、小さなものはおそらく地球軌道への到達までに蒸発して消滅してしまうだろうと予測された。そして、質量が大幅に減少したためにもとの質量の四分の一以下になってしまったヨーコ・エレノア彗星群でもっとも巨大な彗星Aは、微妙ながら軌道要素に変更が生じ、地球軌道上のラグランジュ・ポイントで安定せずに火星と地球の間を巡る楕円軌道に乗るだろうと発表された。

太陽の異常活動によって地球全体の平均気温すら上昇したようなその年の北半球の夏、パナマ運河以来の、たった一つの企業で進められた大事業は失敗を予告されたのである。

いくつかの回収手段が講じられ、再追跡のための無人プローブも発射された。最初の見積もりよりは少なくなったものの、地球圏に彗星を捕獲することが完全に不可能になったわけではない。

しかし、証券市場はそうは考えなかった。彗星捕獲計画の成功が確実視され、連日最高値を更新していたニュー・フロンティア社の株は一転して売り一色になり、ジェットコースターというよりもスカイダイビングのような株安を招いたのである。

証券アナリストがロープのないバンジージャンプと評した株価低落により、ニュー・フロンティア社は再び彗星を捕獲するための資金調達の手段と、会社の命運を、同時に絶たれた。

航空宇宙企業の関係者は、これで地球圏の宇宙開拓が五〇年は遅れると落胆した。

ニュー・フロンティア社債権整理のためのオークションの最後の物件は、このヨーコ・エレノア彗星AからTまでの一八個、太陽から地球軌道に向かってきている彗星の開発／採掘権だった。

物件には国際条約で認められた彗星そのものの所有権、開発、及び採掘と販売の権利、そしてニュー・フロンティア社が計画立案した彗星の再回収作業のプログラムまでが含まれる。

「それでは、入札を開始します」

オークショニアが、最低落札価格を提示した。ディスプレイは、今まで見られなかった表示を示した。

「入札なしか」

ジェニファーはつまらなさそうに呟いた。このまま誰も入札するものがいなければ、せっかく熱反射膜をまとったまま木星軌道の外側から太陽を経てきた彗星は、地球軌道をかすめ、火星との間で遊惑星になって少しずつ蒸発していくだろう。

「せっかくの計画だったのに」

「そうはならないと思うよ」

劉健は、大部のカタログの後半にかなりのページを割いて掲載されている彗星捕獲計画の詳細をめくった。

「これだけの計画だ、誰も入札しなければしないで売りようはある」

「誰も入札しないものを、どうやって売ろうっていうのよ」

ジェニファーは疑わしげな目を向けた。

「簡単なことさ。最低入札価格の一パーセントから五パーセントをエントリー・フィーにして、早い者勝ちの競争にする」

「……競争？」

ジェニファーは目を丸くした。

「何年か前、鉱物資源確保のために小惑星を引っ張ってこようとしたヨーロッパの会社が潰れたときに使った手法だ。問題は、軌道変更してから地球軌道に安定するまで数十年からの年月がかかるんで、確かに太陽系内にあるはずの会社の資産がいつになったら回収できるかわからない。それで、債権整理の競売《オークション》を担当したサザビーズは、小惑星の所有権を一定金額を払ってエントリーしたもののうち最初に小惑星にたどりついたものが手に入れるということにした。これだと宝くじみたいなものでね、ちょっとばかし払い込んでおけばいざっていうときに所有権が主張できるんで、手の届かないようなところにあるお宝でもちょびっとだけ金にすることができるってわけさ」

「手の届かないところにあるわけじゃないのに」

ジェニファーは、カタログの中に挟み込まれていた天文写真を手に取った。地球軌道上の宇宙望遠鏡から撮影した、分裂してしまったヨーコ・エレノア彗星は、星空をバックにきれいな一列縦隊を組んでいる。

先頭の、大部分の熱反射膜を維持している破片Aは、太陽からの熱も光もよく反射するため、ひときわ明るく光っている。後に続く大小様々な破片は、太陽風に吹かれてそれぞれ大きさの違う長い尾を斜めに幾筋も曳いていた。

写真はほとんどの彗星を一度に画面に収めており、先頭の破片Aと後方のごく小さな破片を除いて、写真の外にまで長く尾を曳いている。

写真の隅に小さく刻まれている日付を見て、ジェニファーはそれが記録上ニュー・フロンティア社が倒産した日なのに気がついた。

「それに、小惑星帯《アステロイドベルト》の内側なら無人機を飛ばせばすぐ手が届くわよ」

小惑星帯は、火星軌道と木星軌道の間の莫大な空間に広がっている。

「それじゃあ競争にならない」

劉健は笑いながら大袈裟に手を振ってみせた。

「条件は、エントリーしてから最初に彗星にたどりついたもの、だ。有人宇宙船を飛ばして、彗星に着陸してから地球に向かって到着を宣言して、初めて所有権は債権管理会社から挑戦者の手に移る。問題の小惑星はやっと火星軌道を過ぎた辺りだから、火星探査なみの有人宇宙船を仕立てて送り出すんじゃ割に合わないが、もっと地球に近づいてくればそのうち先陣争いが始まるだろう」

規定の時間が過ぎても、最低落札価格を上回る入札者は現れなかった。オークショニアは、ヨーコ・エレノア彗星に関する競売の不成立を宣言した。続いて、不成立の場合の特殊条項に関する説明文がディスプレイ上に表示された。もし会場にいれば、契約書類のようなプリントアウトが配られるはずである。

「それじゃあ……」

ジェニファーは、もう一度手に持った彗星の長距離写真を見た。地球に向かって減速された軌道を進んでくるヨーコ・エレノア彗星は、太陽系を巡る地球の公転軌道の半径を基準にした一天文単位も離れていない。

「そう、この彗星は、その気になればなんとか手が届くところにいる」

劉健は、ディスプレイ上に映し出された彗星の写真に目を落とした。

「そして、どんどん近づいてくる。少なくとも今回の件に関しては国際航空宇宙連盟も先進各国も表向き中立不介入の立場だから、このレースは民間企業による先陣争いになるはずだ」

劉健は、テーブルの上に拡げていた自分のカタログをぱたんと閉じた。

「宇宙空間でのカイロン物産の最初の仕事に相応《ふさわ》しいってのが、新規開店するに当たってのの立場らしいぜ。そりゃまあ、当たりゃあでかいけどね、こんな万馬券《まんばけん》まとめ買いするような商売なんて、危なっかしくてオレの趣味じゃねえんだけどなあ」

「……それじゃあ、ここでこんなにシャトルや宇宙船漁《あさ》ったのって、それが理由なの？」

「もちろんそれだけじゃないが、まあ、そういうことだ。ちゅうわけで、あいかわらず現場専門のオレまで首狩り族《ヘッドハンター》の真似事しなきゃならないわけよ」

テーブルに肘をついた劉健は、ぐいっと身を乗り出した。

「一口どお？　ジェニーなら、オブザーバーでもコンサルタントでも、けっこういい仕事用《くち》意してあげられるよん」

「誰があんたなんかと！」

声を上げてから、ジェニファーはふと何かを思いついたように劉健の顔を見た。離婚前とくらべて健康そうに陽焼けした顔がいたずらっぽく微笑むのを、劉健は随分久しぶりに見たような気がした。

「そうね、そこまで言うんなら、賭けない？」

「……何を、だ？」

「この彗星よ」

ジェニファーは、手に持っていたヨーコ・エレノア彗星の写真をくるりと返して劉健に向けた。

「もし、カイロン物産が誰よりも先にこの彗星を捕まえたら、オブザーバーでもコンサルタントでも、あなたのお好みの仕事についてあげるわ」

驚いて、口につけていたカップからコーヒーを吹き出しかけたのは、ガーランドだった。劉健は楽しそうな笑顔のままジェニファーの顔を見ている。

「お、おい、大丈夫なのか、そんな約束しちまって」

「でも、もし、あたしがあなたたちを出し抜けたら、そおねえ……」

彗星の写真を劉健に向けたまま、ジェニファーは残った左手で気のないふりをしてカタログをめくった。

「これ、頂戴」

目的のページを開いたジェニファーは、ページを開いた手でくるりとカタログを劉健に向けた。見開きで紹介されているのは、先ほどカイロン物産が落としたばかりの最新型軌道シャトル、ダイナソアE型機である。

じっくりとジェニファーの顔を見つめてから、劉健は爆笑した。

「オレが何も知らないと思ってやがるな。無理むり。君の会社じゃこんな規模のミッションなんかできるわけがない。大重量ブースターも長距離宇宙船もないのに、どうやって彗星を捕まえに行く気だい？」

「怖いの？」

挑発するようにくるりと彗星の写真を返して、ジェニファーは開いたカタログのページに挟み込んだ。

「才能豊かな経験者が、自分の会社ほっぽり出してあなたのお手伝いしてあげられるかもしれないのよ。シャトル一機であたしを売ってあげるんだもの、大バーゲンだと思うけどな」

「……なるほど」

ガーランドが興味深げにうなずいた。ジェニファーは劉健から目をそらさない。劉健の顔から笑みが消えた。

「……本気なのかい」

「ベットするの？　しないの？　ここで決めないと、あなたとは二度と会えないかもしれなくてよ」

「経験豊かな女社長と最新型のシャトル一機が見合うかどうかは別の問題として、いいのかい？　ひょっとしたら溶けて流れて水の泡になっちまうかもしれないけど、これだけのお宝の山だ。エントリー・フィーだって安かないぜ」

「馬鹿にしないでね。うちにだって資産価値のある機材はあるの。それに、彗星を回収できれば見合うどころじゃない、向こう一世紀は経費の心配しないでなんでも飛ばせる身分になるわ」

「……失敗したら？」

「アメリカ人はね、新しい仕事を始めるときには失敗したときのことなんか考えないの。さあ、どうするの？　チャンスの妖精には前髪しかないわよ」

ジェニファーは、上目づかいに微笑んだまま劉健から目を離さない。口もとににやにや笑いを取り戻して、劉健は負けを認めたように両手を挙げた。

「まったく君には勝てないなあ。いいだろう、ゴールは彗星、賞品は最新型のシャトル一式と君だ」

「話は決まったわ」

ジェニファーはぱたんとカタログを閉じて立ち上がった。

「賭けの内容はこっちで書類にしてそっちに送るわ。大佐、いろいろと相談に乗ってもらいたいことがあるの、できれば競争相手がいないところで。一緒に来てくださるかしら」

「了解しました、司令官どの」

椅子から立ち上がったガーランドがジェニファーに敬礼する。さっきの顔をどこで見たのか思い出して、劉健は歩き出したジェニファーの後ろ姿に声をかけた。

「一つだけ、ずっと聞きたいと思っていたことがあったんだ」

「……何かしら」

立ち止まったジェニファーは劉健の方に振り向いた。

「君にプロポーズしたときのブラックジャック、あれはひょっとしていかさまだったんじゃないのかい？」

劉健を見つめるジェニファーの瞳がいたずらっぽく微笑んだ。

「さあ、どうだったかしら。忘れたわ」

くるりと背を向けて歩き出す。

「行きましょ、ガーニイ」

軽くテンガロンハットを上げてテーブルの劉健に挨拶したガーランドは、ジェニファーの後を追った。

「プロポーズのブラックジャックって、何の話だ？　トランプ《カード》で結婚決めたのかい？」

肩越しにガーランドに振り向いたジェニファーは、困ったように視線を戻した。

「あいつと初めて会ったとき、あたしはラスベガスのカジノでディーラーをしてたのよ、ステージの合間に」

ジェニファーが歌を歌っていたのは、ハードレイクの住人なら誰でも知っている。仲間内で行われるゲームのカード捌《さば》きもどう見ても素人ではない。

「なるほど、嬢ちゃんらしいや」

ガーランドは足早に歩くジェニファーの横に並んだ。

「それで、カイロン物産はともかく、彗星を狙ってる大手資本や同業他社に本気で勝てると思ってるのかい?」

「スペース・プランニングの活動領域を拡げるいいチャンスだわ。うちだけじゃない、大佐のところだってモハビ砂漠の片隅で終わる気はないでしょ」

「そりゃまあ、この業界もこれでなかなか厳しいからねえ。先へ飛ぼうと思ったら、いろいろやらなきゃなんねえが」

「手伝ってちょうだいね」

まるで規定事実を宣言するように、ジェニファーはガーランドの顔を覗《のぞ》き込んだ。

「ハードレイク中の手とコネをかき集めて、宇宙屋の実力をみんなに見せてあげるんだから」

「何言っても聞きそうにないな、これは」

ガーランドは大袈裟な溜め息をついてみせた。

「ハードレイク最大のオービタルコマンドが、今回は、嬢ちゃんのところの下請け仕事かい」

「仕事料ははずむわよ」

ジェニファーは、語尾が震えるのを抑えることができなかった。

「だって、スペース・プランニング始まって以来の大仕事ですもの」


その夜マリオは、たどり着いたホテルで、ろくに英語の通じないフロント相手に予約の確認に手間取って、やっと確保したベッドに潜り込んだところだった。

「はい、もしもし……社長？」

電話に出てから英語で応えてしまったと思って、次に相手が英語で喋《しゃべ》っていることに気がつく。

「……よく、あのフロント相手に電話繋げられましたね。社長、フランス語なんか喋れたんですか」

『そお？　用件伝えたら簡単につないでくれたけど？』

衛星回線を通ってくるはずの社長の声は、嫌みなくらいさわやかだった。

「どうせ、いつも通り相手があきらめるまで一方的にまくしたてたんでしょう。こっち、今何時か知ってます？」

『カリフォルニアはさんさんと太陽が照ってるわよ。休暇をお楽しみのところ申し訳ないんだけど、ちょっと用事頼んでもいいかしら？』

「一八時間ぶっ続けにツーリストクラスで我慢した後に、半日も山の中で迷ってたんだけど……」

マリオはとっくに現地時間に直している腕時計を目の前に持ってきた。夜明けはまだ程遠い。

『今すぐ戻ってこい、なんて言わないわよ。そっちでできることだけでいいから、ちょっとした飛行計画《フライト・プラン》を検討して欲しいの』

「できることって言っても……」

虚しい抵抗をしながら、マリオはまだ冷たいベッドの中で寝返りをうった。

「ええと、必要なデータと条件を用意しといてくれれば、こっちで後からアクセスできますから、そんなもんでよければ……」

『条件は簡単よ。スペース・プランニングだけじゃなくて、ハードレイク中の機材と、使えるかぎりの上の装備とコネクション動員したりして、どんな小さくてもいいから有人宇宙船を飛ばすとしたら、どこまでどれくらいで行けるかしら？』

「……あいかわらず話聞いてないな、うちのボスは」

並べ立てられた曖昧《あいまい》としか言いようのない条件を聞いて、マリオは首を傾げた。

「二～三日あれば月までいけますよ」

少し考えて付け加える。

「いや、もう少し考えたほうがいいかな。でも、月基地の知り合いに頼んだほうが早いと思いますけど」

『条件をもう一度繰り返すわよ』

電話の向こうの社長が言った。

『有人宇宙船を、ハードレイクから飛ばすの。できるかぎり早く、できるかぎり遠くへ』

「はあ……火星行きの探査船に特急便でも届けるんですか？」

口にしてから、マリオはそんなことがあるはずがないと思い直した。火星の大接近の時期はついこの前に終わったばかりで、二年二カ月後の大接近までは、有人、無人にかかわらず飛行計画はないはずである。

『行き先が逆よ』

電話の向こうの社長は笑ったようだった。

『どっちかっていうと、太陽に向かって飛んでいくことになると思うわ』

「金星ですか？」

せっかくゆっくり寝られると思ったのに、頭が少しずつ冴《さ》えてくるのを感じる。金星はその地表が高温、高気圧の過酷な環境であるために、当分有人探査計画はない。

「んなわきゃないか。ボス、何考えてるんです？」

『ああ、肝心なことというのを忘れてたわね。次の仕事が決まったのよ』

社長の次の台詞を聞いて、マリオの眠気は完全に吹っ飛んだ。

『彗星を捕まえにいくからね』

「何考えてんです、社長！」

マリオは思わず電話相手に叫んだ。

「できるわけありません、不可能です！　国家機関か、さもなきゃニュー・フロンティアやメガロスペースみたいな大手ならともかく、うちみたいな月まで行くのにもひーこら言ってるような弱小企業が、どうやって何考えて彗星なんか捕まえにいけるんです⁉」

『どうやってか、それを考えるのはあなたの役目よ。何考えてるのかは、帰ってきてからゆっくり説明してあげるから』

「だから、不可能です！」

マリオは電話に嚙みついた。

「うちにある宇宙船は軌道往復用のシャトルだけで、軌道上には宇宙空間専用のはしけ《バージ》はおろか、補給キャンプのひとつもないんですよ！　そんな状態で、長距離長期間の宇宙航行が必要な彗星捕獲作戦を、しかも有人で行う必然性が、いったいどこをどうひっくり返せば出てくるんです！」

『だから、それは帰ってきてからゆっくり説明してあげる』

衛星回線を通じて聞こえてくるジェニファーの声は、まるで状況を楽しんでいるようだった。

『あなたに考えて欲しいのは、太陽の向こう側で砕けちゃったヨーコ・エレノア彗星の一番大きなかけらに、誰よりも早くたどり着く方法よ。そのためなら、どんな手段を使っても構わない。いくら予算使っても大丈夫だから』

「予算無制限なんですか⁉」

　マリオは思わず聞き返した。

『あ、できれば安く上げて欲しいな。ほら、うちも一応営利企業やってるわけだし、払える限度ってものがあるから』

「……なんだ」

『でも、その代わり、あるものは何でも使っていいわよ。コネでも装備でも、他から借りて何とかなるものでも、どこかから調達してくれれば何とかなるものでも、何でもいいから、ね？』

「ね？　と言われましても、ねえ」

　答えながら、マリオはハードレイクの知り合いと、今までの仕事上の付き合いのある会社の中で、彗星捕獲などという長距離航行に必要な機材を保有している組織を思い出そうとしていた。

『ああ、今すぐ答えられなくても大丈夫だから、休暇はゆっくり楽しんでちょうだい。必要な資料と条件は、こっちで用意しとくから、そこからでもアクセスできるでしょ』

「あ、あの、社長？　ぼく、今、せっかくの休暇中なんですけど？」

『計画は、休暇が終わって帰ってきてからで構わないから』

「しゃちょおお、ここまで来て、そういうこと言うんですかああ」

『もっとも今回、時間との競争になるのが目に見えてるから、あんまりゆっくりもしてられないんだけど。じゃあ、また電話するわ』

「社長！　ちょっと待ってください、社長‼」

電話は向こうから一方的に切られた。マリオは、手の中で途切れ途切れの電子音を発振する受話器を見て、溜め息をついた。

「いつも、言いたいことだけ言って切っちゃうんだから。それにしても……」

受話器を戻して考え込む。

「……いったい何が始まったんだろ？」

2　ハードレイク、二日後

「ガルベス？　あたし、ジェニファー。突然で悪いんだけど、帰りにできるだけ大きな輸送機、持ってきてくれるかしら？　うん。うん、そう。機種は任せるから。うちの格納庫の大きさは気にしなくていいわ。もし予定通りなら、うちで休ませとく暇なんかなくなるはずだから。ええ、明日帰るときで大丈夫。何とかなる？　そう言ってくれると思ってたわあ。詳しいことは、帰ってから話すから。じゃあ、待ってる」

オフィスに入ってきたジェニファーは、鼻歌なんかハミングしながら携帯端末を切った。

「社長、いったい何考えてんです！」

ハードレイク第七格納庫内、スペース・プランニングのオフィスとガラスの壁で仕切られた社長室にミス・モレタニアの金切り声がこだました。

「うーん、やっぱりあなたのその声聞かないと、ここに帰ってきたって感じしないわ」

書類やらカタログやらが山のように積み上げられた社長室のデスクで、ジェニファーは嬉しそうにマグカップのコーヒーから口を離した。

「コーヒーも美味しいし、オフィスも片付いてるし、万事順調ね」

「その順風満帆を、一人で逆風遭難にする気ですか⁉」

ミス・モレタニアの声は悲鳴に近い。

「ヨーコ・エレノア彗星の分捕り競争にわざわざ参加するなんて、うちの経営規模とか将来計画とか、ちゃんと認識してくださってるんですか⁉」

「もちろん、そのつもりだけど？」

「しかも、そのためにこんな参加分担金が必要なんて、馬鹿げてます！」

ミス・モレタニアは、スペリオール・スターズ・アンド・コメッツ社から発行された彗星捕獲計画への参加要綱及び細かい規定が記された分厚い大判のファイルを、両手で頭の上に持ち上げた。

「今ならまだ間に合います、こんな夢みたいな計画のことなんか忘れて、目の前の問題をどうするのかに頭切り換えてください！」

「あー、その、ね」

ジェニファーは、飲みかけのカップで口もとを隠したままミス・モレタニアから目をそらした。

「それに関しては心配しなくていいから、大丈夫」

「何が大丈夫なんです！」

「それはね……」

どうやってごまかそうかと考える。ちらっと見ると、ミス・モレタニアは睨むように社長の釈明を待っている。

「だって、もう、必要な金額はスペリオール・スターズ・アンド・コメッツに払い込んじゃってるから」

「どうやって！」

ミス・モレタニアの声が一オクターブも跳ね上がった。

「どこから！　いつの間に、誰が！　いくら⁉」

「それは、あたしが、自分で、もう全額」

「神様……」

愛想笑いを浮かべるジェニファーの前で、絶望的な声を上げたミス・モレタニアは、十字を切って両手の指を組み合わせた。

「だって、これがどういうことかわかってらっしゃるんですか⁉　本格的な惑星間航行用の宇宙船なんかどこの会社だってまだ持ってないのに、もしこの勝負に勝とうと思ったら月軌道なんて問題にならないくらい遠くに、しかもできるだけ速く飛んでかなきゃならないんですよ⁉」

「さっき初めて話を聞いたってわりには、ずいぶん的確に状況を把握してるわね。さすがだわ」

「今のうちには、そんなことできるキャパシティはありません。人材だって機材だって予算だって、いったいどこから持っていらっしゃるつもりなんです！」

「とりあえず、マリオに飛行計画《フライト・プラン》を考えてもらってる」

ジェニファーは、任せときなさいというように自分の胸を叩いてみせた。

「GGにいろいろと探してもらうにしても、デイトン将軍にまたどこか紹介してもらうにしても、とにかく何がいつまでにどれだけ必要なのかわからないと準備のしようがないもの」

「わたしが心配しているのは人材や機材じゃありません。これだけのミッションを遂行しようと思ったら、どう少なく見積もったって、新しく宇宙船作って地上から高衛星軌道に一〇回以上往復するような予算が必要になるんです。どっからそんなお金持ってくるんですか！」

「……それは確かに少なすぎるわね。それくらいで済んでくれればありがたいけど。でも、こっちにも物理的に出せる予算の限界ってのは存在するわけだし……」

「多く見積もったりしたら、わたしの神経が保ちません！　こんな格納庫ひとつしかないような弱小企業が、いったいどうやって国家機関や大手が手がけるような長距離飛行に対抗できるっていうんです！」

「心配いらないわ。成功すれば、こんなミッションなんか日常茶飯事にこなさなきゃならなくなるんだから」

「今問題にしてるのは、成功するまでの期間、どうやって財布の口を開けておくかって問題です！　借金取りをだまくらかす魔法でも覚えられたのならともかく、そうでなければこんな計画、一インチだって宇宙船が動き出さないうちに会社がなくなってしまいます！」

「これ、なーんだ？」

ジェニファーは、デスクの引き出しから革表紙の仰々しいファイルを取り出してみせた。ミス・モレタニアの顔色が変わった。

「スペース・プランニングの資産登記目録……社長、まさか……」

「これだけじゃないわ」

笑ってみせて、ジェニファーは別の大判のファイルをミス・モレタニアに見せた。

「こっちはあたしの個人的な資産。スタークルーザーやコブラ、他にもいろいろあるけど全部まとめれば結構いい担保になったわよ」

参加要綱を抱きしめたまま、ミス・モレタニアは社長のデスクの前にへなへなとへたりこんだ。

「……まさか、うちの会社の資産、全部……」

かすれた声の質問に、ジェニファーはにっこりとうなずいた。

「星の上飛んでるシャトルからこの格納庫に転がってる予備のボルト一本にいたるまで、全部。あなたがきっちり資産管理してくれてるから、すごくわかりやすかったわあ」

「わたしがいない間に、銀行が監査に来たんですね」

ミス・モレタニアの声が、絶望的に低くなった。

「道理で、休暇の前と書類の配置が違ってると思った。社長の机が散らかるのはいつもと同じにしても、留守狙って荒らされちゃうなんて、こんなことなら休まなきゃよかった……」

「いや、別に、空き巣狙いに泥棒に入られたんじゃないんだから、そんな言い方しなくたって」

「ずっと無借金経営でなんとかなってたのに、銀行が乗り込んでくるなんて、もううちもお終いだわ。金勘定しかできない我利我利《がりがり》亡者に食い物にされて投機と転売の対象にされて絞るだけ絞られてぼろ雑巾みたいに捨てられちゃうんだわ」

「……昔、なにかあったの？」

「なにがあってもユダヤ人と銀行だけは信用しちゃいけないって、死んだ曾々《ひいひい》おばあちゃんの口癖だったんです。それなのに、それなのに、ああああああ」

「いつまでも銀行屋なんかと付き合う気はないから安心して、ミス・モレタニア」

ジェニファーは椅子から立ち上がった。

「そのためにも、この仕事は絶対に成功しなくちゃいけないの。わかってくれるわね」

「社長……」

デスクの前でしゃがみ込んだ社長にハンカチを差し出されて、ミス・モレタニアは首を振った。

「だって、いくらなんでも、そんなこと……」

社長のデスクのどこかで、電話のベルが鳴り出した。思わず立ち上がったミス・モレタニアを押しとどめて、ジェニファーはデスクの上の山を掘りはじめた。

「いいわ、あたしが出る。ええと、確かここら辺で見た気がするんだけど」

「ああ、社長、そんなにデスクのまわりに散らかさないでください」

「ちょっと待っててねえ、もうすぐ見つかるから」

電話のベルはいっこうに鳴りやまず、ジェニファーはコール一一回目でミッションレポートと郵便物の下から受話器を掘り出すことに成功した。

「はい、もしもし、スペース・プランニングです――ああ、マリオ、待ってたのよ。どう？ミッションの検討してくれた？」

「一通りの検討はしました」

超高空を飛ぶ大西洋便の大型ジェットのエコノミークラスで、開いたラップトップコンピュータのディスプレイを目の前にしながら、マリオは備え付けの電話の受話器を握っていた。

「かなりの予算は必要になりますけど、ハードレイクから彗星捕獲用の宇宙船を飛ばすことはできます」

『そう言ってくれると思ってたわあ』

衛星回線を中継して飛んでくる声は心底嬉しそうだった。

『それで、かなりの予算ってのはどれくらいのレベルになるのかしら』

「そりゃあ、最低でも新しく軌道専用の宇宙船を仕立てるくらいは必要になりますけど」

社長の悲鳴を予測しながら、マリオはコンピュータのディスプレイに目を落とした。

「でも、残念ながらこのミッションは開始することはできません。不可能です」

反応はかなり遅れて聞こえた。

『なんですってえ⁉　今できるって言ったばっかりじゃないの。そう聞こえたけど違ったの⁉』

「物理的には可能ですが、不可能です」

マリオは、ディスプレイに映し出された軌道相関図と宇宙船が彗星にランデブーするための予測軌道を目で追った。

「これからそっちのコンピュータに検討結果を送りますけど、結論から言えば、ミッションディレクターとしてこんな飛行に許可を出すことはできません」

『なぜよ。これがどれだけの仕事か、あなた理解してないの⁉』

「……少なくとも、社長よりは理解してると思いますよ」

マリオは投げやりに答えた。

「だけど、不可能です。こんな危険な飛行にうちの誰かを送り出すことはできません」

『どういうことよ！　そりゃあちょっとは飛行距離も時間も長いけど、ただの宇宙飛行じゃない』

「その飛行距離が問題なんですよ」

マリオはディスプレイを見て溜め息をついた。通常なら月軌道までしか、頑張ってもラグランジュ・ポイントまでしか表示されないディスプレイなのに、現在は月軌道がまるで点のように小さくなってそこから長いホーマン軌道がのびている。

「これだけの長距離飛行になると、何かあった場合のバックアップが全くできなくなります」

『……どういうことよ！』

「つまり、これだけ飛んでいった先で、万が一宇宙船側だけで処理できないような事故が起きた場合、地球側としては彼らを見守ることしかできないってことです」

『脱出用の宇宙船でも救助要請でも、何でもすりゃいいじゃない……』

いつもは元気なジェニファーの声が急速にトーンを落とした。向こう側でも気がついたらしい。

「そうなんですよ。もし彗星とランデブーするための飛行計画通りに宇宙船を飛ばすと、月の軌道半径どころかその二倍も三倍もの広大な空間に自分一人しかいないって状況になりかねません。地球からタイムラグなしに救助用の宇宙船を飛ばしても、周辺空域に急行するだけでもそれまで以上の時間がかかりますし、近所にもステーションはおろか補給ベース一つないんです。そんな場所で事故や故障が起きたら、どうすればいいんです？」

ジェニファーの溜め息だけが、低高度の中継衛星を経由して返ってきた。

「故障だけならまだ何とかなると思いますが、事故った場合、この条件ではどうやっても安全時間内に救助用の宇宙船を送り届けることができません。もしぼくがミッションディレクターをやるなら、こんな危ない飛行に許可を出すことなんかできません」

『……何とかならないの？』

ジェニファーがすがりつくように聞く。キーボードを叩いて、マリオはディスプレイの画面を切り換えた。

「いくつか、緊急避難先兼補給ポイントとして無人宇宙船を先行させるって手はありますけど、予算が一気に倍になります。おまけにこれは飛行の成否にかかわらずほとんど再回収の期待できない使い捨てになりますから、後で別に使うこともできません」

『……じょーだんじゃないわよ！』

いきなり耳もとでわめかれた気がして、マリオは思わず受話器を放り出した。

『そんな絶望的な結論聞くために、わざわざ国際電話かけたり、あなたの訳のわからないシステム相手にデータ入力したわけじゃないわよ！』

「あ、あの、社長、もう少しボリューム落としてくださっても充分聞こえますから……」

『向こう一年の営業資金だけじゃなくって会社の資産まで全部つっ込んだってのに、こんな電話一本でハイそうですかなんてあきらめられると思うの⁉』

は、と口を開いたマリオはしばらく返事するのを忘れた。

「え、ええと、今、予算的にかなり厳しい話を聞いたような気がするんですが」

『その通りよ。会社の興亡とこれからのあたしの人生が懸かってるんですからね、こんな電話一本で不可能だなんて言われたって納得できないわ。そこをいかさまでもルール違反でもして、何とかするのがあなたの仕事でしょ‼』

「いかさまだのルール違反だの言われましてもねえ、一応まっとうなミッションディレクターのつもりですから……」

『とにかく、何とかしてできる方法を考えてちょうだい。今、どこ？』

「今は……」

マリオは窓の外に目をやった。白い雲海が翼下に広がっている。

「大西洋上、まだアメリカの領空には入ってないと思いますけど」

『とにかく帰ってきて。後の話はそれから聞くわ。電話でこれ以上話しててもどうにもならないだろうし……』

「何とかできないかどうか、もう少しやってみますけど……」

マリオはさすがに申し訳ないような気分になって言った。

「あんまり期待しないで待っててください」

「あなたが最後の希望の星よ。気をつけて帰ってきてね」

ジェニファーは、しばらく切れた電話の受話器を見つめていた。はっと思い出して、コードを引っ張って本体のサルベージを始める。

「しゃちょおおおお」

ミス・モレタニアの恨みがましい視線を感じて、顔を上げたジェニファーは愛想笑いを返した。

「大丈夫、心配することないわよ。うちの優秀なスタッフが力を合わせれば、できないことなんか何もないわ」

「昔からそうやって、いったいいくつのプロジェクトが崩壊消滅してきたか知ってるんですか？　いくら人材と予算をつぎ込んでも、物理法則と時間の流れは変えられないんですのよ」

ミス・モレタニアは眉ひとつ動かさず冷たく言い放った。何か反論しようと思ったところに、下の格納庫から駆け上がってくる足音が聞こえてきた。

「こんにちわー！」

天まで突き抜けるような元気な挨拶とともに、大きなフライトバッグを抱えた美紀がオフィスに駆け込んできた。一直線にオフィスを抜けて社長室に飛び込んでくる。

「大きなミッションのために遠くまで飛んでいかなきゃならないって、ほんとですか⁉」

「…………」

やっと引っ張り出した電話機の本体に受話器を戻して、ジェニファーはミス・モレタニアと顔を見合わせた。満面の笑顔で輝いている美紀に目を戻す。

「いいところに戻ってきたわね。たった今その件についてマリオと電話で検討していたところよ……ずいぶん陽に焼けたわね」

「ずっと田舎の砂浜で転がってましたから」

すっかり黒くなった美紀が、妙な顔をしてフライトバッグを床に下ろした。

「どうしたんです？　向こう一世紀、営業の心配がなくなる儲け話じゃなかったんですか？」

「……社長、なんて話したんです」

「時間がなかったから、なんにも」

山と積み上がった書類の上に電話機を置いたジェニファーは、胸の前で勢いよく両手を打ち合わせた。

「ただ、例によっていろいろと問題が山積みみたいなのよ」

「はへ？」

「今日のところはゆっくり休んでちょうだい。明日になればマリオが帰ってくるから、もっと詳しい話が聞けると思うわ」

「はあ……」

美紀は、絶望的な顔をしているミス・モレタニアの胸元を覗き込んだ。

「ああ、それ、あの砕けちゃったヨーコ・エレノア彗星の回収計画ですね。スペース・プランニングにも協力要請が来たんですか？」

ジェニファーは、もう一度暗い顔のミス・モレタニアと顔を見合わせた。彗星のファイルをジェニファーに押しつけたミス・モレタニアは、ぷいっと背を向けて行ってしまう。

「コーヒー淹《い》れてあげる、ミッキー」

「ああ、どうも……」

首を傾げて、美紀はミス・モレタニアの後ろ姿を見送った。

「何か、あったんですか？」

「ちょっとした意見の相違ってやつ」

ジェニファーは、自分の手に戻ってきたファイルをぱらぱらとめくってみた。

「協力じゃなくて、主契約者《メイン・コントラクター》になろうと思ってるんだけど。まあ、すんなりうまい仕事が手に入るとは思ってないわ」

「はあ?」

美紀は思わず社長の顔と拡げられたファイルを見直した。

「これを? うちが?」

「それをマリオったら、ろくな検討もしないでいきなりできないだなんて、こっちの事情も少しは考えて欲しいわよね」

手首を返して書類の山の上にファイルを放り出すと、それまでかろうじて微妙なバランスを保っていた堆積物が一度にデスクの上から雪崩《なだ》れ落ちた。

「社長! 何してるんです‼」

開け放したドアの向こうから、ミス・モレタニアの罵声《ばせい》が響いた。

「なんでもない。ちょっとした問題が起きただけよ」

「後で片付けますから、うっかり触らないでください!」

「オールドクロウより管制塔《コントロール》、着陸許可すぐ出るか、どうぞ?」

『ハードレイクコントロールよりオールドクロウ、滑走路は向こう一時間空いている。到着予定時刻が変更なしなら、勝手に降りてこい』

「オールドクロウ了解、これより最終進入に移る」

いつもどおり柄《がら》の悪いコントロールの応答に苦笑して、ガルベスは大きく翼を拡げた巨人機をハードレイクの滑走路めがけて旋回させた。

燃費のいいターボファン四基の轟音とともに、軍事空輸軍団から引退した後、民間に払い下げられた古い大型輸送機はゆっくりと高度を落としばじめた。

ロッキードC－5Bギャラクシー。民間籍になってからエンジンをより安全性と信頼性の高い新型に交換したりしているが、色鮮やかな塗装はとっくに剝げ落ち、その下の旧米空軍マークまでがうっすらと浮き出ている老兵である。

操縦系統も更新されているとはいえ、最低でも正副二人のパイロットを必要とする広い操縦室の機長席に一人で座って、ガルベスはギャラクシーの降着装置をおろした。

「しかし、うちみたいな弱小で、なんでこんな大型機が必要になるんだか……」

オービタルコマンドが運用しているロシア製の六発機ほどではないが、一〇〇トンを軽く超える最大有償荷重《ペイロード》はいまでも最前線で通用する数字である。しかし、いまは満載にはほど遠い重量のコンテナを幾つか積んでいるだけだから、機体の動きは軽い。

「この機体じゃ空中発射母機に使えるわけでもないし、貨物輸送にくら替えして食っていけるほどパイロットの数がいるわけじゃなし、いったいあの嬢ちゃん何考えてんだか」

首を傾げながら、ガルベスは自動着陸装置の助けをほとんど借りずにギャラクシーを滑走路におろしていく。

「ご存じのとおり、うちみたいな弱小は軌道上専用の宇宙船を持っていません」

マリオは、オフィスに集まった一同の顔を見回した。

ジェニファー、ミス・モレタニア、昨日戻ってきたばかりの美紀、先ほど超大型輸送機で到着したばかりのガルベス。主任メカニックのヴィクターは先日のミッションで地上に降りたダイナソアA号機の分解整備にかかりっきりで、格納庫を離れていない。先日、最初の宇宙ミッションをやり遂げたチャンは、実家のあるロサンゼルスのニューチャイナタウンから帰還が二～三日遅れると連絡があった。

「いまさらわかりきったこと言ってくれなくたっていいわよ。それで?」

ジェニファーは、デスクにもたれたまま軽く腕を組んで先を促した。

「とにかく、どうすれば一番に彗星を捕まえられるのか、何を考えたのか教えてちょうだい」

「……いいですけど」

肩をすくめて、マリオはテーブルの上に大きな図面の筒を置いた。

「軌道上専用の宇宙船を手に入れようとしても、今すぐ彗星捕獲みたいな長距離航行をこなせるような船は売りに出ていません。規格品の船体構造を買って今回のミッションのために長距離仕様の宇宙船を仕立てると、今度は予算と時間という問題が出てきます」

「わかってると思うけど、両方ともないわよ」

「まあ、いつものことだから驚きもしませんけどね。というわけで、ありあわせの資材とコネで長距離、長期航行用の宇宙船をでっち上げなければならないわけですが」

マリオは、一枚目の図面を開いた。

「……何これ？」

コンピュータ作画の三面図を覗き込んだ美紀は目を丸くした。子供がおもちゃ箱の中身をありったけ組み合わせて作った合体模型のようなオブジェが描き出されている。

「だから、いまある資材と予算の範囲で造れる長距離用の宇宙船のラフプランです。メインコントロールにダイナソアを使って、接続する部品のコントロールをすべてここに集めます」

「……これが、ダイナソア……？」

美紀は、構造物の中程に埋め込まれているような見覚えのある宇宙機を発見した。他にもいろいろとブロックやらモジュールやらが組み合わされていて、一目見ただけでは何がどうなっているのかよくわからない。

「これって、ずいぶん大きくない？」

「いろいろと寄せ集めてるんで大きく見えますが、質量としては正規の軌道船よりも軽いはずです。ただし、今回のミッションのためだけに寄せ集めた宇宙機ですから、この仕事が終わった後に他に使い回すなんてことはできません。これが燃料タンク、これが初期加速用のロケットブースター、これが中段加速及び減速に使うプラズマ・ロケットブースター、図には描いていませんけどこの両側に放熱板と太陽電池を拡げることになります」

「……スペース・プランニング始まって以来の大型機になるな」

図面を一瞥したガルベスがつぶやいた。

「こんなでかぶつ、どこで組み上げるつもりだ？」

「軌道上で、移動しながら、と考えてます」

「なに？」

「ええと、ここから先は画面を見てもらった方が早いんですが」

車椅子をくるりと回転させたマリオは、膝の上に乗せていたリモコンで応接セットの前においてある旧式なテレビシステムのスイッチを入れた。大きさだけが取り得の高精度ディスプレイに灯が入る。

続けて、マリオは膝の上にノートパソコンを拡げてキーボードを叩き始めた。ノート上のディスプレイと同じ映像がテレビ画面に映し出される。

「仕様予定はダイナソアA号機。どうしてかってえと、この船は今回限りで使い捨てる可能性が高いんで一番惜しくない機体を選びました」

画面上に、ダイナソアのコンピュータ画像が映し出された。凝《こ》り性のマリオが作ったコンピュータ・ジェネレーテッド・イメージにしては珍しく、フレームを形作る線画だけの単純な絵である。

「別に、惜しくないわけじゃないけどね」

大型テレビに映し出されたダイナソアのサイドビュウを見て、ジェニファーは肩をすくめた。

「専任パイロットのデュークがなんて言うかしら」

ダイナソアA号機の専任パイロットであるデュークは静止軌道上の研究施設に出張中のため、ここにはいない。

「これに、地上で手に入るかぎりの資材を追加して打ち上げることになります」

マリオはキーボードを叩いた。いつもよりはるかに大型の打ち上げ用液体燃料タンク、固体ロケットブースターが、小さくなったダイナソアの腹面に配置される。

ガルベスは自分よりもはるかに大きいブースターを装備したダイナソアの映像を見て顔をしかめた。

「ここまで寸法がでかくなると、ハスラーじゃ抱えきれんぞ」

「ですから、今回は打ち上げ母機にオービタルコマンドのアントノフを使うつもりです。高度も速度もハスラーの三分の一になりますが、あれは三〇〇トンクラスのロケットを成層圏に持ち上げられますから」

ブースターを抱えたダイナソアの映像がさらに縮尺され、その下にさらに大きな六発超大型輸送機の映像が重ねられた。

「地上で調達する予定のものは長旅のための食料と、それから宇宙船のためのメインエンジンになります。他にもいろいろと細かいものがあるんですが、ダイナソアの貨物室《カーゴベイ》だけじゃ足りませんから、追加タンクをカプセル代わりにして持ってくことになると思います」

「……打ち上げ前の地上重量が三二〇トンだと？」

画像のすみに表示された性能要目《スペック》を見たガルベスが声を上げた。

「ダイナソアを抱えた状態のハスラーでも、この半分も行かんぞ」

「どれだけスケジュールを詰めたって二カ月、下手すりゃ半年も飛びっぱなしのミッションになるんです。これでも、持ってくアイテムは必要最低限に抑えてあるんですが」

「続けて、マリオ」

ジェニファーは眉ひとつ動かさない。

「まだ、地上から飛びたつところまでもいってないわ」

「そういうわけで、高度一〇〇〇〇、ほぼ音速から打ち上げるにしても、現状のままのダイナソアのメインエンジンの推力じゃあ飛び上がることもできません。エンジンの方は、ヴィクター整備主任に後先考えないドラッグ・チューンをしてもらうにしても」

「気が進まないわね」

スペース・プランニングで飛行機も宇宙機も扱う整備主任であるヴィクターは難しい顔をしている。

「そりゃあ、四分の一マイル《クオーター》走れれば後はどうなろうと構わないドラッグスターみたいなかりかりのチューンすれば一時的に推力を上げることはできるけど、A号機のメインフレームは初期型だから無理が出るかもしれないわ」

「打ち上げ推力にかぎり、Z軸方向なら通常の三倍でシミュレーションしてみても、コンピユータ上では問題は出ませんでしたけど」

「電子回路の中で問題なく動いたって、現実にぶっ飛んだケースはいくらでもあるわ」

「その問題は後で検討しましょう。どっちにせよ、ダイナソア本体だけじゃ、この重量に対する最低限の初期加速も得られないので、追加ブースターを独立記念日の花火みたいに装備しなきゃなりません」

長大な推進剤タンクごとアントノフ225の上に載せられたダイナソアの後部に、コンピュータ作画による固体ロケットブースターが立て続けに追加された。推進剤タンクの両側にぎっしりと付けられるだけ並べ立ててそれでも足りないらしく、通常なら空きスペースになるはずのタンク後端にもロケット七本を蜂の巣状に束ねたブースターが追加される。

美紀は思わず吹き出した。

「ええと、タンクの左右に六本ずつと、それから後ろに七本？　合わせて一九本もブースター使うの？」

「世界で最初に人工衛星を上げたR7ロケットは、液体燃料のメインノズルだけで二〇基、補助ロケットも一二基使ったクラスターロケットだった。前世紀の、それも中頃の話だよ」

「こっちはダイナソアのメインエンジンと合わせて二〇基か。でも、複合燃料《コンポジット》のハイパワーブースター、こんなに束にして大丈夫なの？」

「制御の問題なら、さすがにこれだけ同時点火すると一本くらいは燃焼不良起こすやつが出てくるかもしれないけど、ノズルコントロールで推力軸線は保たせられる。安全性の問題なら、少なくともサイオコール社のカタログには何本以上束にすると危険だなんて記述はない」

「そりゃ、重量物を持ち上げるのに、小型機用のブースターを束にしようなんて、誰も考えないからじゃない?」

「どっちかっていうと、問題はこれによる初期加速だ。重量物を非力なメインロケットで高軌道まで上げる必要上、できるだけ早いうちに速度を稼ぎたい。で、まあこの構成を見れば想像はついてるだろうけど、加速Gは打ち上げ直後でも五、機体が一番軽くなるブースターの切り離し直前で八から九を超える。ちょっとしたミサイルなみだ」

マリオは、美紀に挑戦的に笑ってみせた。

「我慢できるかな?」

「世界で最初に月に行ったサターンロケットも、最大加速は八Gを超えていたんじゃなくって?」

美紀はマリオに微笑み返した。

「これも、前世紀の話だと思ったけど」

「戦闘機で曲技《アクロ》やるくらいの荷重だから、心配はしてないけどね。それで、この構成ならダイナソア、及び地上から上げる資材を補給キャンプのある低軌道まで上げることができます」

画面上で、最初にダイナソアを乗せていた大型輸送機が離れて画面から消えた。次に、タンクにごっそり追加されたブースタータンクが、まるで花びらが散るように一斉に脱落していく。長大なメインタンクを抱えたダイナソアの映像だけが画面に残った。

「さて、これでダイナソアは宇宙空間に出てきたわけですが、ここでこいつを長距離仕様の宇宙船に作り直さなきゃなりません。それにはもちろんいろいろと必要なわけですが、軌道上で宇宙船の部品を集める方法はふたつ、地上から持っていくか、宇宙で使われていたものを再使用するかです」

マリオは、無表情を装っているジェニファーに目を向けた。

「今回は、時間と予算の兼ね合いで以下のものを宇宙空間で調達することにしました。太陽電池、居住ブロック、推進剤、再循環システム、長距離通信用のアンテナ及び通信機、リレー衛星、反動制御システム、予備タンク、まあ、きりがないんでここら辺にしときますけど」

マリオは、部品を読み上げるたびに画面上にその形を呼び出していった。

最初、タンクを抱えたダイナソアしか映し出されていなかった画面に、次々と画像が重ねられて埋められていく。

「これ、全部軌道上で買い揃えるの？」

ミス・モレタニアが卒倒しそうな声を出した。一般に、地球上で調達するよりも軌道上で買う方が輸送コストがかさむために、物資の値段は桁が上がっていく。

「地上からの運搬コストと、そのための時間と比べると、宇宙空間で売りに出ている中古の部品やスクラップを買いあさって揃えた方が早くて安くなります。もちろん中には大型船用の反動制御システムとか、大出力アンテナとか、まっとうなルートじゃないものもあるんですが、それでもこっちのほうが半額以下で何とかできます」

「部品は全部揃ってるのかしら？」

当然のことのように聞いた社長を見て、ミス・モレタニアは絶望的に目を覆った。ミス・モレタニアを見ないようにして、マリオはうなずいた。

「今、軌道上で売りに出ている物件か、少なくともスケジュールに間に合うように手に入る機材だけでなんとかなります。仮発注はしてありますけど、中には優先順位が二番手以降でキャンセル待ちとか、現在使用中でこっちにまわってくるかどうかスケジュールぎりぎりなんてのもありますけど」

「まだ、間に合うのね」

ジェニファーは納得したようにうなずいた。

「先に発注して配送を頼んでおけば、地上からの打ち上げに合わせて目標空域に集積させておくこともできますし、ひとつずつ組み立てながら次の部品を送ってもらうってこともできます。これらの部品は共通規格のものを選んであるのと、あらかじめ地上から持っていく推進剤タンクに専用のアダプターを追加しておくことによって、組み合わせるだけで組み立てることができるようになっています」

マリオは、キーボードを操作した。画面の中で長大な推進剤タンクを抱えたままのダイナソアに、次々と様々な部品が組み合わされていく。

「まあ、宇宙空間で、間に合わせとはいえ長距離仕様の宇宙船を一隻建造することになるんで楽な仕事じゃありませんけど、とにかくこれで彗星捕獲のために長距離を高速で飛ぶための宇宙船ができるわけですが」

マリオは、反応を確認するように全員の顔を見回した。

「続いて、飛行計画《フライト・プラン》の説明になりますけど、ここまでで何か質問は？」

「この船は、何人で動かすの？」

美紀が聞いた。

「その前に、何人で作るのかしら？」

「建造に何人の手が借りられるかどうかは、状況しだいになると思います。社長の話だと今回はオービタルコマンドも協力してくれるらしいし、知り合いの同業他社に動員をかけることも検討しています。宇宙船《ふね》を動かすには……」

マリオはキーを叩いた。画面上に別の小さな画面が開き、細かいデータが高速でスクロールされる。

「その気になれば無人で飛ばすこともできるんですが、それだと今回のフライトの意味がなくなりますんで、最低一人は乗っていかなきゃなりません。経費節減と、安全確保を考えて、パイロットとナビゲーターを兼ねられる人材をペアで乗り込ませることを考えていますけど」

「ふうん」

美紀は、画面上の急造宇宙船から目を離さない。

「こんな大きいのに、二人だけで動かすのか……」

「人を乗せていかなきゃならないから、こんなに大きくなっちゃうんだ。彗星にランデブーするだけなら、ダイナソアで持っていけるような小型の無人宇宙機でなんとかなるんだけどね。で、この宇宙船を使った飛行計画ですが、こんな感じで考えています」

画面が、太陽から火星軌道まで表示された太陽系軌道図に切り換えられた。画面の右上に西暦と年月日が表示され、さらに太陽から地球軌道に向かう楕円軌道上の彗星が重ねられる。

「宇宙船は初期加速にダイナソアのメインエンジンを使って地球軌道を離れます。そこから先は慣性航法で彗星への接近軌道をとりたいところなんですが」

地球軌道からのびた曲線が、太陽方向から飛んでくる彗星に近づいていく。

「まともにこの軌道を飛んでいくと、同じ獲物をめざしているはずの同業他社が飛ばしてる正規の宇宙船にかないません。タイミングしだいなんですが、早ければ今月中にも、彗星をめざす宇宙船が地球軌道を離れかねない状況ですから、これを追い越すための仕掛けが必要になります」

マリオは、画面を軌道上で組み立てられた急造の宇宙船に戻した。

「そこで、地球軌道を離れた宇宙船は太陽電池パネルを展開し、あり余る太陽光で発電した大電力を地球から持ち込んだプラズマロケットエンジンに投入、微加速を開始します」

宇宙船の両側に、全長をはるかに超える幅の太陽電池が渡り鳥のように拡げられた。建造の最終段階で取り付けられた小さなエンジンが、淡い光のような噴射を開始する。

「ご存じのとおり、プラズマロケットってのは、プラズマ化した推進剤を電気加速して噴射するエンジンで、化学ロケットなんか問題にならないくらい効率がいいんですが、その代わりにお話にならないくらいささやかな推進力しか得られません。こいつは将来の核ロケットモデルとしてヘリカルコイルで推進剤をプラズマ化、電子加速して噴き出す実験モデルで、だからこれが最初の実証試験になります。ただし、これで常時加速を続けることによって、計算上は先行する他の宇宙船よりも高い最終到達速度《デルタV》を得られることになります」

最初に地球から伸びた線を、後から放たれたより直線に近い曲線が追い越して彗星に接近していく。

「これって、この前、宇宙空間で実験機飛ばしたモハビ技術研究所のエンジンでしょ?」

美紀はテーブル上の図面から顔を上げた。一年以上前のスペース・プランニングの請け負い仕事に、将来型の宇宙空間専用エンジンのテストがあり、美紀はその実験を地上から支援していた。

「確か、このタイプのエンジンの実用型はまだ飛んでないんじゃ……」

「有人の実験機としては、これが最初の機体になる。予算がないからね、ついでにこういう仕事も組み込んじまおーってことだ」

「信用できるの?」

宇宙パイロットらしい慎重さで、美紀が聞いた。

「地上の真空チェンバーでは、予定通りの推力が確認されている。技術研究所の連中はできれば核動力を使いたいらしいけど、今回は太陽電池動力だから民間で核電池を使う心配もない」

「核動力の仕様を想定してるくらいなら、かなり高い電圧が欲しいんじゃない？　ばかみたいに広い面積拡げるとはいえ、太陽電池くらいで大丈夫なの？」

「計算上は、持っていく燃料電池と合わせて船内の必要電源まで余裕を持ってまかなえる。だいたい、今回使う予定のプラズマロケットはそんなに高推力を期待できるタイプじゃないからね、その分は比推力と噴射時間で稼ぐしかない」

「噴射時間を稼げるの？」

前回、宇宙空間で行われた噴射実験はごく短い時間のものだった。予備知識として、プラズマロケットが非常に少量の推進剤を長時間にわたって噴射するものだということは知っていても、それがどの程度の加速と到達速度をもたらすかは、機関の推進力と組み合わされる宇宙船の質量によって決定される。

「予定では、航程の五〇パーセント以上はプラズマロケットを使いっぱなしってことになる。もし充分な推進剤を積んでいけるのなら、全行程を噴射しっぱなしで飛ぶことも可能だ」

「……ＳＦみたい」

実感が得られずに、美紀はつぶやいた。化学ロケットは、強力な推進力を莫大な燃料の消費によって得るから、その運転時間は全飛行時間に比べればほんの瞬間的なものにしかならない。

「だから、飛行計画の大部分は今までみたいな慣性航法じゃなく、微弱ながら加速と減速を続けた状態で進むことになる。そのための航法支援ソフトももうできている。そういうわけで、この方法ならば、許容できる範囲内の予算と時間で、この砂漠の空港から宇宙の果てに彗星を捕まえる宇宙船を送り出すことができるけど……」

マリオは、もう一度オフィスに集まっている全員の顔を見回した。

「だけど、社長にも説明した通り、もしぼくが、飛行責任者《ミッションディレクター》、を務めるのなら、この飛行計画には絶対にゴーサインを出せません」

「ほう？」

すでに概要を聞いていたのか、反応は思ったよりも少なかった。マリオは構わずにキーボードを叩いてモニター上に軌道相関図を映し出した。

「理由はたった一つ、もし、想定外の非常事態が起きた場合、地上から全く支援ができないほど遠くに宇宙船が飛んでいってしまうからです」

「……どんな非常事態が想定されるわけ？」

マリオは、質問した美紀の顔を見た。

「どんな？　コンピュータが強烈な電磁波喰らって一気に全部パンクしちまうとか、実験型のエンジンが作動不能になっちまうとか、燃料電池の酸素タンクが全系統吹っ飛んじまうとか、空気の再循環システムにカビが湧くとか、――まだ続けようか？」

「……あのね」

マリオは、まだ何か言いたそうな美紀を手を上げて押し止めた。

「セントラルコアに使うダイナソアはうち一番の問題児《トラブル・メイカー》のA号機だし、ヨーコ・エレノア彗星を粉砕した太陽活動の異常だってまだ完全に治まったわけじゃない。毒電波を含んだ太陽風に吹きっさらしにされた太陽電池パネルが見る見るうちに変換効率をダウンさせるとか、決して静かじゃない宇宙空間に厳密な宇宙線対策したわけでもない宇宙船で生身の人間を長距離航行に出すことによる影響とか、いくらでもミッションそのものを中止しなきゃならないほどのアクシデントってのは思い付けるんだ。起きる可能性のあるトラブルは必ず起きるってのは、この業界で昔っから言われてる法則だぜ」

「そして、想定外だから非常事態になる。そりゃ、わかってるけど、でもここで話してたって飛行機が突っ込んでくるかもしれないし、おとなしく町中歩いてたって交通事故に巻き込まれる可能性はあるのよ。何とかできる可能性があるなら、やってみるべきじゃないの？」

「見てくれ」

マリオは、ディスプレイの映像を地球から月軌道までの、通常、地球圏と呼ばれる空域に切り換えた。

「この宇宙船は、地球軌道から発進して二日後に月軌道を横切る。一週間もかけずに一〇〇万キロも離れちまう。その時の速度は地球脱出速度はもとより、そのうち太陽系だって脱出できるような速度になる。知ってのとおり、宇宙軍の緊急救難艇の行動半径はぎりぎり月の裏側のラグランジュ・ポイントまでで、そこから先はお手上げだ。こんな状態で緊急事態が発生したって、誰も助けになんか行けないぜ」

「自分で何とかするわよ。それに、必ずトラブルが発生するって決まったわけじゃないでしよ」

「トラブルは必ず発生する」

自分でも嫌そうな顔をして、マリオは断言した。

「実際、いままでに些細《ささい》なものを含めてどんな問題も発生しなかったフライトなんか、スペース・プランニングの創設以来存在しない。もちろん、そんなものが起きないように事前の準備を整えておくことが基本だけど、次善の策として、どんなトラブルにも対処できる態勢を整えておく必要がある。いまのままの態勢じゃ、宇宙の果てで起きた遭難事故にここは対応できない」

「あなたの慎重第一主義に、いまさらどうのこうの言う気はないけど」

ジェニファーが口を挟んだ。

「例えば、救難用の非常脱出艇を追加するとか、何か手は考えられないの？」

「ダイナソアをセントラルコアに使うのはそのためです」

マリオは、テーブル上の図面に目をやった。

「例えば、船体を切り離さなければならないような重大なトラブルに出くわしても、ダイナソアならその場は脱出できる。でも、その後、乗員が生き延びられる時間のうちに地球圏まで戻ってこられるかどうかってのは別の問題になります。長期航行用に改装したっていったって所詮はダイナソア、惑星間空間を飛び回るような機体じゃありません。もっとも、民間用の惑星間航行用の機体なんて、いまのところ存在していませんけどね」

「ダイナソアを非常脱出カプセルに使ったとして、到達速度と脱出地点によっては太陽の向こう側で地球に戻ることになりかねないわね」

美紀は、彗星とのランデブーに失敗して減速できなかった場合のコースをディスプレイ上の軌道相関図と、理論上の加速値からおおざっぱに暗算した。

「あの小さな機体で宇宙漂流ってのは確かにあんまり考えたくない事態だわ」

「それだけの危険を冒《おか》して、なお、確実にトップをとって彗星にたどりつけるわけじゃない。そりゃあ、向こう一世紀、地球圏の宇宙空間を支配できるくらいの水資源が手に入るってのは充分な賞金だとは思いますけどね」

マリオは社長に目を戻した。ジェニファーは落ち着かないように腕を組み直した。

「ラスベガスでは、もっと分の悪い賭けもあったわよ」

「宇宙開発はギャンブルじゃありません」

マリオに睨みつけられて、ジェニファーはぺろりと舌を出した。

「そりゃあ、命を賭けるだけの値打ちのある事業でしょうけど、でも、少なくともぼくは人の命のチップで勝負する気にはなりませんね」

「困ったわね」

ジェニファーは肩をすくめた。

「そうすると、彗星だけじゃなくて、この会社まで空中分解しちゃうことになるわ」

「賭けるのはあなたの命じゃない、飛んでく宇宙飛行士の命だし、それに、成功すれば未来が手に入るのよ」

美紀は、図上の宇宙船から目を離さない。

「やる価値のあるギャンブルだと思うわ」

「未来は、おそらく手に入るよ。誰の手に入るかはともかく、いろんな会社が一番乗りをめざして画策してる。どこが独占所有権を手に入れるかは神様だけがご存じだろうけど、少なくとも、ぼくはこれだけフォローの効かないプランに付き合うつもりはない」

これで話は終わりだというように、マリオは膝の上に載せていたラップトップをぱたんと閉じた。画面上の軌道相関図と、テーブル上の図面が残される。

「こんな大きな宇宙船作るんじゃや、久しぶりに軌道上《うえ》に上がらなきゃならないと思ったけど」

ヴィクターが残念そうにつぶやいた。

「早々に撤退が決まったんじゃや、そういうわけにもいかないわね」

「ちょっと待ってよ！」

ジェニファーが声を上げた。

「ほんとにこんな通り一遍の検討しただけであきらめるつもり⁉　これだけの大事業なのよ。危険は承知の上だし、できる限りの手を打てばリスクだって最小限に減らせるでしょ。それもしないで放り出すの⁉」

「残念ですが」

マリオはにべもない。

「いまなら、まだ、エントリーフィーだけの損害で済みます。その分は、ぼくの計算では向こう三年くらいで取り戻せるはずですけど」

「じょーだんじゃないわよ！　少しくらい予算を増やしてもいいから何とかしてよ。いかさまやルール違反思いつくのは、あなたの得意でしょ‼」

「もうまる四八時間、この件についてはあらゆる角度から検討しました。他の会社がどうするかはともかく、ぼくはこの仕事には乗る気はありません」

「……他の会社はどうするの？」

　地球から、ひとつ内側の惑星である金星までの広大な空間が映し出されているディスプレイから、美紀が首を巡らせた。

「少なくとも、地球圏にしか補給ベースがないのは他の会社だって同じでしょ。本来、彗星開発をするはずだったニュー・フロンティアだって、無人宇宙船で迎撃してから減速するはずで、人が彗星の核に接近するのは地球圏に充分接近してからって計画だったはずよ」

「一応、ネットで探ってはみたけどね」

　マリオは、一度は閉じたラップトップコンピュータを開いた。

「まず、こいつがレースになるって公表されてからまだ時間が経ってないのと、それから、航行計画が各社のトップシークレットになっているせいだろう、どこも何も公開していない。おそらく、最初の宇宙船が彗星にたどりつくまで、軌道要素がわかるようなデータは公開されないんじゃないかな」

「なぜ？」

不思議そうに聞いた美紀に、マリオは意外そうな顔をした。

「それこそ、向こう一世紀の儲けに関わる最高機密だからさ。例えば、どこかの会社が一番乗りのための航行計画を立案して、そのために動き出したとする。そしたら、二番手以降は何を考える？」

「何とかして、出し抜こうとする」

答えたのは、ジェニファーだった。マリオはうなずいた。

「その通りです。このレースは、トップを取らないと意味がない。だから、トップの計画より後に彗星に到着するはずだったチームは、トップのスケジュールを知れば当然それより早く彗星を捕まえるために計画を変更する。そしたら、最初にたどりつくはずだったチームは、地球を出発すると同時にこのレースの負けが決定する」

「鶏が先か卵が先かみたいな話になってきたわね」

ジェニファーは顔をしかめた。

「ややこしいけど、つまり、誰にも先を越されないように、どこのチームも自分の航行計画やスケジュールは厳重に秘《ひ》匿《とく》するだろうってこと？」

「まあ、現実問題として、今現在の地球上で調達できる宇宙船の性能も、地球に向かって飛んでくる彗星の軌道もわかってますから、ほとんどのチームが予測される幅の中でスケジュールを切って軌道を選ぶと思いますけどね」

「それじゃマリオ、あなた、どうやってうちのスケジュール決定したのよ？」

「もっとも恵まれた条件の宇宙船を仮定して、それに勝てる可能性のあるプランを組んだだけです。ただし、今日明日中みたいなすぐには、その宇宙船が出発しないだろうとは思って、その程度の希望的観測は入ってますけど」

マリオは、再びキーボードを叩きはじめた。

「今、軌道上で動き回ってる宇宙船ってのは、全部が全部、軌道要素も飛行計画も公開されてますから、その中であまり遠くない将来にスケジュールが空くもの、あるいは緊急にミッションをキャンセルできるもの、あるいは、いまのところ補給か整備中の機体を探して、それぞれの所属と性能をチェックしたんです。この中には地上や軌道上で建造中のものは入っていません。それから、彗星捕獲のための長距離、長期間、高速航行ってのはまず間違いなく特別な改装や補給が必要になりますから、それらの資材の調達、船体の改造や整備調整、航行の準備を、金に糸目をつけないで進めたとして」

「うらやましい話だわ」

「現実的な話として、そんな余裕がある企業や組織ってのはそうはありません。いくら地上に資金があったって、それだけじゃ宇宙空間に必要な宇宙船を浮かべることはできませんから。この場合、最大限に必要なのは時間になります」

「その時間的余裕の最小値と資金的余裕の最大値をとったのが、最強のライバルってわけね」

「もっとも、宇宙船の性能に関してはカタログ通りで計算してますから、それなりの誤差はあるはずですけどね」

再び、モニター上の軌道相関図が動き出した。地球から、太陽の方向より接近してくる彗星めがけて幾筋もの軌道が放たれる。

「ついでに予測すれば、もし、どこかが最初に自分の宇宙船の軌道要素と航行計画を公開する場合があれば、それは多分に修正可能なもののはずです。推進剤にしても機関にしてもかなりサバを読んでおいて、後追いの宇宙船が発進してからそいつを振り切るため、あるいは追いつかれないために最終到達速度《デルタV》を最初の予定より上げるくらいのことはするでしょう」

「修正可能って言ったって、ある程度の幅はあるでしょ。最大限に見積もっても、ほとんどの彗星を追う宇宙船は、この幅のある軌道の中を飛ぶんでしょ」

マリオに目を戻して、美紀はにっこりと笑った。

「このレースに参加が予想される宇宙船は、最大何隻？」

「だいたい、一ダース」

マリオは即答した。

「ただし、これはほんとに最大値だ。現実には、先行全機が遭難しないかぎりは負けるとわかってるフライトに宇宙船を飛ばすような企業はないだろうから、飛んでいくのは半ダースを切るとは思うけど」

「つまり、この幅の中に最大一二隻、少なくとも五〜六隻は飛ぶんでしょ。それなら、心配することはないわ」

「……何を思いついたの、美紀」

マリオは不吉そうな顔をした。

「だから、大丈夫よ。非常事態に関する心配は、出港もしないいまのうちからする必要はないってこと」

「だから、どっからその楽観主義が出てくるんだって」

「だって、前にも後ろにも、これだけ宇宙船が飛ぶことになるんでしょ」

美紀は、顔の前に両指をいっぱいに拡げてみせた。

「だったら、もし自分たちで何とかできないトラブルに出くわしたら、緊急事態を宣言してSOSを発振すれば何とかなるわ」

ほわ、とマリオはぽかんと口を開いた。

「……本気で言ってるの?」

「至極当然のことを言ってるつもりだけど?」

逆に美紀が聞き返す。

「だって、それが海だろうと空だろうと、SOSを受信すれば、一番近い者、一番早く助けに行ける者が急行するのが鉄則でしょ?」

「そ、そりゃあ、建前上はそうだけど……」

「だったら何も心配することないわよ。これがうちの宇宙船《ふね》一隻だけで前人未到の大海原に乗り出していくのならともかく、まわりに同じようなベクトルでぶっ飛んでる宇宙船が何隻もいるんだもの、たいていの非常事態なら助けに来てくれるわ」

「だ、だから」

マリオはあわてて別の事態を想定した。

「たいていじゃない非常事態が起きたらどうするんだ」

「たとえば、ＳＯＳを発振する間もないうちに爆発しちゃう、とか？」

「そう、そんなことだって起きるかもしれない」

「それだったら、余計心配いらないじゃない。地上からわざわざ救援隊送るまでもなく全滅しちゃってるもの」

無邪気に言い放った美紀に何か反論しようとして、マリオは口をぱくぱくさせた。

「……あのね」

「他に何か問題は？」

「後は……」

一瞬だけ詰まってから、マリオは立て続けに並べたてはじめた。

「にわか仕立ての宇宙船が本当にこんな長距離、高速の航行に耐えられるかとか、太陽、銀河も含めた宇宙線が手加減なしに飛んでくるから宇宙放射線病にかかっちゃうんじゃないかとか、光行差によるタイムラグが無視できないところまで遠くに行っちゃうから通信全般に色々不具合が出てくるんじゃないかとか、そりゃあ考えられることはいっぱいあるけど」

「全部なんとかできる問題ばっかりじゃない。ほおら、最大の問題は解決しちゃった」

何か重大な見落としをしているような錯覚に囚《とら》われて、マリオは首を振った。

「だって、本当に助けてもらえると思ってるのかい？　目の前には巨大な宝の山が秒速二〇キロで飛んでくるのに、後から追っかけてくる強力なライバルほっておいて蹴躓《けつまず》いた商売敵《がたき》をわざわざ助けに来てくれるなんて、ほんとに信じられるのかい？」

「あたしたち、宇宙で海賊やってるわけじゃないのよ」

美紀は、しげしげとマリオの顔を見返した。

「もし、何かトラブったりしても、きっと側にいる誰かか、地上にいる誰かが助けに来てくれるって信じてなきゃ、あんな怖いところで平気で仕事できるわけないじゃない」

「そりゃ、建前はそうだけど……」

「逆に、うちが助けを求められる可能性だってあるのよ」

美紀は意味ありげに微笑んだ。

「あたしたちが飛ぶことが、他の宇宙船の安全策にもなる。あたしたちが、同業他社の船が側にいることを知って飛んでいるようにね」

「……いいんですか、社長？」

マリオは相手をジェニファーに変えた。

「この先が見えない航空宇宙業界で、ここまで美しき人間愛と麗しき自己犠牲の精神をあてにした航行計画なんか立てて、本当に後悔しない自信あります？」

「後悔しない自信なんかないけど」

ジェニファーはほんのわずかの時間、考え込んだ。

「でもそれで計画上の障害が取り除けるなら、何も問題はないんじゃない？」

「しゃちょおおおお」

マリオがジェニファーを睨みつける。

「本当に、この場合の問題と起こりうる問題、理解して物言ってくれてます？」

「それにさ、ほら、歩き出す前からつまずいた時のことなんか心配してたら、いつまで経っても飛び上がったりできないわよ」

「この業界ってのは、歩き出す前からどういう墜ち方するかまで考えとくもんなんです！」

「頑張ってね、マリオ」

ジェニファーはにっこりとうなずいた。

「そういうことを考えるのは、あなたの役目でしょ？」

「………」

マリオは、はああっと重い溜め息をついた。

「今のうちに言いたいこと言っときます。いったい、どういう事情で社長がこんなことを思いついたのか知りませんけど、このミッションはうちみたいな弱小企業にこなせるものじゃありません。きちんとした発射基地だけじゃなく、軌道上の補給キャンプとか、宇宙工場とか、できれば整備用のドックまで自分で持ってるような大会社か、国家機関がバックについてるような大組織でないと、やろうなんて思いもしないようなミッションです」

「わかってるわよ」

いまさら何をという顔でジェニファーはうなずいた。どの程度社長が理解しているのか考えて、マリオはもう一度溜め息をついた。

「少なくともこの仕事が終わって、クルーがここに帰ってくるまで、ゆっくり眠れる夜なんかなくなると思ってください」

「面白そうじゃない」

「結果が出るまで、社長の人生の中でも一番スリルのある何カ月かを保証しますよ」

マリオは、ラップトップのコンピュータに目を落とした。

「そうすると、これからの運行や整備のスケジュールから組み直す必要があるな」

「どうするんですか、しゃちょお」

ミス・モレタニアが恨みがましい声を上げる。

「うちだって、一応これからの仕事のスケジュール入ってるんですよ。それが、こんな大仕事決定しちゃうなんて、いったいどうするつもりなんです」

「うちの上半期の仕事のスケジュールくらいは、あたしだって知ってるわ」

ジェニファーは自前の革の手帳をどこからか取り出して拡げた。

「でも、どうせ飛ばす宇宙船は一隻だけだし、彗星に向けて飛ばしてる間のうちの日常の業務が追跡と管制だけってわけにもいかないでしょ」

「それは、そうですけど……」

「それに、マリオの話だと宇宙船に乗っていくのは二人だけ。宇宙飛行士にしたって地上《グラウンド》要員《クルー》にしたって、ハードレイクからいなくなるわけじゃない。だったら、別にこの宇宙船飛ばしてる間、スペース・プランニングがそれだけにかかりっきりになる必要はないと思うけど。今だっていろんな仕事並行してやってるんだし」

「飛び出させるまでが大変なんですよ、今回の場合。軌道修正や飛行時間の延長はあとでもどうにかなりますけど、宇宙空間での長距離レースの結果なんて、発射する時のタイミングで九割以上決定すると思って間違いないんですから」

「そうなの？」

意外そうな顔で、ジェニファーが聞いた。

「そうなんです。いくら長距離、長期だってったって、出発する前からゴールが見えてるようなレースなんですから」

きょとんとしてから、やっとジェニファーはうなずいた。

「言われてみればそうよね。夜になれば双眼鏡でも確認できるっていう彗星が相手なんだから」

ジェニファーは、窓の外に広がる青空に目をやった。

「勝てるかしら？」

「発進のころには賭け率が出てますよ」

マリオは、浮かない顔でテーブルに拡げられたままの図面に目を落とした。

「……食料と循環装置の余裕をもう少し増やす必要があるかな」

突然、オフィスのドアがノックされた。テンガロンハットをドアの梁《はり》につかえさせながら、ガーランドが顔を出す。

「重要会議中でなければ、お邪魔したいんだが？」

「たった今終わったところよ、どうぞ」

ジェニファーがガーランドをオフィスに招き入れた。

「ほお、さっそく作戦会議か。隠しとかなくていいのかい？」

入ってきたガーランドはテーブルの上の図面を一瞥した。

「今回は、あなたはライバルじゃないでしょ」

「そういやそんな話だったな」

ガーランドは手に持ったプリントアウトをジェニファーに示した。

「出走馬が発表になったぜ。全部で一七頭、大手から個人までなんでもありだ」

「見せて」

まるで魔法でも使ったように、ガーランドの手の内からジェニファーにプリントが移った。

「あらあら、ボーイング、オービタル・サイエンス、コロニアル・スペース、アステックにエネルギヤ・コマルシュまでいるわ。航空宇宙関係の大手が軒並みエントリーしてるわね」

アメリカ、ヨーロッパなどの大手会社に並んでカイロン物産の名前を見つけて、ジェニファーは顔をしかめた。スペリオール・スターズ・アンド・コメッツ社へのエントリー順のリストらしく、最後のほうにスペース・プランニングの名前が載っている。

「ここに名前が載ってるってことは、つまり、そういうことなんですね」

ジェニファーの手の内のリストを覗き込んだミス・モレタニアが低い声で言った。

「そういうこと」

我が意を得たりと微笑んで、ジェニファーは目の前の全員にリストをひるがえした。

「さあ、これが今回の仕事に参加する同業他社たちよ。あたしたちの今回の仕事は、これら並み居るライバルを押しのけて、真っ先に彗星にたどりつくこと」

ジェニファーは、ガーランドも含めた一同の顔を見渡した。

「必ず、トップをとるわよ」

3　ロサンゼルス、惑星間生物学者

携帯端末が鳴ったとき、チャンは広い厨房《ちゅうぼう》で巨大な中華鍋でチャーハンを炒めている最中だった。厨房の手伝いをするときは携帯端末など持ち歩かないから、代わりに出た妹の一人がチャイナドレスのまま携帯端末を持ってくる。

「はい、チャンです……ああ、社長」

両手が放せないので妹に携帯端末のイヤホンマイクを耳に差し込んでもらって、中華鍋を動かしながらチャンは電話に出た。

「いま？　実家の中華レストランにとっ捕まってまして、ランチタイムの手伝いさせられてますが……はい、ＬＡのニュー・チャイナタウンですけど」

　ランチタイムの厨房は戦闘状態に等しい。炒め上がったチャーハンを手早く皿に取り分けて、ウェイトレスの妹は器用に何枚もの皿を持って厨房から出ていく。

「ええ、新しい仕事が決まったくらいは聞いてます。明日の朝にはそっちに戻れると思いますが……ジェット推進研究所？　はあ、パサディナにある、惑星探査の総司令部ですか？」

　ジェット推進研究所は、ロサンゼルス郊外、パサディナのカリフォルニア工科大学《カルテック》の地所内にある。太陽系内の惑星探査、近傍恒星系などの観測を主な業務として行っている国立機関である。

「はあ、そりゃあ車ですぐですから、簡単に行けますけど。惑星探査機？　仕様変更で使われなくなった無人プローブ？　はあ、地上実験用の予備があるはずだから貰ってこいと……そりゃ交渉しにいくのは構いませんが、手筈は整ってるんですか？　僕はあんな偉いところには知り合いいませんよ。マリオの同級生？　カリフォルニア工科大学出でジェット推進研究所に研究室持ってるって、そりゃばりばりのエリートじゃないですか！　計算式と化学記号だけで冗談言えるような連中といったい何の話をしろと？　……相手、中国人だから大丈夫？　僕はアメリカ生まれのアメリカ育ちです。北京語も広東語も片言しか喋れません！　同じ中国語だからってどういう発想ですか！　そりゃまあ、仕事だってんなら行きますけど、持って帰れっていうその探査プローブってのは、車で持って帰れるようなもんなんですか？」

一方的に必要な用件と相手の電話番号を告げて、ジェニファーの電話は切れた。忘れないうちに携帯端末のボイスメモに相手の電話番号を吹き込んで、チャンは厨房の大時計を見上げた。

「おにいちゃん、春巻四人前とマーボー六人前追加！」

「あいよ」

チャンは、携帯端末を白衣のポケットに突っ込んだ。

「どう考えても、ランチタイムが終わるまでは撤退できんな。……せっかく実家に帰ってきたってのに、何をやってるんだろ、おれは」

ロサンゼルスのニュー・チャイナタウンは、ドジャースのホームグラウンドであるドジャー・スタジアムと最大の旅客駅であるユニオン・ステーションの間にある。サン・ガブリエル山脈の麓《ふもと》にあるカリフォルニア工科大学までは、フリーウェイ一一〇号線、その名もパサディナ・フリーウェイを北上すれば到着する。

平日の午後なのにジャンクションごとに渋滞するようなフリーウェイを抜け、チャイナタウンとは様相の違う庭に椰子《やし》の木が並んでいるような高級住宅街を走っていくと、カリフォルニア工科大学の敷地に入る。

ニュース番組やドキュメンタリーで何度も見たことのある、砂岩のモニュメントに刻まれたジェット推進研究所の文字を横目で見ながら駐車場に旧車のコルベットを入れたチャンは、小学生の遠足らしい子供の集団に続いて正面ビルの受付に入った。引率の教師らしいのが受付を済ますのを、列の後端で待つ。

「えーと、スペース・プランニングのマリオ・フェルナンデスの代理、で話通ってんのかねえ？」

「チャーリー・チャン？」

誰かに自分の名を呼ばれたような気がして、チャンは辺りを見回した。

「やっぱり。あなたが、チャーリー・チャンね」

「……ええと」

まわりの小学生よりは年上らしい少女が、子供たちをかきわけて近づいてきた。相手の顔を見たまま自分の胸を指差して、チャンは彼女が自分を目指していることを確認した。人違いではないらしい。

「初めまして。惑星間生物学研究室の、スーザン・フェイ・チョムよ」

チャンは、思わずまわりの小学生と目の前で握手を求めて右手を出したＴシャツ姿の少女を見比べた。

「スペース・プランニングのチャーリー・チャンです。えー、社長のジェニファー・ブラウンの使いっちゅーか、うちのミッションディレクターのマリオ・フェルナンデスの紹介というか、中国人じゃねーぞ、これは……」

もごもごと自己紹介しながら、チャンは少女が胸元に下げているＩＤカードの写真と名前を覗き込んだ。ハイスクールより上には見えない少女のすまし顔のバストショットに、ドクターの肩書きがついている。

「よろしく、ドクター・チョム」

「スウでいいわ。ここは少しばかり騒がしいわね」

少女は、まわりにあふれかえっている小学生の集団を見回した。

「研究室に来てくださるかしら？」

「はあ、それは、もう、喜んで……」

「はい、それじゃ、これ」

ゲスト用のＩＤカードを渡して、少女はすいすいと小学生をかきわけて歩き始めた。チャンはあわてて後を追った。


研究室のドアにも、同じ名前のプレートがかかっていた。

「たまげたねこりゃ。天下のＪＰＬであんな歳で研究室持ってるとは、さすがマリオの同級生」

「散らかってますけど、どうぞ」

少女は、先に立ってドアを開けた。いきなり実物大の人体骨格模型が吊り下げられた入り口の先には、電子機器やらプリントアウトやら何かの模型、データファイル、ディスクの山などが所かまわず積み上げられ、ものによっては吊り下げられ、かろうじて獣道だけが細くドアから続いている。

「なるほど……」

チャンは、ハードレイクのオフィスのマリオのデスクのまわりに構築された電子の要塞を思い出した。

「さすが、マリオの同級生」

「あ、そこ、引っかけないように気をつけてね」

「はいはい、こういうのは慣れてる」

訪問者を監視しているような骨格模型の頭蓋骨に軽く敬礼して、器用に身をくねらせながらチャンは研究室内に入った。

窓際のデスクまわりは、多少は床が見えるようになっていた。何面かあるディスプレイが見えなくなるほど、論文やサンプルやDNAモデルが積み上げられたデスクにちょこんと腰掛けて、ドクター・スーザン・フェイ・チョムは正面の椅子をチャンに勧めた。

「コーヒーはないの。グリーン・ティーでいいかしら?」

「ああ、お茶は好きなほうだ」

古風なティーポットにお湯を注ぎ始めたのを眺めながら、チャンはもう一度研究室を見回した。壁には彗星の核のものらしい大判写真、小惑星らしいアップ写真、軌道上の観測衛星からの撮影らしい火星の極冠の写真などが、ピン留めされている。チャンは話題を探して自分から口を開いた。

「ええと、ドクター・スウは惑星間生物学が専門？」

「スウって呼んで」

白磁の茶碗にポットから緑茶を注ぎながら、顔を上げたスウは年齢相応の笑顔を見せた。

「ここじゃドクターなんか珍しくないし、ＪＰＬにはスウは今のところ、あたししかいないから。ほんとのこと言うと、博士号もらってからまだ間がないんで慣れてないだけなんだけど」

ぺろりと舌を出す。

「お口に合うといいんだけど」

「ほお？」

木製のソーサーに載って出てきた白磁の茶碗に注がれた緑茶に口をつけて、チャンはうなずいた。実家の中華レストランで飲み慣れているからわかるが、かなり高級な茶葉を使っている。

「こんなところで、こんな美味しいお茶に巡り合えるとは思ってなかった」

「紳士でらっしゃるのね、ミスター・チャン？」

スウは、飲み終えた茶碗の置き場を探しているチャンを見ている。

「は？」

「歳のことを聞かれなかったのは初めてだから」

「初対面の挨拶で聞き飽きてるんだろうと思ってね。それに、マリオの同級生だって聞いてたから」

「同級生？」

スウはぷっと頰を膨《ふく》らませた。

「たった半期だけど、あたしのほうが先輩よ。歳はマリオのほうが上だけど」

「……だろうな」

スペース・プランニングで仕事を始めるまでにどこで何をしていたのかは聞いたことがないが、マリオが飛び級で記録的な低年齢でカリフォルニア工科大学に入学したのはチャンも知っていた。ただし放校同然の形で飛び出したらしく、他にもいろいろと渡り歩いて卒業もしていないらしい。

「マリオは元気？」

「ああ、元気だ。ガールフレンドがこんなに美人だなんて聞いてなかったけど」

茶碗を口につけていたスウは、危うくお茶を吹き出しかけた。

「ガールフレンド⁉　あいつがそんなこと言ったの⁉」

「いや、失礼、ごめん」

いきなりの金切り声に、チャンはあわてて両手を振った。

「実を言うと、君に関するコメントは一言も聞いてない。……仲、良くなかったの？」

質問に聞こえないふりをして、スウは回転椅子をデスクに回した。書類の山の上から、列を組んで長く尾を曳いた彗星の写真を取り上げる。

「あなたが、宇宙飛行士？」

何と答えたものか考えながら、チャンはとりあえずうなずいた。

「他にもいろいろとやってるけどね」

「それじゃ、あなたがここに連れてってくれるの？」

スウはチャンに、砕けたヨーコ・エレノア彗星の写真を見せた。チャンは、目の前の彗星の写真とそれを持っている少女の顔を見比べた。

「ここに行く？　……誰が？」

とたんに、ジャケットのポケットの中で携帯端末が鳴り出した。

「あ、ごめん、俺だ。いっつも音止めるの忘れるんだ。ちょっと待ってくださいよ。はいもしもし……ああ、マリオ、いいタイミングだ。マリオの昔のガールフレンドが彗星に連れてってもらうって話なんだけど、何がどうなってるか知ってるかい？」

『ガールフレンド!?　誰がそんなこと言ったんだ！』

「ええと」

興味深そうに正面で聞き耳を立てているスウを見て、チャンは一度は耳に差し込んだイヤホンマイクに手をかけた。

「当人同士で話してもらったほうが早そうだな。代わるわ」

『ちょっと待って、あいつと話なんかする気はない、用件だけ伝えてもらえばすむから……』

伝言ゲームをする気はないのと、そのほうが話が早いだろうと思って、最後まで聞かずにチャンは耳から引き抜いたイヤホンマイクをスウに渡した。

「うちのミッションディレクターからだ。直接話してくれ」

「マリオが？」

スウは緩いウェーブのかかっている黒髪を右耳にかき上げて、イヤホンマイクを差し込んだ。

「もしもし、マリオ？　ああ、その声を直《じか》に聞くのは久しぶりね。――なに言ってんのよ、あなたがEメールでそう言ったんでしょ！」

スウの声のピッチが一気に上がった。

「そんなことは言ってない⁉　それじゃあれどういう意味よ、しっかりこっちに入ってるんだから。何ならそっくりコピーしてそっちに送り返してあげましょうか！」

「まだしばらくかかりそうだな」

チャンは小さく肩をすくめた。数分間、電話相手に声を上げてから、スウはそれまでの形相とうってかわった笑顔でチャンにイヤホンマイクを返した。

「話はついたわ。今日、これからハードレイクにお帰りになるんでしょ？」

「その予定だけど」

「よかったら、乗せていってくださるかしら？」

「そりゃ構わないけど、俺の車は古いからあんまり快適なドライブにはならないと思いますよ」

「乗せてくださるなら大歓迎よ。それと、ちょっとした荷物があるんだけど持っていけるかしら？」

「ちょっとした荷物、ね……」

一五号線、サン・ベルナルディノの岩石砂漠方面に向かうバーストウ・フリーウェイの一番右側の車線を長距離便の大型《ビッグ・リグ》トレーラーに追いまくられながら、チャンのコルベットは制限速をかなり下回る低速走行をしていた。

「キャンピングカー用のジョイントがあって助かったわ」

「まあ、ね……」

チャンは、ルーム・ミラーに映っている牽引《けんいん》中のトレーラーの上の頑丈そうなコンテナに目を走らせた。平地ならともかく、上り坂になると低速トルクと有り余るパワーを誇るコルベットが、二速、場合によっては一速全開でないと速度を維持できないほどの重量物である。

「それにしても、ガソリン自動車ってパワーがあるのね」

助手席のスウはこんな古いスポーツカーに乗ったことがないらしく、もの珍しげにあれこれ聞く。

「まさかあれだけの荷物、一度で運べるとは思わなかったわ」

「研究室ごと引っ越しするんじゃないんだから」

低速、高回転での運転を続けているので、水温、油温ともメーターの針はかなり上昇している。

ＪＰＬの構内にコルベットごと乗り入れたチャンは、外惑星探査機の実物大模型や、何をどうやって使うのかもわからないような実験器具、廃棄処分の電子部品などがごろごろしているような大倉庫で、大型のキャンピングカーほどもあるコンテナの移送を頼まれた。

二軸のトレーラーに載せられていたから、専用のトラクターでなくても、キャンピングカー用のジョイントさえあれば普通乗用車にも接続して牽引できる。しかし、実際にそれをロサンゼルスからハードレイクまで牽引していくのは、また別の問題である。

「よく知らないんだが……」

今年になってからまだ一度も閉じていないから、コルベットはフルオープンのまま夕暮れのフリーウェイをのろのろと走っている。

「惑星間生物学ってのは、こんな大掛かりな機械を使う学問なのかい？」

「扱う対象が小さすぎるのよ」

スウは当然のことのように答えた。

「電子顕微鏡より粒子加速器のほうが大きくなっちゃうように、目的のものが小さくなっちゃえばなっちゃうほど、扱うのに大掛かりな仕掛けが必要になるの」

「……ハードレイクに、惑星間生物はいないと思うけど」

「そう、身近にいるものじゃないわ。たいてい、手なんか届かないほど遠くにいるから、それ相応の設備もいるってわけ」

「だからって、わざわざ持ち歩かなくても、ねえ」

「あとは、ＪＰＬの深宇宙ネットワーク《DSN》に直接介入するための通信設備。ハードレイクに、マリオが言ってる通りの設備があるなら、これだけでも何とかなると思うんだけど」

「大掛かりなもんだね、惑星間生物学ってのは」

「火星の極冠から発見された原生生物とか、外惑星軌道から持って帰ってきた小惑星で見つかったウイルスのミイラなんかを相手にしてるのよ。ＪＰＬじゃまだ新しい研究室だし、主任があたしみたいな子供だから大変なんだから」

「火星の原生生物、あれか!?」

　ハンドルを叩いて、チャンは思わず声を上げた。

　二年二カ月に一度の地球と火星との大接近のたびに、何機もの探査機が火星に飛んでいる。大部分は国家、及びそれに準じる機関の学術的な研究調査のための探査機だが、探査技術の進歩と数の増加によって様々な成果が上がっている。

　しかし、着実な調査が進むにつれて、一般大衆受けするような新発見は滅多に行われなくなっていた。その中で、環境破壊や都市水没以外の明るいニュースとしてマスコミを賑《にぎ》わせたのが、二度目に火星の北極冠に着陸した火星探査機、マーズ・エクスプローラーⅡがもたらした発見だった。久しぶりの火星ブームを巻き起こし、二回目以降の探査行の予定が予算の都合で立たないにもかかわらず、火星探査用の有人宇宙船を再使用に耐え得るものにするというおまけまでついた。

火星の、水とドライアイスが凍りついた両極の氷の中に原始的ななにものかが生きている可能性は、すでに前世紀の終わりに指摘されていた。何でも賭けの対象にするイギリスのブックメーカーで地球外生命体が発見されるかどうかのオッズが一気に五〇〇倍から二五倍に下がり、低予算で細々と続けられていた火星探査が新聞の第一面に躍り出たのは、その年に南極で発見された隕石の中に生命の痕跡が見つかり、しかもそれが火星から飛来したものと特定されたからである。

しかし、実際に火星で生命体が発見されるには、さらに長い年月が必要だった。期待をになって火星に送り込まれた探査機は忠実にその任務を果たしたものの、人々はその観測結果に落胆し、火星探査の記事はときどき思い出したようにマスコミに取り上げられるだけになった。

鳴りもの入りで火星の極冠に送り込まれた最初の探査機、マーズ・エクスプローラーⅠは分厚い氷床の奥深くにボーリングのためのドリルをねじ込んだ。しかし、その成果は着陸地点の地下およそ二〇メートルまでの火星の南極の氷の成分とその精密な分布図を調査するに止《とど》まった。

そして、次の大接近の時に地球軌道から発射され、北極地方への軟着陸に成功したマーズ・エクスプローラーⅡは、着陸地点以外のボーリング調査のための無人探検車を搭載していた。

アムンゼン・ローバーと名づけられたこの探検車は、四カ所目のボーリング調査で取り出した氷の中から凍りついた原生生物を発見、その存在を確認したのである。

「待てよ、ありゃかなり前の話だ。そのころ君は……」

「まだ大学に入ってなかったわ」

はにかんだような笑顔で、スウは認めた。

「でも、うちで見たテレビのニュースはいまでも覚えてる。だからあたし、この道を選んだんだもの」

「そういや、その後どうなったんだ？　地球から持ち込んじまった微生物が再発見されただけだとか、宇宙線で突然変異起こしただけの新種とか、いろいろと噂だけは聞いてるんだけど」

「火星で発見された原生生物、専門的にはMM88って名づけられたんだけど、それが基本的には地球のものと同じ生命系統のものだっていうデータは間違いないわ。それから、四年前にM2003B（小惑星の登録番号）から持ち帰られた微生物にしても、おそらく同じものよ。そういう意味では、地球外生命体じゃないのかもしれない」

「おいおい……」

「可能性としては、地球から吹き飛ばされた隕石が火星に落ち、くっついてた微生物が繁殖したとか、そのまま小惑星帯まで飛んでいったとか考えられるわね」

「地球外で発見された生命体は、結局、地球のものだったってことかい」

つまらなさそうなチャンの声に、スウは申し訳なさそうにうなずいた。

「でも、地球上の生命も含めて、すべてが外宇宙から来たとしたらどうかしら？　太陽系のどの惑星からも同じ系統の生命が発見されたとして、そのすべてがさらに外から飛んできたとしたら、辻褄《つじつま》は合うと思わない？」

「外宇宙って、つまり、海王星や冥王星のさらに外側っていう意味か？」

「そう。たとえば、カイパーベルトとか、ね」

「それで彗星か」

やっと、チャンは納得したようにうなずいた。

カイパーベルトは、冥王星のさらに外側にある、ぎりぎり太陽の重力が届く範囲に広がる微細な隕石、氷、その他星間粒子などの吹き溜まりである。太陽系を巡る彗星はそこから産み出され、そこに帰っていくと言われている。

さらにその外側、太陽から平均して一兆五〇〇〇億キロ以上にわたる空域には、オールト雲と呼ばれるごく薄い星間物質がほぼ球形に太陽系を覆っている。

それらは、軌道上天文台と、惑星間軌道にまで展開された無人観測衛星によって、ささやかな観測が続けられている。六分の一光年ほども離れた空域への飛行はどんなに急いでも数十年から数百年、現実的な予算と技術のもとでは数千年以上の時間が必要となり、また、対象となる空域があまりに希薄であることが予測されているので、無人探査機による観測飛行にはリアリティーがない。

「カイパーベルトで原始生命体が生まれたのなら、そこから来た彗星にはまだそれが生のまま含まれているかもしれない。それで、彗星に連れてけなんて言い出したわけだな」

「マリオがメールで、彗星に触るチャンスがあるなんて言うんですもの。あたしみたいな星間科学者だけじゃないわ、彗星の氷が一オンスでも手に入るんだったら、この業界の人間は悪魔とだって取引するわよ」

「こっちの業界で相手にしなきゃならないのは、グレムリンとマックスウェルの悪魔くらいなもんだよ。もっとも、仕事を始める前に悪魔より性質《たち》の悪い銀行屋を相手にしなきゃならないことが多いけど」

「こっちでもおんなじだわ。セクト主義とか、派閥とか、前例とか、どうでもいい厄介なことばっかり多くて、仕事以外にめんどくさいことの多いことったら税金の申告なみよ」

笑いながら、チャンはスウの横顔を見た。暗くなってきているせいか、ＪＰＬ最年少だろう博士の顔は、だいぶ大人びて見えた。

「それで、確実に彗星を捕まえられるかどうかもわからない、うちみたいな弱小に話を持ち込んできたのか」

「持ち込まれたのはこっちよ」

スウはさり気なく訂正した。

「確実に彗星を捕まえられるかどうかは別の問題だけど、でも、車椅子の悪ガキが昔通りのいたずら坊主なら、確率は結構高いんじゃないかしら？」

「なぜ、そう思えるの？」

「彼、負ける勝負はしないもの。……何がおかしいの？」

　笑いながら、チャンは答えた。

「いや、車椅子の悪ガキか。昔とおんなじ、いや、ひょっとしたら磨きがかかってるかもしれないぜ」

　長い上り坂が終わった。エンジンを冷やすためにシフトアップして、チャンはゆっくりとコルベットのスピードを上げていった。


　ハードレイク到着は、すっかり日が暮れてからになった。エンジンの暖機運転《ランナップ》中の機体も、着陸してくる輸送機もない、珍しく静かなスペース・プランニングの格納庫前に車を停めて、チャンは煌々《こうこう》と明かりのついている格納庫を覗き込んだ。

　リフティングボディの宇宙機と、剝き出しの液体ロケットエンジンが作業台に載っている。社長の先尾翼《カナード》式のビジネスジェットも整備中らしく、主翼上のエンジンポッドが両側とも開いている。

　仕事中のヴィクターに声をかけてから、チャンは助手席から降りてきたスウに向き直った。

「食事はどうする？　先に昔のボーイフレンドに挨拶してくかい？」

「そんなんじゃないって言ってんでしょ！」

　スウが牙を剝いて叫んだ。

「……ここが、スペース・プランニング？」

「そう。この格納庫全部と、中のオフィスが、この田舎空港でナンバー二の規模を誇る航空宇宙産業、スペース・プランニングのすべてだ。他に駐機場の発射母機とか、追跡《チエイス》用の超音速機とか、軌道上で仕事中の宇宙機とか、まだいろいろあるけどね」

「へえ……」

分解されかけている飛行機を見るのが珍しいのか、スウは目を丸くしている。

「宇宙機を見るのは初めて？」

「ＪＰＬには本物も、そっくりに作られた模型もごろごろしてるわ」

外来向けの展示施設まである。

「ただ、使用中の実物は初めてだけど」

「よかったらガイドしようか？」

「後でいいわ。その機会はこの先いくらでもあるだろうし、時間もかからないだろうから」

スウは、コルベットで牽引してきたコンテナを振り返った。

「あたしの荷物、入るかしら？」

「どっかに押し込むことになるかもしれないけど。それじゃ、こっちも休暇明けだし、先にオフィスに顔出しとこうか」

チャンは先に立って歩き出した。そろそろ骨董品《こっとうひん》的な価値の出てきた旧式な腕時計《ナビタイマー》を目の前に持ってくる。表向き九時から五時までと規定されてるスペース・プランニングの勤務時間はとっくに終わっているが、格納庫の上部に作り付けられたオフィスの窓はまだ明るいし、立ち働いている誰かの影も確認できる。

「戻りましたー」

挨拶しながら、チャンはオフィスのドアを開けた。

「あら、お帰りなさい」

ちょうどミス・モレタニアが社長室から書類の束を持って出てきたところだった。

「明日の朝戻りの予定じゃなかった？」

「その予定だったんですが、社長に飛び入りの仕事押しつけられまして」

チャンはオフィスを見回した。電子機器がバリケードのように積み上げられたデスクの隙間からライトの点滅や電子音が聞こえてくる。

後ろからオフィスに入ってきた少女を認めて何か言いかけたミス・モレタニアに、チャンは人差し指を口に当てて首を振った。

「そういう訳で、あそこ」

「すぐわかった。変わってないわあ」

ミス・モレタニアに一礼して、スウはオフィスを横断してマリオの電子の要塞に歩いていった。

「どなた？」

書類を抱いたまま歩いてきたミス・モレタニアが小声で聞いた。

「ＪＰＬで惑星間生物学の研究室持ってるドクターです。マリオの昔の同級生だそうで、無人探査機もらいにいったら本人まで付いてきちゃったんですが、ええと……」

チャンはガラスの壁で隔てられているだけの社長室を覗き込んだ。ミス・モレタニアによって掃除されたばかりらしいその中に人影は見えない。

「社長に頼まれたんですが、その張本人はどちらかにお出掛けで？」

ミス・モレタニアはうなずいた。

「モハビまで、美紀と夜間《ナイト》ドライブよ。今夜中に帰ってくるとは思うけど」

「うわあああああ！」

電子の要塞から、マリオの悲鳴が聞こえた。

「なんでこんな所にいるんだ、電光《サンダーボルト》スウ⁉」

聞いていたチャンはぷっと吹き出した。

「サンダーボルトか。悪ガキとはちょいと格がちがうかな」

「何の話？」

ミス・モレタニアが不思議そうな顔で聞く。

「いや、まあ、昔話に花でも咲かせといてくれるといいんですけど。困ったなあ、たぶん、あの二人、ほっといたらまとまる話も戦争になるぞ」

チャンは、壁に掛けられた二四時間表示の大時計を見上げた。文字盤の円周には、世界各国の首都の名前が書き込まれている。

「できれば、決裂する前に社長に帰ってきてほしいもんだが」

「帰ってきたからって、何とかなるかしら？」

ミス・モレタニアに言われて、腕を組んだチャンは考え込んだ。

「でも、まあ、社長が呼んだことになってるらしいし……」

4　モハビ砂漠、噴射実験

「凄い車ですね……」

夜のハイウェイを疾走するオープンカーの助手席で、風になびく髪を押さえながら美紀はつぶやいた。

「なんか言った⁉」

ハンドルを握るジェニファーが、声を風に流されないように叫び返した。

「凄い車だって言ったんです！」

「ありがと」

「いえ、誉《ほ》めてるんじゃないんだけど……」

ぶつくさ言いながら、美紀はフロントウィンドウに隠れるようにコブラの助手席に身を沈めた。すっかり暮れてしまったモハビ砂漠のフリーウェイを、大排気量の純ガソリンエンジンの排気音も勇ましくコブラが疾走している。

自動車に対する風洞実験など行われなかった時代の、しかもオープンカーだから、風の巻き込みと騒音は人間のための乗り物とは思えない。風除《よ》けにサングラスくらいは持ってきていたが、美紀はバイザーのついたジェットヘルメットをかぶってこなかったことを後悔し始めていた。

「モハビはまだですか⁉」

「もう隣はエドワーズよ！」

ジェニファーは美紀に叫び返した。ロジャーズ乾湖《ドライレイク》を中心とした空軍最大の試験開発基地が、フリーウェイ五八号線の左側に広がっている。

「昼間なら山の上の風車が見えてるはずだわ！」

モハビ砂漠の北の山脈の上に所狭しと植えられた巨大な風車の群れは、美紀も何度か上空から見ていた。かなりの高度をとっているのに、赤茶けた地上に林立する細い円柱に取り付けられた真っ白な三枚プロペラの風力発電プラントは、そのすべてがくるくると回っていて、まるで群がった虫が蠢《うごめ》いているようだった。

「それじゃあ、もうすぐですね！」

声を張り上げて、美紀はジャンパーの襟《えり》を合わせた。

「……何だろ、あれ？」

岩石砂漠と荒れ地を縦断するフリーウェイには、インターチェンジやジャンクションでもなければろくな照明設備はない。サングラスをかけていてもわかるような星空に立つ淡い光の柱を見たような気がして、コブラの助手席に縮こまったまま美紀は目を凝らした。テンプルのまっすぐなパイロット用のサングラスを両手で取る。

闇の中を走るフリーウェイの右側はるか彼方に、うっすらと光の柱が立っていた。白にもオレンジ色にも見える不思議な、しかし鋭い光が地上から星空に向かって一直線に伸びている。

「あら、知らなかった⁉」

運転席のジェニファーが叫んだ。

「この二～三日、この辺りで夜間飛行するパイロットの間ではちょっと有名よ。モハビ砂漠に置き去りにされた旅客機の幽霊が、夜空に光の狼煙《のろし》を打ち上げてるって！」

「……それじゃ、あれが……」

風の中に、車の排気音とは違う異質な電子音を聞いたような気がして、美紀は光の柱を見上げた。

デビスモンサン基地の軍用機保管所ほどの規模ではないにせよ、モハビ空港に隣接してエアリアル・エーカーズと呼ばれる民間機の保管駐機場がある。乾燥した雨の降らない砂漠の一画に、現役を一時引退した最新型旅客機から前世紀の旧式な巨人機までがずらりと並べられている。

モハビ技術研究所として知られるアストロ・サイエンス・ラボラトリーは、そのエアリアル・エーカーズの奥にある。ほとんど明かりのない駐機場のボーイングやダグラスの中短距離機に交じって、コンベアの８８０や９９０、ツポレフ１１４やＶＣ10などという旧式な旅客機の間を走っていくと、管理事務所の向こうに格納庫や整備庫を改造した研究所群がある。

大きく扉を開いた格納庫の中では、生物的なラインの実験機らしい単段式のスペース・プレーンがあちこちのアクセスハッチを開いて整備を受けており、その屋根の向こうに夜空を貫く淡い光の柱が立っている。

「やっぱり開いてるわね」

小型のリフティングボディ機の横にコブラを停めて、ジェニファーはエンジンを切った。久しぶりに音のない静けさを感じた気がして、助手席から這い出した美紀はうーんと伸びをした。

「ちょっと待ってて」

シートの後ろからブリーフケースを取り出して、ジェニファーは先に立って歩き出した。空気を震わせる重低音の轟音に気がついて、美紀は光の柱を見上げた。

格納庫に入ったジェニファーは、すぐに戻ってきた。

「もっと奥だって。まあ、レーザービームを連続発射してるようなものだものね」

ゲスト用の首から下げる紐《ひも》付きのIDカードを美紀に放って、コクピットに戻ったジェニファーは、大排気量のV8エンジンを始動させた。しかたなく助手席に戻った美紀を見て、乱暴にクラッチをつないで走り出す。

格納庫を回り込んだ美紀は、夜空を貫く光の柱がまだかなり遠くにあることに気がついた。サーチライトというよりも、レーザーを打ち上げているように見える。電子的な振動音に時折雷の放電のようなショックウェーブが混じり、夜空を震わせている。

「あれが、プラズマロケットの地上実験ですか?」

「だと思うわ」

簡易舗装の連絡路にコブラを乗り入れたジェニファーは、アクセルを踏み込んだ。大型トレーラーならすれ違えないような細い連絡路を飛ばしていく。

近づくにつれて、轟音はさらに高まっていく。

「さすが、宇宙空間専用のエンジンだけあって、凄い音ね!」

ハンドルを握るジェニファーが叫んだ。プラズマロケットは高速の噴射を持続できるが、その推進力は大気圏内で使えるほど強くない。

「風向きによっては、ソニックブームがモハビの町まで聞こえるそうよ」

両側が岩石砂漠の闇に閉ざされた連絡路の右側に、分厚いコンクリートで作られた低いトーチカのような建物が見えてきた。低いドーム型のトーチカの地面に近い位置に銃眼のような細い窓があり、内部の明かりが煌々と洩れている。

「あのブロックハウスが司令室らしいわ」

コンバットバギーのフレームを流用したらしい手製のデザートトレーサーや、うっすら錆《さび》の浮き出たステーションワゴンが駐まっているドームの陰の小さな駐車場に車を入れて、ジェニファーは再びコブラのエンジンをカットした。

いつもなら風の音と虫の声しか聞こえない砂漠に、電子的に合成された雷のような轟音が響き渡っている。

トーチカのようなドームは、高出力のエンジンを地上で燃焼実験する時のコントロールルームであり、モニタールームである。ロケットエンジンにしてもジェットエンジンにしても、高回転、高出力を保ったままの全開運転試験を行う必要から、万が一の爆発事故に備えて急降下爆撃に耐えるような重装甲が施されている。

しかし、試験場の反対側にあるドームの、どこかの銀行の大金庫からでも持ってきたような分厚い二重ドアは両方とも開け放たれていた。太いコードが何本も束になって引き込まれているその中に、ゲスト用のＩＤカードを示してジェニファーと美紀は入っていった。


頑丈な鉄骨を組み上げたリグの上に、何本もの太い電線を繋がれた電子機器の塊が載っている。その上にあるパラボロミックノズルから、電子的な振動音とともに淡いオレンジ色の炎が中天高く噴き上げられていた。

「出力一〇〇パーセント、噴射速度は秒速七〇キロを超えています」

様々な計測データを映し出すディスプレイ群を前にして、コンソールから振り向いた白衣の若い技術者が説明する。

「連続運転時間の表示はここで、ええと、もうすぐ一〇〇時間を超えますね」

「秒速、七〇キロ……」

呆れ顔で、美紀は正面のスクリーンに映し出されているノズルから、中天高く打ち上げられている光の柱を見上げた。化学反応としてもっとも効率の良い水素と酸素の燃焼によって産み出される最大噴射速度は、秒速四キロである。ケロシンを推進剤に使った場合、その噴射速度は秒速二キロにまで低下する。

「推進剤は液体水素を使っています。これをイオン化して加速し、プラズマ状態で噴射しているわけで、エンジンというよりは電子ビームに近い構造ですね」

リグの上に据《す》え付けられ、接続された太いコードとパイプによって動力源と推進剤を供給され続けるプラズマロケットの地上実験用エンジンは、様々な場所と角度に設置されたビデオカメラに捉えられ、何面もあるディスプレイにその各部、あるいは全体が映し出されている。

「ただし、この状態でゼロ号機エンジンが発生している推進力は一〇〇キロにもなりません。高真空の宇宙空間なら衝撃波の発生や空気抵抗に出力を食われませんから、最低でも二割は推進力が上昇するはずなんですけどね」

前の実験のときには挨拶を交わしただけの技術者は、誇らしげにサブスクリーンの映像に目をやった。遠く離れたエアリアル・エーカーズの格納庫の屋上に据え付けられたカメラによって、空高く噴き上がるプラズマの炎が捉えられている。

「宇宙空間では、噴射は目に見えないはずです」

美紀は、メインスクリーンを見上げた。

「高速、高温のプラズマ水素が噴き上げられてるんで、大気を擾乱《じょうらん》してオーロラが出てますけど、宇宙空間ならこんなことは起きないはずですから」

　美紀は、渡されたマニュアルをめくってみた。

「連続運転時間は、どれくらい行けるんですか？」

「今までに三〇〇〇時間以上の運転を二回行っています」

　技術者はすらすらと答えた。

「宇宙空間でエンジンがどういう影響を受けるかわかりませんが、おそらく宇宙飛行で問題になるのは、エンジンよりも推進剤でしょうね。化学ロケット同様、プラズマロケットといえども推進剤は消費しますから」

「比推力が八〇〇〇ですか……」

　比推力とは、ロケットエンジンの効率を表す数字である。

　使い慣れている化学ロケットの二〇倍近い推進効率に驚きながら、美紀は宇宙空間で行える噴射時間を発射時の搭載推進剤の総量から暗算で概算してみた。得られる推進力が低いかわり、推進剤の量が少なくても効率がいいから、化学ロケットなど問題にならないくらい運転時間を長くできる。

　しかし、無限の推進剤をもって飛んでいけるわけではない。推進剤の量とその使い方で最終到達速度《デルタV》が決定されるのは、化学ロケット推進の宇宙船と何も変わらない。

「プラズマロケットは、ロケットダインでもエネルギヤでもテストしてますし、軌道維持のための低推力のものなら、実際に衛星に積まれて稼動しているものも何機かあります。うち以外にも惑星間航行用にロケットエンジンの実用化を進めているところは何カ所もありますが、これだけ連続しての全開運転を行っているのはまだないはずです」

技術者は、美紀に目を戻した。

「あなたが、今回のパイロット?」

アストロ・サイエンス・ラボラトリーからスペース・プランニングが宇宙空間でのプラズマロケットの運転実験を依頼されたとき、美紀は支援スタッフとして地上から実験をサポートした。その時に、モハビからハードレイクに何人もの技術研究所の人間が来ていた。

「まだ決まったわけじゃありませんけど」

美紀は生返事をしながらマニュアルをめくっている。

「そうですか。あなたは、これが本当に必要な場所に行けるんですね」

技術者は、いちばん遠くからエンジンの炎を捉えている映像に目をやった。かなり広い画角なのだが、それでも宙天高く噴き上げられているプラズマジェットの先端は見えない。

「今回は惑星間の、しかも長期航行になると聞きましたが?」

「火星や金星まで飛んでいくわけじゃありません」

美紀は技術者に顔を上げた。営業用の愛想笑いを浮かべてみせる。

「そりゃ、家の前庭よりは遠いけど、ちょっとスーパーマーケットに行って帰ってくるようなものです」

「このエンジンなら、火星はおろか太陽系を出ていくこともできますよ」

「いくつか、質問、よろしいですか？」

美紀はマニュアルをゆっくりめくる。

「どうぞ」

「このプラズマロケットは、どれくらい運転の自由があるんですか？」

「運転の自由というと？」

「つまり、出力調整とか、もっとも効率のいいパワーバンドとか、緊急時にどれくらいの緊急出力が許されるのか、とか……」

「ああ、そういうことですか」

技術者はうなずいた。

「出力調整は一パーセントから一〇〇パーセントの間で可能ですが、ご存じのようにプラズマロケットは瞬間的な出力ではなく、噴射時間で速度を稼ぐタイプのエンジンです。もっとも効率のいい出力は一〇〇パーセントで設計されていますから、瞬間的な出力の増大を考えるよりもその分、噴射時間を長く設定したほうが、推進剤の無駄遣いをせずに済むと思いますよ」

「ああ、そうなんだ」

美紀は、航空機とは違う思想の運転を要求されることに気がついた。機関形式にかかわらず、宇宙船の主機関に要求されるのは宇宙船の速度のコントロールである。

最終的な到達速度が同じならば、宇宙船の速度は機関出力ではなく噴射時間でも同じようにコントロールできる。

「一応、エンジンまわりの回路の余裕や電圧調整などで一五〇パーセントまでの出力上昇は可能ですが、エンジンを傷めて信頼性を下げることになるし、宇宙空間では電力供給も無限にできるわけではないでしょうから、やめておいた方がいいと思いますよ」

「そうですね……」

「それに、どうせ真空中での推進力が一〇〇キロに満たないエンジンですから、推進剤と構造材を合わせて何百トンにもなる宇宙船を動かすのに、いつエンジンが爆発するかわからないような最大出力にしても、加速度の変化はディスプレイ上でしか確認できないでしょう」

美紀はかすかに眉をひそめた。

「このエンジン、爆発するんですか？」

一瞬の間の後、技術者は吹き出してしまった。

「失礼、ここじゃエンジンの爆発事故なんてエドワーズ《おとなりさん》よりもよくあることなんで、つい」

「……爆発するんですか？」

開発段階でのロケットエンジンの爆発事故は、珍しいことではない。今までに量産されたエンジンで、一度の爆発事故もなしに実用化されたエンジンはひとつもない。

「いえ、プラズマロケットは構造的に爆発するようなエンジンじゃありません。爆発事故が起きるとすれば、プラズマ化された推進剤の加速部でしょうが、何か問題が起きれば爆発するより先に水素を励起《れいき》できなくなって出力が落ち、推進剤のもとである液体水素の供給が止まってエンジンがストップするはずです」

マニュアルをめくって、美紀はアストロ・サイエンス・ラボラトリー製のプラズマロケットエンジンの内部構造図を拡げた。

「プラズマロケットは化学反応である爆発を使わないエンジンですから、液体酸素と液体水素の混合による爆発の危険もないでしょうし、今までの宇宙船のエンジンよりもはるかに安全だと思いますよ」

「もし、エンジンの故障が起きるとすれば、どんなケースが考えられます？」

「通常の化学ロケットと違って、推進剤供給系以外の可動部がエンジン内部にありませんから……」

技術者は、美紀が拡げた構造図を覗き込んだ。

「エンジン内部の故障よりも、制御ソフトのエラーや電力供給の不安定化、断線、推進剤への不純物混入、制御コンピュータのパンクなんてほうが心配ですね。基本的に、航行中は手を触れないエンジン《メンテナンスフリー》と思ってもらって間違いないと思いますが」

「それは頼もしい」

美紀は、エンジンの構造図に目を落とした。最終的に推進剤が噴射されるノズルこそ通常の化学ロケットと同じようなパラボロミック構造だが、そこに至るまでの構造は、エンジンというよりも電子機器に近い。

美紀は、もう一度プラズマロケットの機関部が映し出されているメインスクリーンに目をやった。

「……エンジンの近くに行けます?」

「一応、噴射実験中は規定では半径五〇〇メートル以内は立ち入り禁止なんですが……」

技術者は、困ったような顔で様々なデータを映し出しているディスプレイ群に目を走らせた。

「なぜです?」

美紀はいたずらっぽく聞いてみた。

「もしパイロットに選ばれたら、あたしはあのエンジンの半径五〇メートル以内で何カ月も過ごすことになるんですよ」

「まず、うるさいというのがひとつ」

困った顔のまま、技術者は答えた。

「音速なんか問題にならない速度でプラズマを噴き上げてますからね。雷雲の中に入っていくようなものです」

「あれを貸していただければ大丈夫です」

美紀は、壁にかけてある来客用らしいイヤー・ウィスパーを見た。ヘッドフォンスタイルの、海軍の空母甲板要員用らしい。社長のコブラに乗って帰るのにも借りていけば便利かなと思う。

「もうひとつのほうが問題なんですよ。秒速七〇キロのプラズマが噴き上げてますから、滞留こそしないんですが、入ってくるときにイオン臭いのに気がつきませんでしたか?」

一瞬きょとんとしてから、美紀は思い当たった。

「……オゾンですか?」

技術者はうなずいた。

「大気中の酸素が反応して、オゾンがばりばりに生成されているんです。砂漠の真ん中だから環境破壊の可能性は少ないでしょうが、ご存じの通り、オゾンというのは猛毒ですから」

技術者は、イヤー・ウィスパーの隣にある酸素ボンベとマスクのセットに目をやった。事故災害のときの非常装備かと思っていたが、意外に実用の機会は多いらしい。

「どうしてもとおっしゃるなら、もうすぐ運転試験が終わりますからそうすれば……」

「できれば、運転中のエンジンをそばで見ておきたいんですが」

「運転中のリグに近寄るなら、あそこらへんのフル装備で行くことになりますけど」

技術者は、壁の非常装備を指さした。

「社長?」

少し考えてから、美紀は、ジェニファーに声をかけた。別件で他の技術者と話し込んでいたジェニファーは、こちらを見もせずに手を上げた。

「行ってらっしゃい、まだこっちはしばらくかかるわ」

耳をイヤー・ウィスパーで押さえつけても、天を貫く轟音は直に身体に響いてくる。技術者の運転するところどころ塗装のはげ落ちた旧式な軍用ジープの助手席で、美紀は実験場の中央にある頑丈なリグに固定されたプラズマロケットエンジンを見上げていた。

一〇〇キロにも満たない推力を発生するエンジンにしては、その機関部は不釣り合いなほど大きい。電力と推進剤の供給は、実験場の地下に埋められたラインから行われているため、爆発事故に備えて分厚くコンクリートで覆われた実験場に建っているのは、中央のリグを映し出す大光量の照明と気象状態をモニターするための観測塔だけである。

地面に対して垂直に設置された、機関部剝き出しのままのプラズマロケットエンジンは、電子的な振動音とともに超高速のプラズマを夜空に噴き上げている。

ハンドルを握る技術者が、腕時計を見て何か言った。プラズマロケットの機関部を指さしたのでそこを見ていると、揺れるオレンジ色の光の柱が細くなり始めた。同時に大気を震わせる超音速の衝撃音も低まっていく。

「連続運転試験の予定時間終了です」

イヤー・ウィスパーの中に仕込まれたインカムに、技術者が告げた。

「酸素マスクははずさないでください。オゾンがまだしばらく滞留するはずですから」

うなずいて、美紀はジープから降りた。大推力のロケットエンジンにも対応する、頑丈なエンジンスタンドの根元に近づいていく。

それまで大気を震わせていた轟音が聞こえなくなった。まるでろうそくの炎が消えるように、プラズマ噴流がその光を失った。

砂漠に、静寂が戻ってきた。耳を閉ざされるような沈黙の音を聞いたような気がして、美紀は先程までプラズマロケットが噴射炎を噴き上げていた星空を見上げる。

強いサーチライトに照らし出されているにもかかわらず、満天の星が見えている。

美紀は、スタンドに固定されたままのプラズマエンジンを見た。冷え込みのきつい砂漠の夜なのに、まだ冷めていないエンジンが熱を持っているのを感じる。

「同じ形式のエンジンを、技研本部でいくつか組み立てています。慣らし運転は地上で行ってから持って上がってもらいます」

ハンドルを握る技術者が告げた。

「どうですか?」

「……素敵なエンジンだわ」

うっとりとエンジンを見上げたまま、美紀はぼんやりと呟いた。

今までに使ったことのある航空用のジェットエンジンや宇宙空間用の化学ロケットと比べれば、全く異質の、電気回路と加速装置でできた電子銃のようなエンジンである。わずか一〇〇キログラムの推力を発生するにしては、そのエンジンは体積、質量ともに大きすぎるし、そのスタイルもいかにも試作品然として寄せ集めの未完成品のような印象を受ける。

しかし、それまでのプラズマ噴射を目の前で見ていたせいもあって、美紀はまだ実験段階にあるこのエンジンに好感を持っていた。

「素敵、ですか?」

余りに詩的な言葉を口にしたことに気がついた美紀は、はっと我に返った。

「あ、あの、ええと、純粋に印象の問題で、きっといいエンジンになりますよ、これ」

「先駆者《トップランナー》ってのは、たいがい予想外のトラブルに見舞われて二番手に追い越されることが多いんですけどね、この業界では」

「そのかわり、誰も見てない世界を誰より最初に見ることができるんです。……あ、失礼」

ジャケットの内懐で携帯端末が鳴り出した。美紀は、携帯端末のイヤホンマイクを引き出して耳にあてた。

『美紀？　すぐに戻ってこられる？』

「ええ、大丈夫ですけど？」

『ハードレイクで緊急事態が起きたみたいなの。すぐに戻らなきゃならないわ』

「何が起きたんです？」

美紀の知るかぎり、今夜はスペース・プランニングのフライトは一つもないはずである。

『事故じゃないと思うわ。航空事故ならあたしが急いで帰ったって何にもやることないもの。とにかく戻ってきて』

「了解しました」

5　ハードレイク、午前〇時

「……誰もそんなこと言ってないでしょ!?」

「君がどこで何をしようと関係ない。妨害する気もない。頼むから仕事の邪魔しないでくれ！」

「はい、ただいま」

ドアの外からでも怒号が飛び交っているのがわかるオフィスのドアを、ジェニファーは聞こえていなかったかのように開けた。

電子の要塞の隣で怒鳴りあっていた車椅子のマリオと、両手を腰に当てて突っ立っていたスウが、同時にジェニファーを見る。

「んで？」

ジェニファーは、壁にもたれて社長の帰りを待っていたチャンに軽く手を上げた。

「社長を大急ぎで呼び戻さなきゃならないほどの非常事態は、どれ？」

チャンは、組んだ腕の指先でマリオとスウを差した。

「うちのオペレーターと、新進気鋭のＪＰＬの惑星間生物学者が旧交を温めてるだけですが」

「ちがうー‼」

マリオとスウは声を揃えて叫んだ。ジェニファーは肩をすくめた。

「うまく行ってるみたいじゃない？」

「そう見えます？」

「だいたい社長、なんでこんな奴ここに呼んだんです⁉」

車椅子ごとくるりとスウに背を向けたマリオが車輪を滑らせた。

「あら、あなたの紹介じゃない。ＪＰＬの研究室に知り合いがいるって」

「知り合いがいるとは言いましたが、ここに来るとか、一緒に仕事するとかは聞いてません！　言うに事欠いてこの女、今回のミッションに乗っていくなんて言い出すんですよ！」

「資格はあると思うわ」

少女は胸を張った。

「そりゃ、あなたたちは地球軌道に関しては何度もミッションをこなしてらっしゃるエキスパートかもしれないけど、でも、惑星間空間に関しては誰もあたしほどは詳しくないはずよ！」

「飛行に関する助言なら、地上《ここ》からでもできる」

マリオはスウを見ようともしない。

「パイロットライセンスはおろか自動車免許も持ってない素人に長期飛行をさせるほど、うちの会社は非人道的でもないし、人材に苦労もしていない」

「人材には苦労してると思うけど」

ぼそっとつぶやいたジェニファーの横で、チャンが頭を抱えた。

「ああっ社長、ミもフタもない一言を！」

「ちょっと待ってよ。金さえ出せば子どもだって観光旅行に飛べる時代に、宇宙飛行が非人道的ってどういうこと」

マリオはちらりとスウを見た。

「惑星間宇宙に詳しいのなら、そこがどれだけ激しい宇宙線にさらされているかも知っているはずだ。バン・アレン帯に包まれてる地球低軌道ならともかく、そこから一歩外に出れば、太陽放射線も銀河宇宙線も遮《さえぎ》るものなしに宇宙船の中に飛び込んでくる。宇宙船の外壁や装備に当たって飛び出してくる二次放射線だってとんでもない量になるし、これだけの長期旅行になると太陽フレアが活発化したって隠れる場所なんかない」

「たいしたことないわよ！　あたしは一応健康体だし、ちょっと長期間宇宙線浴びたってどうってことないわよ」

「そりゃ、すぐには影響は出ないだろうさ。若いから、代謝機能も活発でしばらく保つかもしれない。だけど、生物学者が宇宙線が生体にどんな影響与えるか、そしてまだ完全な遮蔽《しゃへい》材なんかできてないってことを知らないわけがないだろう」

「……心配してくれてるの？」

突然、スウの声のトーンが落ちた。

「あたしのからだ、心配してくれてるの？」

マリオは口をぱくぱくさせた。

「だからそうじゃなくって！」

「そういうことにしといた方がいいわよ、マリオ」

いつの間に来たのか、マリオの背に回ったジェニファーが肩に手を置いた。

「彼はね、今まで関わったミッションで一人の犠牲者も出していないのが自慢なの」

「ああっ、だからそんな目で見るなあ‼」

しばらく情熱的にマリオを見つめてから、スウはふっと力を抜いて笑った。

「知ってるわよ、あなたがどんな仕事してたかくらい。それで？　マリオの当初の目論見《もくろみ》通り、ＪＰＬのディープスペース・シリーズの追跡管制システム使えるようにしてあげたら、いったいどんな見返りがあるっていうの？」

「しゃちょ？」

マリオは車椅子から背後のジェニファーの顔を見上げた。

「いったい、こいつの目の前にどんなエサぶら下げて呼び出したんです？」

「別に、たいしたこと言ってないわ。とにかく、専用の無人プローブをひとつ持っていってあげる。そして、彗星との接触に成功したら核でもコマでも雪玉でも、好きな所をポットいっぱい持って帰ってきてあげる」

「もうひとつ、お願いしていいかしら？」

「あっ社長、聞かない方がいい！」

「聞くだけならタダよ」

前に同じ台詞を着陸前のダイナソアで聞いたことがあるのを思い出して、チャンは吹き出した。チャンと、止めようとしたマリオを軽く睨みつけてから、スウはジェニファーに視線を戻した。

「将来、ラグランジュ・ポイントに彗星が安定してプラントができたら、そこに研究室をひとついただけるかしら？　学術目的の研究施設が同居してるほうが、取水プラントの見場《みば》もよくなると思いますけど」

ほんの一瞬だけ頭の中で計算して、ジェニファーはオフィスにいるはずのミス・モレタニアを探した。自分のデスクで肘をついて組み合わせた両手に顎を乗せたミス・モレタニアは肩をすくめて目をそらした。

「もし、スペース・プランニングがヨーコ・エレノア彗星に一番乗りできたら、っていう条件が付くけど、それでもいいかしら？」

「ヨーコ・エレノア彗星の開発所有権の取得に成功してから、って条件のほうが確実だと思いますよ」

マリオが口をはさんだ。

「彼女、契約書類の不備やルールの穴を見つけ出すことにかけては、悪魔みたいに頭が切れるんです」

「いいかしら、それで？」

「彗星の獲得レースに勝たないかぎり、何も手に入らないってことね」

スウはうなずいた。

「いいわ。どうせ、他の研究室や教授連中だってボーイングやオービタル・サイエンスと裏取引してるんだから。でも、それなら、勝つためのお手伝いさせていただけます？」

「駄目だ社長！　乗ったら負けだ‼」

「それはぜひ、こちらからお願いしたいわ」

マリオが叫んだのと、ジェニファーが答えたのが同時だった。スウがわずかに首を傾げる間、オフィスは天使が通り過ぎたように静まりかえる。

ジェニファーは、車椅子のマリオの横に立った。

「どっちみち、JPLのネットワークを使うには、内部の人間が必要になるんじゃないの？」

「大丈夫です。資格さえあれば、追跡ネットワークはどうにでも使えます」

「嘘つくんじゃないわよ」

あわてて言いつくろおうとするマリオに、スウは吐き捨てるように言った。

「いくら構築されたのが古いって言ったって、追跡ネットワークは立派に現役のシステムなんだから。NASAの本局と、各国の天文台、国立研究所クラスでないと勝手に使うなんてできないわよ」

二〇世紀から二一世紀にかけて、JPL及びNASAは、地球圏から飛び出して惑星間を飛行する探査衛星を追跡し、その航海をサポートするための深宇宙航法ネットワークを構築した。宇宙探査に使われる予算が削減に削減を重ねられ、ついには探査機ひとつあたりの予算は、スタッフが「ハリウッド映画一本分」と自嘲するほどに少なくなったためである。

このため、当局は探査機そのものの小型化、多機能化、そして何より安上がりに探査をこなすためのあらゆる努力を惜しまなかった。探査機ひとつあたりの予算を抑えるための、太陽系そのものに拡がる航法ネットワークの建設もそのひとつである。

ＪＰＬは、それ以前にも深宇宙ネットワークと呼ばれる探査システムを備えていた。しかし、地球の静止衛星から月よりも高い高衛星軌道、太陽を回る惑星軌道、火星、金星それぞれの衛星軌道にまで航法のための衛星が配置されたのは、このとき以来である。

民間も含め、一般に、宇宙船が普通に行き交う空域は、もっとも遠い所でもＬ２と呼ばれる月の裏側のラグランジュ・ポイントまでである。地球も月も肉眼で確認できる範囲だし、これにカノープスやシリウスなどの目立つ恒星を使った天測で、自機の位置は充分に確認できる。しかし、そこから先に飛び立った有人宇宙船は、今のところ二度にわたる有人火星探査船しかない。

ＪＰＬの深宇宙探査追跡システムは、ちょうどその時期にディープスペースと名づけられた探査プローブのシリーズが彗星や小惑星に向けて立て続けに打ち上げられたこともあり、一般にはディープスペース・ネットワークとして知られている。

自前では軌道上の補給キャンプすら持たず、宇宙機の追跡や通信も公共のレーダーシステムや通信衛星に頼っているスペース・プランニングが、地球圏外への長期、長距離にわたる飛行を行うためには、信頼できる航法ネットワークの支援が絶対に必要だった。

「どうなの？　今回の仕事はいつもと違うのよ、違法ハッキングやどさくさ紛《まぎ》れのタダ乗りできちんとした航法アシストができるの？」

「誰も、そんなこととして深宇宙ネットワーク《ＤＳＮ》のデータかすめ取ろうなんて考えてません。あそこのシステムは、名目上は公共物《パブリック・ドメイン》だから、正規の手続きを取ればいくらでもデータを得ることができるんです！」

「部外者がリアルタイムの航法データとるなんて、無理よ」

スウは冷たく言い放った。

「不可能とは言わないけど、いくらマリオでも手間がかかりすぎるわ。あたしが協力すれば、フリーパスで飛んでいく宇宙船に直接データを送ることだってできるのに」

「……………」

マリオはものも言わずにスウを睨みつけた。スウはにっこり笑ってうなずく。

「どうやら、彼女がいてくれたほうが、マリオの仕事の能率も上がるみたいね」

「しゃちょおお」

マリオは情けない声でジェニファーを見上げた。

「どうしてそうなるんですかあ」

「だってそうでしょ。すなおにＪＰＬがデータ流してくれるのなら、あなただって、それだけの時間を他の仕事に使えるわけじゃないの」

「いや、だから、こんなのがここにいることになったら……」

言ってから、マリオは自分の言葉の意味に気がついて慄然《りつぜん》とした。

「ここに？　こいつ、ここで？」

マリオはオフィスの床を指さした。スウは、オフィスを見回した。

「大丈夫、システムはこっちで持ち込むわ。あなたの仕事の邪魔をすることはないと思うけど」

「たりまえだ、なに考えてやがる！」

マリオの声は悲鳴に近かった。

「てめえだってパサディナに立派な研究室構えてるんだろうに、なに好きこのんで、こんな砂漠の真ん中の田舎空港になんか来たがるんだ⁉」

「あら、だってここ、一番近い場所なんでしょ？」

「どこに⁉」

スウは、ミス・モレタニアの努力の甲斐《かい》あって、この界隈《かいわい》ではもっとも整理されていると言われているスペース・プランニングのオフィスを見回した。

「宇宙《そら》に」

「話はついたの？」

オフィスのドアが開いて、作業着姿のヴィクターが姿をあらわした。

「終わったわ。紹介するわね。今回のミッションにオブザーバーとして参加予定、ＪＰＬの惑星間生物学者、ドクター・スーザン・フェイ・チョムよ」

「メカニックのヴィクターよ」

「スウって呼んでください」

ヴィクターは、仕事上がりとは思えないきれいな手を出した。握手したスウは、ヴィクターがマニキュアを塗っているのを見て目を丸くした。

「まだ子供じゃない」

笑みを含んだ声で言われて、スウはヴィクターに顔を上げた。馬鹿にしているニュアンスではないのは、口調でわかる。

「それが、なにか？」

「幸先《さいさき》がいいんじゃないかと思ってね」

「え？」

「うちのジンクスなのよ。最初に子供が入ってくると、そのミッションは必ず成功するってね。マリオのときも、美紀のときもそうだった」

「あ、ひどい」

童顔のせいで、いまだに未成年に見られることが珍しくない美紀が口をとがらす。

「だから、あなたが来てくれるんなら、きっと今回もうまく行くわよ」

「わあ」

スウの嬉しそうな笑顔を見て、マリオは頭を抱えた。

「嘘だ、今回に限って絶対嘘だ、もう終わりだ。きっと今回のミッションは宇宙船が一センチでも格納庫から動き出す前に終わっちまうぞ」

第二段《セカンド・ステージ》

1　ツーソン、航空宇宙整備再生センター

「はるばるアリゾナ州までこんな大型機仕立ててきて、がらくた置き場《グレイブヤード》でゴミ捜しとは情けない仕事だねえ」

「州境越えただけでしょうが。ぶつくさ文句言わない！」

赤茶けた、枯れ草しか生えていないような広大な荒れ地に、永遠に続くかと思うほどの垂直尾翼の列が続いている。軍らしい几帳面《きちょうめん》さで整然と並んでいるのはボーイングＢ－52大型爆撃機。いまだに現役にとどまっている機体はパイロンに二つ一組で並列に吊り下げられたジェットエンジンを大推力のターボファンに換装した四発型だが、ここに並んでいるのはエンジンを取り去られた八発型が大部分である。

「しかしまあ、よくこれだけ作ったもんだねえ」

クレーン付きの大型トラックの荷台で風に吹かれながら、チャンは呆れ顔で辺りを見回し

た。

デビスモンサン空軍基地の主滑走路に着陸進入する超大型輸送機、C－5Bギャラクシーの操縦室から見ても、現実とは思えないほどの数の飛行機が並んでいたが、地上で進行方向にも左右にも延々と続く翼を眺めていると、いままでに合衆国で製造されたすべての機体がここに集められているような錯覚に陥《おちい》る。

アリゾナ州ツーソン、デビスモンサン空軍基地。現役からはずれた軍用機のうちまだ使えるものは、長期保存のために陸海空の所属を問わず、この基地に集められる。

ずらりと並んだ前世紀の大型爆撃機は、エンジンの前方と後方、それに操縦室をはじめとする透明ガラスの部分が劣化を防ぐためのプラスチックシートで覆われている。しかし、ところどころにエンジンポッドごと切り取られた機体、操縦室まわりを失った機体、胴体をばっさり切断されている機体などもあったりして、その保存状態は一様ではない。

「さすが、飛行機の墓場って言われてるだけあるわね」

美紀は、永遠に続くかのような飛行機の列に、呆れ果てたように首を振った。

「飛行機の墓場というとあれだな、死期を覚った飛行機が群れを離れて一人で向かうという……」

「象の墓場じゃない！」

麦藁《むぎわら》帽子を押さえて、同じく荷台で走行風に吹かれているジェニファーがチャンを一喝した。

「んにしても社長、こんな所まで飛んできて、いったい何探させようっていうんです？」

「あたしに航空部品とか電子回路の質問するわけ？」

ジェニファーに睨みつけられて、チャンは目をそらした。永遠に続くかと思われた重爆撃機の列が終わり、今度は、博物館か払い下げの実用機でしか見られなくなった旧式な単発戦闘機が地平線まで並んでいる。

「あたしも詳しいことは知らないけど、安く部品揃えるならここしかないだろうってヴィクターが言って、ＧＧがここなら知り合いがいて覗けるっていうから」

「やっぱりか……」

つぶやいて、トラックのまわりを埋め尽くす、飛べない飛行機の群れを見渡した。

「会社の命運がかかってるスペース・プランニング初の長距離宇宙船の部品を、こんなスクラップの山の中から探し出すなんて、よくヴィクターやマリオがＯＫ出したな」

「あんまり気持ちのいいものじゃないわね」

気休めに借りてきたアポロキャップを目深にかぶって、美紀は風を避けるように運転席の後ろの陰に腰を下ろした。

「でも、あそこらへんの機体なら、まだ期待が持てそうな気がするけど」

「ほお？」

トラックのまわりの機体の様相が変わってきていた。それまでは骨董品級の、しかも、ところどころ破けたような機体しかなかったのに、さすがに最前線とまではいかなくても州軍予備役くらいなら、いまでも現役で使われている機体が並んでいる。

「イーグルにファルコンにラプターか。あそこらへんのラプターなんか、まだエンジン入ってるんじゃないのか？」

さすがに所属航空隊の機体番号は消されているものの、まだばりばりの第一線機であるロッキードF－22ラプターの一群が、舗装もされていない轍《わだち》だけの道の一画に停められていた。通常、長期保存される機体はエンジンを抜かれているが、コクピットと開口部にシートをかぶせられた機体はいまにも飛びそうに見える。

「安いのかなあ、一機くらい払い下げてもらえないかなあ」

「戦闘機なんかに手を出すと、えらい目に遭うわよ」

旧式とはいえ自家用機にホーネットを使っている美紀が、ちらりとラプターに目を走らせた。

「取得費用《イニシャルコスト》はたいしたことないと思っても、一回飛ぶたんびに、ばかみたいにお金飛んでっちゃうんだから。せめてエンジン整備くらい自分でできないと、あっという間に破産するわよ」

「説得力あるねえ」

ここにあるのは、すべてが死んだ機体ばかりというわけではない。まだ現役で飛んでいる同型機の部品取り替え用に使われ、最終的に地金に再精製されるために溶鉱炉の順番待ちをしている機体も多いが、中古の民間機、あるいは第三諸国の第一線機として再びこの地を後にする機体もある。

また、広大なヤードの一画には一時保管のつもりで忘れ去られてしまった最新型機とか、機体が完成しながら計画中止で一度も飛ばずにジャンクヤード送りになってしまった実験試作機などもあるという。

「しかし、いったいこんな所に何探しに来たんだか」

荷台から立ち上がったチャンは、横から顔を出してトラックの進行方向を見やった。旧式な艦載機や対潜哨戒機などが、荒れ地をぎっしりと埋めている。

「……あれじゃない？」

チャンの横から顔を出した美紀が、さらにその先を差した。

「……ロケットヤードかい」

チャンがひゅーっと口笛を吹いた。

デビスモンサン基地は、陸海空軍、海兵隊や沿岸警備隊だけでなく、ミサイルや衛星などを統括する宇宙軍の余剰装備も受け入れている。五〇〇〇エーカーを超える広大なヤード内には、かつての大陸間弾道弾アトラスやタイタン、アポロ計画の中止によって余剰になったサターンロケットまでが、巨大な移送用トレーラーに乗せられたまま横たえられていた。

「どひゃー」

チャンは、ノズル付きの巨大なタンクローリーの群れにも見えるロケットの列に声を上げた。

「こんなに作ってたんかい。まだ飛べるのかなあ、トレーラーのタイヤなんかぼろぼろになってるように見えるぞ」

地球温暖化で海水面が上昇した昨今でも、年間降水量が三〇〇ミリに満たないというアリゾナ砂漠の気候はあまり変わっていない。乾燥しきった気候で、機体の腐蝕《ふしょく》がほとんど進まないためにこの地が保管場所に選ばれたのだが、それでもゴムやアクリルガラス、プラスチック部品などの劣化は確実に進む。

ずらりと並んでいる初期型のタイタンロケットの列に近づくにつれて、チャンはその表面の塗装が無残にひび割れ、ノズルまわりの補機が粉を吹いたように腐蝕しているのに気がついた。

「まさか、こんなの使おうっての？」

チャンはジェニファーに聞いた。ジェニファーは両手を挙げる。

「冗談でしょ。ハードドレイクに垂直発射用の設備なんかないし、ここらへんのブースターじゃ、低軌道にちょびっと持って上げるのが精一杯って話だわ。タダでもらっていっても、採算とるのは難しいと思うけど……」

「ちょっと！」

前方を窺《うかが》っていた美紀が声を上げた。

「あれ、スペースシャトルじゃない‼」

ジェニファーとチャンは、美紀が指差す方向を見た。第一段に細いタンクを束にしたようなサターン1Bロケットの向こうに、いささか焦げているようには見えるものの、部品の欠落も何もないスペースシャトルのオービターが、頭を下げた駐機姿勢をとっていた。

「あれ？　あれ……」

チャンは首をひねった。

「シャトル・オービターは、確かNASAの運用からはずれて民間に払い下げられたのが一機と、あとは、スミソニアンとオハイオ、宇宙センターなんかに展示されてるだけじゃなかったか？」

スペースシャトルは、第一世代の再利用型宇宙機として開発された。しかし、開発予算が切り詰められた結果、運用経費がかさむものになり、実用型の量産もわずか六機で打ち切られたため、一機当たりの建造費用も天文学的な高額――一説によると原子力空母一隻分になった。ニミッツ級の原子力空母は最終的に一〇隻建造されたから、量産効果はこちらのほうが高い。

「それだけじゃないわ」

美紀は呆然と呟いた。

「ベンチャースターや、デルタクリッパーまである……」

高価にすぎ、運用にも手間と費用のかかるスペースシャトルの後継機として開発され、その後民間型が出現して垂直発射型のスタンダードとなったロッキード・マーチンのベンチャースター、ボーイングに吸収合併されたマクダネルダグラスの粘り強い開発によって実用化された垂直発射、垂直帰還型の単段式ロケットであるデルタクリッパーなどの、第二世代型宇宙機が荒れ地に放置されていた。

巨大な三角形の機体を持つベンチャースターの隣には、それよりはるかに小さなペガサス型空中発射軌道ブースターが、一区画いくらで取引される過剰在庫のように並べられている。

それだけではなかった。停車したトラックのまわりには、小型の再突入機、ロケット機、実験機や試験機など、かなり詳しいつもりのチャンや美紀も見たことがないような機体が整然と並べられ、あるものは全体をシートに覆われ、あるものは要所要所をプラスチックコートにカバーされて保管されていた。

「アリゾナ砂漠に、お宝の山があるって噂、本当だったのね」

「一応、ここにあるもんは全部政府所有物だ。黙って持ってくと、ＭＰにしょっ引かれるぜ」

トラックの助手席から降りてきたガルベスが、荷台の美紀に言った。運転席側から、制服姿の管理将校が降りてくる。

「お探しの物件は、この辺りにあるんじゃないかと思いますが」

「探してみよう。しばらく待っててくれ」

トラックの荷台から、チャン、ジェニファー、美紀の三人が飛び降りてきた。

「それにしても、近所のジャンク屋あさりにいくからついてこいって言って、こんな所に連れてこられるとは思いませんでした」

美紀がもの珍しげにまわりを見回す。砂漠地方特有の手加減なしの直射日光の下に、さすがに最新型は見当たらないものの、前世紀から今世紀にかけての宇宙機、ブースター、実験機や試作機などが整然と並べられているのは壮観だった。

「ヴィクターやマリオを連れてきたら、えらい騒ぎになるわね」

　ジェニファーはガルベスに目を戻した。

「いったい、どんなコネ使えばこんな所まで入り込めるわけ？」

「正規の手続きを行えば、合衆国市民なら誰でも入り込めるさ。問題は、正規の手続きのやり方ってやつを誰も知らないってことだ」

　ガルベスは、トラックのまわりに横たえられている液体燃料ブースターの列を見やった。よく見ると、エンジンブロックがノズルごと抜き取られていたり、タンクの外板に凹《へこ》みやひびがあったりして、完全な状態のものは多くない。

「さて、早いとこ仕事を始めよう。ここが終わったら、今度は内装関係の部品探しにアストロドームみたいな倉庫をいくつもまわらなきゃならねえ」

「ええと……」

　美紀は、アーリントン墓地の墓石のように整然と並べられている宇宙機の群れをもう一度見回した。

「どこらへんから手をつければいいのかしら」

「社長と俺は使えそうなタンクとスラスターを探してみる。チャンと美紀は、向こうの区画で程度のいいＤバードを探してくれ」

ガルベスは、管理将校から手渡されたファイルをめくった。

「うちで使ってるA号機の、軍用に生産された初期生産分《ロット》が何機かあるはずだ。部品《パーツ》リストはヴィクターからもらってるだろ?」

美紀はうなずいた。

「どこから誰が調達してくるのかと思ってたんだけど」

「ここから、俺たちが調達してくるのさ。ものによっては倉庫のほうを探さなきゃならないものもある。はぐれたり、質問がある場合はトランシーバーを使え。こちらから呼び出すこともあるから、スイッチは入れっぱなしだ」

「了解」

すでにハードレイクでは、ヴィクターがダイナソアA号機の改装を始めている。しかし、スペース・プランニング最古参の機体だけに各部の老朽化、旧式化が進み、ミッションディレクターのマリオともども苦労しているらしい。

新型の部品に換装したりグレードを上げたりする予算的余裕はスペース・プランニングにはなく、仕方ないからオービタルコマンドをはじめとするハードレイク内の格納庫をあさってから、ヴィクターはガルベスに部品調達の相談をした。

ガルベスは数箇所に電話をかけたかと思うと、足りない部品のリストアップをするようヴィクターに指示し、翌日、差し迫った仕事のない社長とパイロット(兼雑用)二人を乗せてハードレイクから飛び立ったのである。

トラックと管理将校をその場に残して、四人は宇宙機が並ぶジャンクヤードに散っていった。

「んで、何を探せと？」

チャンは、美紀の手の中の部品リストを覗き込んだ。

「ＲＣＳの制御パネル、フロントまわりの配管一式？　動翼と、アクチュエーターもいるらしい」

「……勝手に引っぱがしてっていいわけ？」

美紀は、チャンが下げている工具箱を見た。

「詳しく覚えてるんじゃないけど、確か、ダイナソアって、専用工具が多かったんじゃない？　それ以前に、民間型のダイナソアと軍用のＤバードで同じ工具使えるのかしら？」

ダイナソアと、その軍用型であるＤバードはニックネームと形式番号が違うだけで、基本的には同じ機体である。Ｄバードは飛行経路を変更するための軌道上機動システムの出力が増加され、その分有償荷重《ペイロード》が少なくなっているくらいで、あとは通信システム、電子装備くらいの違いしかない。

「ヴィクターは同じだって言ってた。そもそも、うちのＡ号機は元をただせば軍用の払い下げだってよ」

「道理で、丈夫にできてるはずだわ」

「必要になる予定の専用工具は、たんまり持たされたよ」

チャンは、軽合金製の巨大な工具箱を軽く上げてみせた。現役宇宙飛行士のプライドにかけて、美紀でも何とか持ち上げられるくらいの重さだが、それでも持ち歩きたいとは思わない。

「ものによっては、うちのと同じロットでなくても何とかなるらしい。どこから手をつける?」

「ええと……」

岩石混じりの固い地面に足を止めて、美紀は困ったような顔できっちり等間隔で並べられている宇宙機の列を見渡した。乗り込むのにもよじ登るにもタラップを必要としないほど駐機姿勢の低い、リフティングボディの宇宙機は、アメリカ軍マークもそのままに漆黒の耐熱塗装を砂漠の太陽にさらしている。

分厚い積層ガラスを持つ操縦席部分と尾部のロケットエンジンこそプラスチックシートで覆われているが、まったく同じスタイルの宇宙機がこれだけ数を揃えて轡《くつわ》を並べているのは壮観だった。

「片っ端からいくしかないわ。そっちの隅から手をつけましょ」

「在庫、一〇年てところかな?」

地面に近い位置にある、強化カーボン・カーボン製のノーズを手で撫でてみて、チャンは自分の指先を見た。うっすらと土埃《つちぼこり》がついている。

大気圏内で使われる航空機は、空軍の一線を退いても州軍、予備役などで使われ続ける。

しかし、その行動範囲が静止衛星軌道を越えるような宇宙機の場合、州軍では運用できないため民間に払い下げられなければ博物館行きになることが多い。

「それくらいは動いてないんでしょうね」

アメリカ軍の国籍マークだけでなく、所属部隊の認識番号、パーソナルマークまで残されている機体が多いので、スペース・プランニングで見る同型機との違和感を覚えながら、美紀は機体の上面を見上げた。

最も精密な可動部品であるロケットエンジン部は劣化を防ぐために抜かれ、機体も腐蝕しないように要所要所をプラスチックコートされている。しかし、軍用のダイナソアが持つ違和感はそのためだけではないらしい。

「飛行機の墓場、なんて言われる所だから、死んでるように見えるのかしら」

「エンジンが抜かれてるからだろ」

チャンはさっさと宇宙機の上に昇り始めた。

「さあ、とっとと済ましちまおうぜ。だいたい、二人だけで必要な部品抜いてこいってだけでも、大事《おおごと》なんだから」

「つぎは、これかー！」

エアドーム構造の、文字通り野球場のように巨大な倉庫に、チャンのうめきがむなしく響き渡った。

航空宇宙整備再生センターは、海兵隊を含む米四軍、沿岸警備隊、警察や官公庁所属の余剰機の一時保管まで引き受ける。その際、デリケートな電子部品やエンジン、兵装などは取り外され、同じ敷地内にある空調の整った倉庫で別途保管される。

しかし、前世紀の中頃にまでさかのぼって軍用のほとんどすべての機体を引き取ってきた基地だけに、その蓄積量は半端ではない。創設時に建設され、いまだに残っている古い倉庫をあされば、一〇〇年前のピストンエンジンが新品で出てくると言われており、すべてをリストアップするには来世紀までかかると言われる在庫は、エアドーム式の倉庫の天井近くまで組み上げられたスチール棚やコンテナをぎっしり埋めている。

これでも、大小合わせて五〇以上ある倉庫のひとつでしかない。しかし、内部面積の広大さとその在庫量の膨大さは、一歩足を踏み入れただけの一同の気力を萎《な》えさせるに充分だった。

「なんか……」

外よりもわずかに高められた空気圧で屋根を支える倉庫内は空調が効いているから、直射日光にあぶられるボーンヤードほど作業環境は悪くない。しかし、手に持った麦藁帽子でぱたぱたと扇ぎながら、ジェニファーは気乗りしない顔で目の前のスチール棚の高層建築を見上げた。

「いくら安いって言っても、探してる間にお婆ちゃんになっちゃうような気がするんだけど」

「安心しな。ここはまだ新しいほうの倉庫だ。在庫はきっちり管理されてる」

入り口でタブレットを叩く管理将校と話し込んでいたガルベスが、庫内に向き直った。

「航法用の電子装備は、この倉庫にあるはずなんですがねえ」

「……管理されてる、はずだ。探してる部品はどうせ最近一〇年か、せいぜい二〇年しか経ってない。古い倉庫で発掘作業してるスミソニアンの連中よりは楽な仕事ができる」

「楽な仕事ねえ……」

ジェニファーは疑わしげに溜め息をついた。

「マリオでも連れてきたほうがよかったんじゃない？　あたし、チップ《いし》やジャンクの見分けなんかつけられないわよ」

「安心しな。探すのは電子部品だけじゃない。バルブやプラグ、パイプにコネクターに断熱材に放熱パネル、いくらでもあるさ」

分厚いプリントアウトの束をどさっと渡されて、ジェニファーは危うく取り落としそうになった。

「これ全部探すの？　ヴィクターったら、うちのA号機全部作り直すつもり？」

「できればそうしたいところだろうが、保ちそうなところはあるもので済ませるとさ。ここに載っているのは、ダイナソアの部品だけじゃない。軌道上で組み立てる宇宙船本体の部品もできるかぎり揃えることになってる」

「わざわざ、ギャラクシーなんて大型機持ち込むだけのことはあるわけだ」

同じく、渡されたリストをめくったチャンがうんざりしたような声を出した。

「あのでか物の胴体をいっぱいにしないかぎり、俺たちはハードレイクに帰れない。社長、あきらめてとっとと宝探し始めた方がいいと思いますよ。でないと、年とって棺桶に入って帰ることになるかも」

「じょーだんじゃないわよ」

管理将校のコンピュータとめくったページをつき合わせて、ジェニファーは手近のコミュニターに歩み寄った。あまりにも倉庫が広大なため、庫内では小型の電気自動車が移動と運搬のために使われている。

「こんな砂漠の果てで朽ち果てるんじゃ、人生設計狂っちゃう」

「おやまあ、砂漠の果てで宇宙相手に商売してるとも思えないお言葉」

「これでも、明日にはLAで用事があるんだから。先行ってるわよ」

備え付けのコミューターに乗ったジェニファーは、モーターのうなりを上げて庫内を走り出した。

「で、こっちは電気屋ってわけだな」

別なプリントアウトの束を片手に、チャンは構内専用のコミューターに乗り込んだ。

「東のAブロックから当たる。そっちはどうする？」

「そうねえ」

渡されたプリントアウトをめくった美紀は、管理将校にそれが保管されているはずの場所を確認した。

「西から当たってみるわ。ＧＧはここから片付けていくんでしょ」

「そのつもりだ。急いでくれ、俺はそこらへんの飛行機の下に埋められても構わないが、彗星はそんなに待ってくれない」

スペース・プランニングがすべての部品を発見し、払い下げの手続きを終えてデビスモンサン空軍基地を飛び立ったのは、二日後のことだった。

2　パサディナ、ジェット推進研究所

「軍のグレイブヤードだけじゃ足りなくって、研究所のジャンクヤードまであさるか……」

溜め息混じりに、チャンはカリフォルニア工科大学《カルテック》内、エクスプローラー・ロードから山際に上っていくパイオニア・ロードの奥にある古い倉庫を見上げた。

スペースクラフト・ガレージと粗末な看板がかかっている倉庫は、いまは使われていない工場施設の隣にあり、実際に深宇宙をめざした惑星探査機と同じ部品で組み上げられた予備機や、とりあえず使い途のない計測装置、電子機器、実験機器などが納められている。また、慢性的な予算不足に苦しむ各研究室が安上がりな部品調達に訪れる場所としても知られている。

「いいのかい、こんなところまで入ってきちまって」

休日だが、人通りが少ないわけではない。はるばるハードレイクから運転してきた小型ト

ラックをスウの案内で乗り入れたものの、チャンは後ろめたそうに辺りを見回した。

「あたしの学術研究に使うんだもの、何も気にすることはないわ」

管理オフィスから借りてきた古風な鍵束を取り出したスウは、大型機器搬入用のシャッターの横にある小さなドアの鍵穴にごつい鍵を差し込んだ。

「そりゃ、そっちにしてみりゃそういうことなんだろうけど、なんか、こういうとこ慣れてないから、ドロボーでもしに来たような気分で……、なあ、いいのかマリオ？」

チャンは、ピックアップの荷台に積んできた折り畳み式の車椅子に乗ったマリオに顔を向けた。

「いいんじゃないの。ぼくたちが気にすることじゃない」

マリオは仏頂面《ぶっちょうづら》を崩さない。

「勝手に大学の備品持ち出したり、研究所の遺産食い潰したりしても、それは彼女の責任でしょう」

「いや、俺が言ってるのはそういう問題じゃなくてな、うちだけじゃなくって民間でも前例がないような長距離航行用の宇宙船を組み立てるのに、西海岸側のジャンク屋を片っ端からあさるような真似して、そんなんで宇宙船でっち上げてもいいのかってことだ」

「使えりゃ、なんでもいいんじゃない？」

マリオは気乗りしなさそうに答えた。

「性能さえ保証付きなら、出所がどうだろうと値段にゼロの数がいくつついていようと、パイロットって人種は気にしないんじゃないの？」

「経歴や使い勝手は気になるぞ」

「それに、新品だからって、中古より長持ちする保証があるわけじゃない。適当に使い込んで馴染《なじ》んでる部品のほうが、宇宙船組み上げるには向いてると思うけど」

「開いたわよ。どうぞ」

聞こえないふりをして旧式なシリンダー錠と格闘していたスウが、チャンとマリオの方に振り向いた。

「まあ、とにかく天下のＪＰＬのがらくた置き場だ。見物させていただきましょうか」

先にマリオの車椅子を押して、チャンはスウの案内でスペースクラフト・ガレージの中に入った。

チャンは、子供の頃に行ったロサンゼルスの科学博物館に帰ったような錯覚にとらわれた。電球剝き出しの照明に照らされて、見覚えのある宇宙機が所狭しと折り重なっている。

天井から、マリナー・シリーズの宇宙探査機がぶら下げられている。フォン・カルマン堂に飾られているパイオニアと同じ、予備部品で作られた本物同様のモデルがある。

彗星や小惑星の探査に使われたスターダストや、つい最近、新世代のヴォイジャー・シリーズにとって替えられたディープスペース・シリーズの無人プローブもある。他にもスペースクラフト専用の対地球通信用パラボラアンテナ、レーザージャイロ、カプセルに入れられたままの木星及び土星向け突入プローブらしいものもある。

「こっちよ」

奥に行きかけたスウが、二人がついてこないのに気がついて振り向いた。

「……なに、ばかみたいに口開けてんのよ。ついてきて」

「いや、あの……」

チャンはやっと言葉を探し出した。

「ここにあるのって、全部、ほんもの？」

「なわけないでしょ。探査機についてるプルトニウム電池は外側だけの模型で本物はここにはないし、だいたい、本物は全部宇宙の果てに飛んでいってるわ。戻ってきたのは幾つかあるかもしれないけど、ほとんどが博物館行きになってるし……」

「いや、そういうこと聞いてるんじゃなくて、ね」

「ほんものだよ」

自分で車輪を回して、マリオは動き出した。

「ここにあるのは、計画が中止になって打ち上げられなかった探査プローブとか、あるいは本番のシミュレーションのために作られたスペアとか、そんなもんばっかりだ。ああ、入り口の所にあったエクスプローラー衛星は展示用にあとから作ったやつだと思うけど」

「……宝の山だな」

もう一度、入り口近辺の無人探査機の山を見てから、チャンはあわててマリオのあとを追った。

「しかし、勝手に持ち出していいのか?」

「勝手じゃないって言ってるでしょ」

管理オフィスから貰ったリスト片手に、スウは狭い棚の間を歩いていく。

「学術研究目的なら、ここにあるものは早い者勝ちで使っていいの。でなければ、いくら打ち上げ費用が安くなったっていったって、学生連中が本業の片手間に太陽観測衛星なんか上げられるはずがないじゃないの」

「創立記念日に合わせて太陽に観測衛星打ち込んだって、あれかい」

去年、JPLが太陽に向けて打ち出した観測衛星《サンダイバー》は、ごく至近距離での太陽フレアの観測に成功した後に燃えつきた。カリフォルニア工科大学の現役学生が中心になったプロジェクトだということは、チャンも様々な記事を読んで知っていた。

「なるほどね、学校の中にこんな豪勢なジャンクヤードがありゃ、自前で探査機でっち上げられるってわけか」

「もちろん、オフィスの許可がないと無断持ち出しってことになるけどね。ここの棚に、キャンセルになったディープスペース9号用の航法システムがあるはずなんだけど」

ディープスペース・シリーズの惑星探査機は、全部で24号まで上げられた。ただし、諸般の事情によりいくつかの計画はキャンセルされ、欠番がある。ディープスペース9号は、高加速ロケットでカイパー・ベルトに向かうはずだったが、ブースターが予定の性能を発揮できないことが計画段階で判明し、代替手段を検討しているうちに打ち上げのタイミングを逃して無期延期状態になった。

「ほとんど忘れられた計画とはいえ、正式に中止になったわけじゃないだろ？」

「いいのよ。当初の予定の観測計画は、他のディープスペースとヴォイジャーに割り振られたし、いまからカイパー・ベルトまで観測機出すんならソーラーヨットのほうが早いわ」

「そりゃまあ、申請書出すだけでディープスペース・シリーズの航法関係一式が手に入るんなら安上がりでいいけど……」

　チャンは、所狭しと積み重ねられたり突っ込まれたりしている、使い方もわからない電子機器や探査機の部品、センサーシステムなどを見上げている。

「いいのか、うっかりこんな所から、しかもドクターの手引きで機材なんか借り出すと、うちの宇宙船《ふね》は政府機関に乗っ取られるんじゃないか？」

「できればきっちり新品の航法システム揃えたいところなんだけどね」

　無表情を装って、マリオはポケットコンピュータのディスプレイに表示される在庫部品をチェックしている。

「解釈の相違ってことで何とかなるはずだ。うちの宇宙船が国立機関の機材を使うんじゃなく、スペース・プランニングがＪＰＬの依頼で観測支援機器を乗せていく。契約書類はできてるから、後でトラブルが起きるとしても、こっちじゃなくて彼女の問題だよ」

「後からのトラブルなら、ぜひ起きて欲しいもんだわね」

　挑発するようなスウの口調に、マリオは思わず顔を上げて睨みつける。

「だって、もし何かトラブるとすれば、それはあたしたちが彗星の一番乗りに成功して、あたしがＪＰＬの誰よりも早くヨーコ・エレノア彗星のサンプルを手に入れるってことだもの。そんなことなら、大歓迎よ」

「起きる可能性のあるトラブルってのは、必ず現実化するんじゃなかったのか、おい」

チャンはマリオの肩を小突いた。

「いいんだよ、このトラブルは、起きるとすればハードレイクじゃなくてパサディナだから」

「ほんとかよ」

「これよ、間違いないわ」

プリントアウトと棚の中の段ボール箱からはみ出している電子機器を見比べて、スウはうなずいた。

「……いいのか、俺たちはともかく、会社の命運賭けた宇宙船のコンピュータに飛び損ねた中古の使い回しなんかして」

「ディープスペース9号は、飛行速度を稼ぐために金星軌道まで戻って金星と地球にフライバイする予定だった」

チャンは、マリオのポケコンのディスプレイを覗き込んだ。結局、打ち上げられなかったディープスペース9号の予定軌道が描き出されている。

「それに、旧式とはいえ純正の、しかもＪＰＬの宇宙規格だ」

宇宙空間で使用される機材は、地球上のそれよりも厳しい条件にさらされる。また、使用条件がシビアなだけに、とくに有人宇宙船では故障は許されない。

その昔、工業製品は最も精度の高いものが軍用に使われ、民生用はその次だった。今、軍用と並んで宇宙用の規格は高精度で安全確実、頑丈の代名詞になっている。

「持って帰ってチェックするけどね、無人探査機用の高集積ナノテク回路だ。最低でも、うちのダイナソアの非常用《バックアップ》には使えるはずだよ」

「飛べなかっただけで、実際に使われるはずだった航法システムよ」

不服そうな顔で、スウは身長の三倍はあるスチール棚に天井まで積み上げられた段ボール箱に、どこからか持ってきた梯子を立てかけた。

「そりゃあ、ここしばらくはこのガレージでほっとかれてるけど、それは、こんな大掛かりな飛行計画で飛ばすような探査計画がなかっただけで……」

「はいはい、お二人の見解の相違については、後でゆっくり話し合うことにしてくれ。とにかく時間がないんだろ。とっとと、この大荷物運び出しちまおうぜ」

「ええと、この棚、あそこの太陽電池パネルが突き出してるところまで全部ね」

「え……?」

思わず、のばしたスウの指先が差す場所を確認して、チャンはマリオとスウに目を戻した。

「ナノテク回路のシステムだって話じゃなかったのか?」

電子回路の高集積化が進むに従って、コンピュータは高性能化と同時に小型化が進んだ。とくに、可能最小限の体積と質量に必要最大限の能力を求められる無人衛星では、全重量の軽減のためにも電子回路は超小型化されている。

「本体だけならトランクでも持ち運べるよ」

当然のことのように言って、マリオはポケコンを車椅子のポケットに放り込んだ。

「アンテナやら交信システムやらデータリンクやら何やらかんやらで、まあ、あのトラックになら積めるはずですが」

「アリゾナの砂漠でゴミあさりしてきたばっかりだってのに、せっかく宇宙飛行士記章まで取って俺はいったい何してるんだろ」

ぶつくさ言いながら、チャンはスチール棚の上から段ボール箱を下ろし始めた。

3　ハードレイク、打ち上げ一〇日前

オービタルコマンド所属のアントノフＡｎ２２５ムリヤは、現在世界の空を飛んでいる巨人機の中でも、最大級の搭載量と搭載容積を持っている。そして、胴体内に積みきれない大型貨物に関しては、機体上部に背負い式《ピギーバック・ライド》に搭載できる。

通常空中発射に使われる液体燃料用のブースタータンクよりもひとまわり大きな、全長の七〇パーセントほどもある巨大なタンクを胴体の上に背負ったまま、重そうにハードレイク上空を旋回したアントノフはゆっくりと最終進入に移った。

「さすがにでかい……」

ハードレイクでもっとも見晴らしのよい場所である管制塔で、チャンは備え付けの艦載用大型双眼鏡から目を離した。

「大丈夫なの?」

こちらは自前の小型電子双眼鏡を持ち込んだ美紀がつぶやいた。

「いかにも重そう。滑走路、保つかしら」

「主滑走路に降りるかぎりは大丈夫のはずだ」

先ほどから管制官席の横でアントノフと交信していたガーランドがのんびりと言った。

「だいたい、見掛けはでかいが、あのタンクの中身は空《から》っぽだ。胴体の中にもいろいろと補給物資は積み込んできているが、飛び上がれたのなら降りられるだろうよ」

もし、飛んできた機体の自重が最大着陸重量を上回っている場合、航空機は燃料を放出するなり積み荷を落とすなりして自重を軽くしなければ着陸できない。最大着陸重量以上での着陸は、着陸脚を壊してしまう。

そして、滑走路にも耐えられる重量の限界がある。地殻までコンクリートの、無限に強い滑走路を建設するわけにはいかないから、滑走路には長さと幅だけではなく、離陸、着陸できる飛行機の重量制限もある。

前後のエスケープゾーンまで含めれば全長五〇〇〇メートル、国際空港の規格で作られたハードレイクの滑走路は、将来の航空機の大型化を見越して最大着陸重量八〇〇トンで建設された。機体重量を強化し、エンジン推力を増したオービタルコマンドの超大型六発機であるアントノフ225でも、規定に従って飛行しているかぎり、燃料、貨物量満載でもそこまでは重くならない。

もし、固く乾いた乾湖《ドライレイク》の底を利用した最初の滑走路から五〇年、いまの形になってからでも三〇年経つ主滑走路が建設当初の強度を維持していれば、の話ではあるが。

「重いってより、空気抵抗のほうが大変なんじゃないのか?」

チャンは、架台の上の大型双眼鏡から目を離さない。

「背負ってるタンク、オービタルコマンドが普段打ち上げに使ってるブースターより随分でかいぜ」

「うちのパイロットはああいう仕事には慣れている」

ガーランドは、ゆっくりと滑走路に降りてくる六発機を見据えた。進入角度がかなり浅いのは、少しでも着地の衝撃をやわらげるためだろう。

「それに、ロートルとはいえ頑丈さが取り柄のロシア製だぜ。心配いらんよ」

アントノフAn225ムリヤは、前作アントノフAn124ルスランを大型化することによって生まれた。中央胴体部分を延長され、左右にもう一発ずつのエンジンを吊り下げた拡張した主翼に変更し、尾翼を貨物を背負ったときの乱流を避けるためにH字型に変更したムリヤは、五基二列から七基二列に増加された合計二八輪の大径タイヤでハードレイクの主滑走路に着陸した。

「しかしまあ、よくこんなタンク見つけてきたもんだ」

駐機場にその翼を休めたムリヤの背の上に載せられた大型タンクを見上げて、ガーランドは溜め息をついた。

「これだけでかいと格納庫の入り口につかえちまう。クレーン使わないと、降ろせないぜ」

駐機場には、組み立て《アッセンブル》用の大型クレーンが二基備えられている。一基当たりの吊り上げ重量は一〇〇トンを超すため、空のタンクなら簡単に持ち上げられる。

オービタルコマンドは、格納庫内に専用の整備組み立て設備を持っており、固体ロケットブースターを使う空中発射母機の発進準備はすべてそこで行えるようになっている。

しかし、液体燃料タンクを含めて打ち上げ時の総重量が三二〇トンと予告されたブースターでは、オービタルコマンドでも通常の組み上げ手順は使えない。

「そのつもりよ」

ムリヤのパイロットが持ってきた書類に目を通して、ジェニファーは受け取りにサインした。

「専用のトレーラーも積んできてもらったから、オービタルコマンドの工場を貸してもらうことになるわ」

「そりゃかまわんがな」

浮かない顔で、ガーランドは滑走路の向こうに見える自社格納庫に目をやった。

「今でも、嬢ちゃんところのギャラクシーで運ばれてきた荷物が、うちの店占領してるんだがね」

大型の液体燃料タンクを中心とした打ち上げブースターの組み上げは、今の在庫だけで手狭になっているスペース・プランニングの格納庫ではできないことが最初から判明していたため、オービタルコマンドの空いている工場区画を一部借りている。

大型機の牽引《トーイング》、誘導などに使われるスペース・プランニング所属の大型トラクタートラックが走ってきた。後から、オービタルコマンドが大型機の牽引に使っているM1戦車がコンクリート面にキャタピラの音を響かせて走ってくる。

「トレーラーは後ろから出すって」

パイロットから積み荷の状況を聞いたジェニファーが、すぐそばで停車したトラックの運転席のガルベスに告げた。

「了解した」

機載モーターをうならせて、ムリヤが機首の開口部、機尾の貨物ドアを開け始めた。

ムリヤの機内から荷下ろしをして、それから駐機場の両側にあるクレーンで背中の大型タンクを吊り上げて機体を移動し、代わりに専用のトレーラーをタンクの下に置いてクレーンで下ろす。

「軌道上じゃ、オービタル・サイエンスの長距離宇宙船が準備始めたって話だぜ」

機体の上の大型タンクを見上げて、ガーランドが言った。

「いいのかい？　今頃やっと部品が揃ってるくらいで、このレースに勝てるのかい？」

「厳しい勝負なのは最初っから承知の上よ」

ジェニファーは、ゆっくりと上に向かって持ち上がり始めたムリヤの機首部分を見ている。

「それに、先に出てくれたほうがこっちの作戦が立てやすくなるわ。秘密兵器も幾つかあるし、それに、コストパフォーマンスならうちが一番なんだから」


「軌道管制局に申請していたベースキャンプの設置に許可が出ました」

社長室に入ってきたマリオは、デスクのジェニファーにプリントアウトを渡した。

「軌道傾斜角二七度、平均高度二四〇キロの円軌道上です」

地球を回る衛星軌道上が混雑するようになって久しい。今では、地球周回軌道上に上がる飛行物体は、すべて国際航空宇宙連盟の管轄下にある軌道管制局に飛行計画を提出することになっている。

軌道管制局は、地上と宇宙空間のレーダーで地球周回軌道上の飛行物体をすべて監視把握している。そして、飛行計画と観測結果に従って将来的に衝突、あるいは異常接近の可能性がある飛行物体に対して警告を行い、コントロール不能の物体や宇宙空間のゴミ《スペース・デブリ》に対しては宇宙軍に要請して排除、撃墜などの措置をとり、軌道上の安全を確保している。さもないと、軌道上で相対速度が弾丸の一〇〇倍近いような宇宙船同士の衝突事故が起きることになる。

「とりあえず設置期間は一年でとっておきました。必要なら延期もできますが」

「ヨーコ・エレノア彗星に向けて宇宙船が発進すれば、あとはベースキャンプは必要なくなるんじゃない?」

軌道上を、一定期間占有するにはそれなりの費用がかかる。

「もし、彗星への一番乗りに成功すれば、ベースキャンプどころか専用のステーション構えなきゃならなくなりますよ」

言われて、ジェニファーは考え込んだ。

「そう言えばそうだったわね」

「ところで……」

マリオは、車椅子のポケットからポケットコンピュータを取り出して開いた。

「いまさらとは思うんですが、乗組員を決定しないといけません」

「まだ決まってなかったっけ?」

デスクのジェニファーは、あれ? というような顔でマリオを見た。

「だいたい、うちの飛行士で固めるんなら、使えるのは今の時期三人しかいないんでしょ。軌道上のデュークと、美紀とチャン」

「まあ、そうなんですが」

あまり認めたくない顔で、マリオはうなずいた。

「全員が、今回の宇宙飛行に堪《た》えるだけの資格は持ってます。キャリアは、もちろんデュークが一番、続いて美紀、チャンの順です」

デューク・ドレッドノートはスペース・プランニングでも最古参の宇宙飛行士である。パイロットとしてならガルベスのほうが年上だが、現役の宇宙飛行士としてはハードレイク全体でも彼が最年長である。

また、宇宙空間における長期滞在についても経験が多い。まだ宇宙に留まる手段がロシアの壊れかけた実験ステーションと、建設が始まったばかりの国際宇宙ステーションしかなかった時代からの宇宙飛行士で、事故で航空宇宙局から引退するまでは有人火星探査宇宙船の乗組員候補にも入っていた。

美紀は最初の宇宙飛行を行ってからまだ三年しか経っていないが、宇宙船のコントロールだけでなく船外作業もこなせるSS資格を持っており、最近はスペース・プランニングで飛んでいるために宇宙滞在日数も稼いでいる。

チャンは、先日のダイナソアA号機でのステーションとの連絡飛行が最初の宇宙飛行になった。この時に宇宙服を着ての宇宙遊泳も経験しているが、まだ正式な資格は発行されていない。

「デュークに船長頼むとして、美紀がメイン、予備《スペア》がチャンしかいないのはさびしいけど、まあ、うちとしちゃしょうがないんじゃない」

「それなんですがね」

マリオはディスプレイから顔を上げた。

「問題がいくつかあります。まず、この三人の中で組んだことがあるのは美紀とチャンしかいません。チャンはこないだのがファースト・フライトですからしょうがないですけど、美紀にしても地上発進の短期ミッションが多いんで、長期滞在の多いデュークとはまだ一度も仕事をしてません」

「息が合うかどうかって問題かしら?」

「それもあります。なにせ、とりあえず発進から帰還まで最低二カ月かかるミッションですから、仮に大恋愛の末結ばれた新婚夫婦を組ませても、戻るころにはとっくに壊れてるでしょう」

「……断言するわね」

「もう少し乗組員の数が多ければいいんですがね。まあ、曲がりなりにも全員プロの宇宙飛行士ですから、そこらへんは信頼するとしても、一番気にしてるのが宇宙線の問題です」

「……スウのときも、そんなこと言ってたわね」

「いろいろと新素材はできてますけど、完全に宇宙線を遮断できる素材なんか開発されてません。まして今回は太陽に向かって飛ぶようなミッションですから、もろに太陽放射線の中に突っ込んでいくことになります」

「……かなり暑くなるでしょうね」

「暑いのはまだいいんですけどね。宇宙放射線ての は被曝《ひばく》してもすぐに影響が出なくて、一〇年も二〇年もしてから腫瘍《しゅよう》だの白血病だのの発病確率が上がることも考えられます」

ジェニファーは眉をひそめた。

「この手の病気は身体の新陳代謝が落ちるほど進行も遅くなりますから、デュークがいまさら長期飛行で宇宙船にさらされても、美紀やチャンほどは問題にならないんです。ただでさえ、あのおっさん、平気で高軌道うろついてますから」

　バン・アレン帯の内側に軌道の大部分が含まれる低軌道なら、銀河宇宙線も太陽放射線もその被曝量はかなり低く抑えることができる。それ以上の高軌道、静止衛星軌道や月軌道では、厳密にシールドされた宇宙船の中にいても、毎日レントゲン撮影を受ける以上の宇宙線を浴びることになる。

「残念ながら当てにできる資料が第一回と二回目の有人火星探査、あとは月軌道周辺のサテライト・ラボくらいしかないんで、確実なことは言えないんですが、どっちにしても宇宙線の被曝量はちょっと嫌な数字になってます」

　宇宙放射線病は、地上にいるものにとって最も実感しにくい障害である。

「つまり、美紀にしてもチャンにしても、この長期ミッションによってなんらかの障害を抱え込む可能性が増える、そういうわけね」

　マリオはうなずいた。

「宇宙飛行士なんて多かれ少なかれ宇宙線浴びるもんだし、まして船外活動《EVA》なんかした日にゃあ全身にシャワーみたいに喰らうことになりますけどね。だけど、今回のミッションに関しては……」

「本人たちはどう言ってるの？」

「軌道上のデュークには計画書から何から送ってチェックしてもらってますけど、美紀とチャンにはまだ何も言ってません」

「それじゃ、確認するしかないわね」


美紀は、スペース・プランニングの格納庫でダイナソアA号機の最終調整を手伝っているところを、チャンはオービタルコマンドの工場で前日にごっそりサイコオール社から送られてきた打ち上げ用の固体ロケットブースターをチェックしている最中に社長室に呼び出された。

「てっきり、あたしが行くもんだと思ってたけど……」

宇宙線に関する説明を聞いた美紀は、両目をきらきらさせながら胸の前で両手を組んでマリオを見つめた。

「あたしのからだ、心配してくれてるのね」

うんざりしたような顔で、マリオは目を伏せた。

「いつまでも覚えてることないじゃないかよお」

「あら、ごめんなさい。気にしてたの？」

「だから、そうじゃなくて」

「宇宙線に対する危険性くらい、最初から認識してるわ。宇宙飛行士が宇宙線怖がってたら、商売にならないわよ」

「将来的に、結婚したり子供を産んだりするつもりは？」

唐突な質問に、美紀は目を見開いた。

「冗談で？」

「冗談で考えるのはそっちの自由だけどね。宇宙放射線による障害は、特に女性の場合、自分だけじゃなくって、将来生まれる子供にまで及ぶ可能性がある。そこらへん、きっちりわかってるのかどうかと思って……」

「結婚する気なんかないもの」

美紀はあっさり答えた。

「それに、文明社会で生活してるかぎり、健康じゃない赤ちゃん産む可能性だってついてまわってるわ。だけど、あたしは赤ちゃんを産む気もないし、厄介な病気を抱え込む可能性が何パーセントか増えるのも承知してる。それより、小柄で必要酸素量も少ないあたしが宇宙船に乗り込むほうが、事故った場合の生存率も安全率も増えるから、メリットは大きいんじゃない？」

「会社の事情と生命の問題を同じレベルで話し合うつもりはない。それに、今回のミッションは宇宙線の問題だけじゃない」

マリオは、目の前にいる二人の宇宙飛行士の顔を見た。

「確かに、名目上は同じ目標に対して何隻かの宇宙船が飛ぶから、何か起きた場合の救助態勢が当てにできないわけじゃない。とにかく、今までに行われた民間の宇宙開発のミッションじゃ考えられないような長距離飛行だ。だから……」

「あたしが宇宙飛行士になりたかった理由って、話したっけ？」

「自分が住んでる星を見たかったんじゃなかったの？」

美紀はマリオにうなずいた。

「それもあるけど、もうひとつ。誰も行ったことがない遠い所に行けると思ったからなのよ。今回のミッションを志望する理由に、それじゃ足りないかしら？」

「まさに、絶好のチャンスってわけか」

チャンが口をはさんだ。

「まあ、長期飛行で宇宙線の遮蔽が不完全とはいえできるわけだし、宇宙線による発病の確率は将来になってみないとわからないし、そこらへんの危険は覚悟しなきゃしゃあねえだろ」

「排除できる危険は最初っから徹底的に排除する。でないと、うちみたいな弱小なんか事故処理だけであっという間に吹っ飛んじゃうよ」

「どうせ、軌道上の組み立てまでは参加できるんだろ？」

チャンは、社長のデスクの書類の山の上に放り出されていたスケジュール表を手に取った。

「新しく宇宙飛行士を雇う余裕がなければ、船長がデューク、パイロットが美紀で、出発見送りまでは俺がバックアップで構わないいんじゃないの？」

「いいんですか社長？」

マリオは、デスクで楽しそうに話を聞いていたジェニファーに横目をくれた。

「仮にもこの会社の命運賭けたミッションのクルーの正式決定、こんなに簡単に済ましちまって？」

「いいんじゃない？」

ジェニファーはにっこりと笑った。

「あたしやあなたが飛んでくわけにいかない以上、他に選択の余地はないんだし、いまさら他から素性の知れない宇宙飛行士雇い入れる余裕も必要もないだろうし」

「いいのかなあ、こんなに成り行きまかせで決めちゃって」

「問題があれば、出てきてから解決すればいいわよ」

なぐさめるように言われて、マリオはむっとした顔で口をとがらせた。

「美紀に言われたくない」

「なんで？」

「他の会社の宇宙船の規模はどうなってんだ？　それと、進行状況は？」

チャンは、社長室の壁のカレンダーに目を走らせた。ミス・モレタニアの趣味によってヨーロッパの古城をモチーフにしたカレンダーには、ところどころにオフィシャルな社長の予定が書き込まれている。

「少なくともうちは、最初に組んだスケジュールから、ずいぶんずれ込んでるんじゃなかったっけ？」

「うちのスケジュールに関しては、まだいまのところ許容範囲、というか、最初に予測した範囲内の遅れで収まってる。メインタンクも届いたし、地上で集める部品はほとんど揃ってるから、あとは組み上げて上げるだけだ。軌道上のベースキャンプも確保したから、宇宙空間で買い付けした部品と居住ブロックや建造用の装備なんかも今日から移動を開始する。ミッションコントロールセンターは昨日からオープンしてるよ」

地上での宇宙船の組み立てと、軌道上での物資及び部品の集積を同時並行して行うため、スペース・プランニングは管制ビルディングに四つあるミッションコントロールセンターでもっとも規模の大きいナンバー1をキープしていた。

「最初っからナンバー1使うのは久しぶりよねえ」

ジェニファーが感慨深げに言った。

「うちの仕事ったら、だいたいがナンバー3か4で済むようなささやかなのばっかりで、大きい所使うときはだいたい他との共同作業だったり下請けだったり……」

「ぼくがここに来る前までの経歴調べてみても、最初っからナンバー1使ったミッションてのはありませんね。途中で話がでかくなって仕方ないからコントロールセンター引っ越したり、二つ以上のミッションがかち合って仕方ないからコントロールセンターも二本立てでやったって記録はあるようですが」

「あら、そうだった？　それじゃ最初からナンバー1使うような大仕事はこれが初めてってこと？」

「しっかりしてくださいよ、社長。で、他の会社の宇宙船の進行状況ですが」

マリオは、ポケコンのディスプレイに目を戻した。

「あいかわらず、トップシークレットで表向きには何の情報も出てません。いくら地球圏外への飛行ったって、軌道管制局には飛行計画の提出が必要なはずなんですが、それもいまのところはなしです」

「他のところも順調に遅れてくれてるのかしら」

ジェニファーの希望的観測に、美紀はぷっと吹き出した。マリオは難しい顔で首を振った。

「資金力も労働力もうちとは桁違いの大手です。前に説明した通り、他社の抜け駆けを恐れて、飛行計画はおろか宇宙船の準備状況まで秘匿してるってのが本当のところだと思いますが」

「いい趣味じゃないわね」

「それでも、各社のステーションや補給キャンプの状況を見てれば、進捗状況はある程度予測できます。たとえば、オービタル・サイエンスは、軌道上のクラーク・ステーションにこの二〜三日地上から立て続けに重量物輸送機《ヘヴィ・リフター》を上げてますし、コロニアル・スペースも補給ステーションに予定されていなかったシャトルとタンカーを集中させてます。クラーク・ステーションでは月やL2への補給に使っていた補給船バズ・ワゴンが改装作業にはいってますし、コロニアル・スペースのローリング・プレンティもあとの運行予定を全部キャンセルしてます。ここら辺は、まだ軌道上はおろか地上でもでき上がってないうちの船よりは早く出発すると思うんですけど」

「どっちも結構な大型船だなあ」

軌道上で、専用に使われている宇宙船の数はそんなに多くない。チャンは、宇宙空間での輸送やラグランジュ・ポイントの長期滞在に使われている、それらの軌道宇宙船の名を知っていた。

「どっちも運行要員は六人以上、動かすだけなら一人でできるが、これだけの長期ミッションなら最低でも四人は乗ってくだろう」

宇宙船の乗組員の数は一定しない。自動化が進んでいるからその気になれば無人でも運行できるが、今回は時間最優先の長距離航行だから、通常の飛行よりも乗組員の数は減らされる可能性が高い。

「……勝てるんでしょうね？」

さすがに心配そうな顔で、ジェニファーが聞いた。

「何とも言えません。こっちの読みが正しければ、土壇場《どたんば》で追いつくくらいのいい勝負はできるでしょうけど、それも軌道上《うえ》の連中がもう少し手間取ってくれればの話で、例えば、今日明日中にバズ・ワゴンやローリング・プレンティが彗星に向けて出発したりしたら、途中で事故ったり行方不明になったりしないかぎりは、うちの宇宙船《ふね》を出すだけ無駄って結果になるでしょうね」

「そうか……」

ジェニファーは、難しい顔で考え込んだ。

「マリオ、ひょっとしてインターネットの中に黒魔術とか悪魔召喚とかの方法ってない？」

「宇宙船相手に神頼みならまだしも、悪魔相手に取引して何やる気です！」

「いやねえ、いざって時の非常手段よ。本気になって怒ることないじゃない」

「あきれてるんです！　そんなことやってる暇があるんだったら、少しでもうちの宇宙船が早く飛べる方法でも考えてください！」

「はーい」

子供のように返事してから、ジェニファーはマリオに顔を向けた。

「そうだ、あなたの腕なら、オービタル・サイエンスやコロニアル・スペースのセントラルコンピュータに潜り込んで、スケジュール表を盗み出せるんじゃないの？」

「やってできないことはないと思いますけどね」

マリオはうんざりしたような顔で目をそらした。

「まず第一に、それは犯罪です。第二に、ンなことに時間使ってるとこっちの進行が遅れると思うんですが、それでもよければ……」

「よくない！　わかった、余計な邪魔しないから仕事して！」


オービタルコマンドの格納庫を間借りしての組み立て作業が終了したのは、それから一週間後のことだった。

通常、ダイナソアに使われるものよりはるかに大きいメインタンクを抱えたA号機は、液体酸素／水素を充塡《じゅうてん》しない状態で二〇〇トンに達した。これはタンク先端の貨物室にプラズマロケットをはじめとする組み立て部品を搭載、ダイナソア本体にも積めるだけのペイロードを積み、なおかつ第一宇宙速度を得るために当初の予定通り一九本の固体ロケットブースターを追加したための重量である。この時点で、すでにスペース・プランニングが今までに宇宙空間に飛ばしたものの中で最大重量の記録を作っている。

ダイナソアが後部に載せられた打ち上げタンクは、専用トレーラーで駐機場に運ばれた後、二基のクレーンで吊り上げられ、オービタルコマンドのアントノフAn225の背に固定された。それから、牽引用の大型戦車に引かれて、空港の隅にある掩体壕《えんたいごう》に向かう。

極低温、揮発性《きはっせい》の危険な液体燃料を充填するための区画は、爆発事故が起きても他に被害が及ばないように分厚いコンクリートの壁で囲まれている。しかし、ただでさえ巨大なアントノフのその機体の上に載せられた打ち上げタンクは、爆発を上空に跳ねあげるための掩体壕よりもはるかに上にはみ出してしまっている。

この状態で、約一〇〇トンの液体酸素、二五トンの液体水素が充塡される。液体水素の重量が少ないのは、原子量によって比重が少ないからであって、推進剤としての液体水素の容積はそれを燃焼させるための液体酸素の容積よりもはるかに大きい。

真夜中から始まった液体燃料の充塡作業は、夜明け前になってやっと終了した。ここからあとは、スペース・プランニングでもオービタルコマンドでも行っている通常の打ち上げ業務——気温が最も低くなる早朝に飛び立ち、打ち上げ空域に向かい、高度と速度を稼いで空中発射する——になる。

今回もマリオは、自らがディレクターとなるダイナソアの打ち上げを自分の目で見ることができなかった。空中発射を見るためには、発射母機に同乗するか、あるいは追跡機《チェイサー》を出すしかないが、コントロールセンターでミッションの指揮をとらなければならないディレクターには、そんなことをしている暇はない。

「ハードレイクよりマザーボーン？」

マリオは通信回線に呼びかけた。今回はスペース・プランニングがオービタルコマンドの発射母機を借りる建前だから、会社の専用回線であるカンパニーラジオも二系統になる。

「間もなく発射予定空域。エンジンに異常はないですか？」

『こちらマザーボーン』

いつも通り、ムリヤの機長はのんびりとした声で答えた。

『重くて嵩張《かさば》る荷物抱えてるおかげで、いつもより燃費が悪い以外は異常なしだ』

打ち上げるタンクが、ムリヤの最大離陸重量に近いため、ジェットエンジンが一基でも不調になったら、所定の高度と速度に上がれなくなってしまう。ただでさえ時間の余裕のない、タイトなスケジュールで進んできているのに、ここまで来て打ち上げを中止し、ムリヤのエンジンの再整備を行っていると、どうやりくりしても打ち上げは丸二四時間遅れることになる。

『心配すんな、予定通り打ち上げてやるぜ』

「了解、期待しています。ハードレイクよりダイナソアＡ《アルファ》、どうぞ？」

アルファベットを聞き違えないためのコードに読み替えて、マリオはムリヤの背に載せられているダイナソアのコクピットに呼びかけた。

『こちらダイナソアA。通信状態は良好よ』

機長の美紀が無線で答えた。

「乗客の具合はどうだい？」

今回は、宇宙空間での宇宙船の組み立てのため、チャンとヴィクターまでもがダイナソアに乗っている。専任の宇宙飛行士ではないヴィクターは、業務のために軌道に上がるのはこれが四回目のはずだった。

『よろしくやってるぜ』

今回のベースキャンプまでの飛行ではパイロットということになっているチャンが答えた。彼は、これが宇宙飛行士として二度目の飛行になる。

『ヴィクターは、ええと……まだ寝てるな』

「あいかわらずたいした度胸だね」

ダイナソアのキャビンのシートで寝入っているヴィクターを想像して、マリオは苦笑した。スペース・プランニングの主任メカニックとして打ち上げタンクの組み立てのために不眠不休の作業を強《し》いられ、宇宙空間に上がれば、今度は宇宙船の建造を指揮しなければならないのだから、寝られる時に寝ておかなければ体が保たない。

「そちらはもう間もなく打ち上げ地点に達する。軌道上のベースキャンプ、ポイント・ゼロではデュークが待ってるはずだ」

『了解。土産のラム酒はしっかり積みましたって伝えといて』

「大丈夫かねえ。今回のミッションでドクトル・マイバッハの健康診断受けてないの、デュークだけなんだけど」

ハードレイクから飛び立つ宇宙飛行士は、みんな、飛行前に半径二〇マイルでたった一人の医者であるドクトル・マイバッハの診断を受けることになっている。

『大丈夫でしょ。死にたくなかったら医者になんかかかるなって人なんだから』

「できたら、近所の医者に検診してもらって診断書を地上に送っとくように伝えといてくれ」

『了解。そう伝えとくわ』

六基のエンジンを全開にして、ムリヤは高度一万六〇〇〇、速度マッハ〇・八五に達した。重く、空気抵抗が大きなブースタータンクを抱えていると、これ以上は高度も速度も上がらない。

自動打ち上げシークエンスに入ったコンピュータによって、ダイナソアはメインエンジンスタート、ブースターごとムリヤから切り離された。同時にタンクの左右に六基ずつ、後端に束にして七基の合計一九基も追加装備された固体ロケットブースターに点火、天空の高みに向けての上昇を開始する。

「打ち上げ間に合った!?」

スウが、ミッションコントロールセンター、ナンバー1に飛び込んできた。メインスクリーンには、ムリヤのテレビカメラで捉えられたメインタンクの映像が映し出されている。

「残念だったな。今、点火したところだ」

青から、上半分がほとんど真っ暗になった宙天めがけて、まばゆい固体ロケットブースターの炎を曳いて、巨大なタンクを抱えたダイナソアが上昇していく。タンクが大きすぎるから、ほとんどそれだけで宙天を目指しているように見える。

「ち。間に合えば母機のほうに乗せてってもらう約束だったのに」

スウがぱしんと指を鳴らした。

「だけど、よくあんなブースターだけで軌道速度まで出せるわね」

「メインエンジンも全開だけどね」

通常、固体ロケットブースターの噴射速度は、液体酸素／水素系ロケットの約半分、秒速二〇〇〇メートルにしかならない。

「最近の固体ロケットブースターは、成形炸薬弾と同じモンロー効果で噴射速度を約三倍に加速できるんだ。何しに来た？」

「そうだ、忘れてた！」

スウは、ジーンズのポケットから小さなデータカードを取り出した。

「これが欲しいんじゃないかと思って」

「……なに、それ？」

「聞いて驚け」

じゃーんと擬音付きで、スウはミッションディレクター席のマリオにデータカードを投げてよこした。

「バズ・ワゴンの軌道飛行計画書よ」

「オービタル・サイエンスの⁉」

マリオはさすがに声を上げげた。

「どっからそんなもん手に入れてきた⁉　まさか本社ビルのセントラルコンピュータにクラッキングしてきたんじゃなかろうな！」

「大丈夫、そんなやばいルートのもんじゃないから」

疑わしげにケースのシールに殴り書きされた日付と簡単なメモを読むマリオに、スウは手を振った。

「オービタル・サイエンスは今回の計画にＪＰＬの協力を求めたの。だから、当然データも手に入るってわけ。インタープラネタリー・ラボラトリーの教授連中から貰ってきたのよ、もちろんタダじゃなかったけど」

「そりゃありがたい」

マリオは、くるりとデータカードを裏返した。

「……で、中身の確認は？」

「まだ。こんなもんネットで流したらどこでどう盗まれるかわからないからね、いっそいで持ってきてあげたんだから、取り扱いには注意してよ」

「わかった。早速確認してみよう」

コンソール上で、ダイナソアの飛行がなんの異常もなく続いていることを確認して、マリオは使っていないオペレーター席に車椅子を走らせた。コンピュータのスイッチを入れて、スリットにデータカードを放り込む。


打ち上げタンクの固体ブースターは、高度七〇キロで燃焼を終了した。ブースターはそれぞればらばらに切り離されて大西洋上に落下し、ダイナソアは自前の二段燃焼ロケットでまだタンク内にたっぷりと残っている推進剤を使って加速していく。

発射後六分、空中でダイナソアを発射したムリヤはまだ巡航高度にも降りていないのに、ダイナソアは予定通り所定の軌道に乗った。軌道傾斜角二七度、対地高度二四〇キロ、比較的低い軌道にあるベースキャンプと同じ軌道である。

ポイント・ゼロと名づけられたベースキャンプには、軌道上で買い集められた宇宙船建造のための資材と設備が集積されているはずだった。すでに電力供給のための大型太陽電池パネルは展開され、建造のための人員が生活する居住ブロックなどと軌道上複合体を形成しているはずである。

「あれね」

ディスプレイ上の軌道相関図と、青い地球の真上に浮かぶ巨大な太陽電池パネルを拡げたにわか作りの宇宙ステーションを見比べて、ダイナソアの機長席の美紀は言った。

「マリオのイラストと同じ形だ」

隣のパイロットシートのチャンは、双眼鏡でベースキャンプを確認している。

「間違いない」

「呼びかけてみましょう」

美紀は、無線のチャンネルを切り換えた。

「ダイナソアA《アルファ》より、ベースキャンプ・ポイント・ゼロどうぞ。聞こえますか？」

『こちらポイント・ゼロ。よく聞こえてるぜ』

最初からベースキャンプの設営に参加している、デューク・ドレッドノートの低いがよく通る声が無線から流れ出した。

「こちらダイナソアA。もうすぐそちらに到着します。今のところ異常なし、すべて正常」

『こっちのレーダーでも確認している。そちらの受け入れ準備は整っているから、安心して近寄ってこい。ところで、最新ニュースを伝えよう』

それまで事務的だったデュークの口調が一変したので、美紀は首を傾げた。

「なんです？」

『つい五分前、クラーク・ステーションから宇宙船が発進した。宇宙船の名前はバズ・ワゴン、目的地はヨーコ・エレノア彗星だ』

美紀は思わずチャンと顔を見合わせた。

4　ポイント・ゼロ／発進準備

スクリーンの中に映し出されたのは、軌道上では最もありふれたタイプのトラスフレームの貨物連絡船だった。軽量なトラス構造のフレームの最前部に司令室、通信施設を含むコマンドユニットを接続、最後部に換装可能なエンジンユニットを結合した、低軌道から高軌道の連絡に使われる宇宙船である。

バズ・ワゴンは、地球低軌道から静止軌道上の宇宙ステーション、月面上の基地との連絡、貨物及び人員輸送に使われていた。微小重力を利用した宇宙素材の開発、月面資源採掘のための団体にも名を連ねる業界大手、オービタル・サイエンス社の持ち船である。

しかし、通常なら一週間から一〇日間の航行に使われるその構成は、長距離、長期間にわたる飛行のために大きな変更を受けていた。

「居住ブロックを二連装、推進剤タンクは四連装なのね」

高精度ディスプレイに映し出されているニューススネットの映像を見て、美紀はヘアブラシで髪を梳《す》きながら溜め息をついた。

「増加タンクなしでも月軌道に往復できる宇宙船《ふね》なのに、コンテナの代わりにつけられるだけの耐熱タンクつけて、高速・長距離仕様か」

一気圧に加圧されているベースキャンプの司令室《コマンド・モジュール》の中で、チャンは頭を振った。

「あれだけのタンクを満タンにする液体酸素《LOX》と液体水素《LH》を持って上がるのは大変だったろうなあ」

「重量物輸送機《HLLV》が毎日飛んできてた。それに、オービタル・サイエンスが用意した推進剤はあれだけじゃねえ」

スペース・プランニング最古参の宇宙飛行士であるデューク・ドレッドノートは、記録してあった映像を早送りした。

「進路上に、あとふたつ、満タンのタンクが無人で先行している。使い途は追加の加速と、あとは減速、非常用の予備だな」

「さすが、大手は贅沢《ぜいたく》なこと」

美紀はブラッシングを終えた髪をまとめて後ろで縛った。

「そのうち、キャンプごと補給ポイントまで飛ばすんじゃないかしら」

「時間の余裕があれば、そういう計画もあったそうだ」

「あらあら」

「どの程度サバ読んでるかわからねえが、バズ・ワゴンの航行スケジュールも公開されてる。地上《した》じゃ、マリオがガールフレンドと一緒になってライバル会社のスケジュールをチェックしてるって話だが」

「ほんとに?」

美紀は目顔でチャンに聞いた。チャンはあわてて手を振る。

「いっしょに飛んできたんだぜ。んなこと知ってると思う?」

「もう一度、発進時の映像を見せてください」

「何度見ても同じだと思うがね」

デュークは、リモートコントロール用のキーボードでバズ・ワゴンが発進するシーンを呼び出した。

オービタル・サイエンス社の記録部によって撮影された映像の中で、きゃしゃなトラスフレームに通常では考えられない量の推進剤を満載した連絡宇宙船は、滑らかに動き出していた。主機関の二段燃焼サイクルロケットは液体水素と液体酸素を推進剤に使うため、暗い宇宙空間ではその噴射炎がほとんど見えない。

「さすが、重いから動き出しも鈍いな」

「その代わり、噴射時間はずっと長い。公開されたチャートによれば、初期加速だけで通常の月行きの三倍の噴射時間だ」

真空の宇宙空間では、ニュートン力学に従って加速時間を長くすることにより、わずかな推進力でも持続することで到達速度を大きく上げることができる。

「三倍?」

美紀は呆れたように指を折った。

「連絡船の自重が上がってるから、単純に月連絡軌道の三倍の速度ってわけにはいかないでしょうけど、それにしても火星にでも行くようなとんでもないスピードね」

「しかも、空になったタンクは順次切り離して推力重量比を稼いでいる。力まかせの単純な航行計画だが、その分確実で、準備も早く仕上がるってわけだ」

「公開された航行計画はここで見られる？」

「こんなもんでよければな」

デュークは、薄型のラップトップコンピュータを美紀に投げてよこした。開かれたままのノートパソコンは、無重力の司令室をゆっくりと漂ってくる。

高精度の薄型ディスプレイに、地球軌道の四分の一ほどが扇形に描き出されていた。太陽をかすめて地球軌道に巡りくる彗星に、地球から放たれた宇宙船が接近する軌道が描き出されている。

「問題は、ここに出てる航行スケジュールがどれだけ信用できるかってことか」

美紀が押さえたコンピュータを、横からチャンが覗き込んだ。

「あれだけ推進剤積んで、航路上に予備燃料までばらまいてるとなれば、この航行計画よりも五パーセントはスケジュールを早めることができるんじゃないのか？」

「妥当な数字だな」

デュークはうなずいた。

「あのサイズの宇宙船に、フルサイズのタンクいっぱいの推進剤があと二基だ。使い方にもよるが、その程度の必殺技は持っていくだろう」

「一刻も早く指令が欲しいところだわね」

美紀は、自分の腕時計とコントロールパネルの二四時間計をチェックした。

「直接聞いたほうが早いかしら」

「残念ながら、現在位置は中央アジアの上空だ」

デュークは、対放射線措置が施された分厚いガラス窓を指した。

「中継衛星を介さない直接通信には、まだ三〇分ほど早い。もし、マリオが本当にバズ・ワゴンのスケジュールを手に入れたのなら、レーザー通信が可能な空域まで連絡は待った方がいい」

ポイント・ゼロの呼び出し《コール》を持つベースキャンプは、軌道傾斜角二七度、平均高度二四〇キロの低高度衛星軌道を周回している。地上との通信は、通信衛星を使って携帯端末さえ二四時間いつでも呼び出すことができるが、いくつものポイントを経由する通信は途中でいくらでも傍受される可能性がある。地上から直接ベースキャンプを狙い射つレーザー通信なら、ほとんど盗聴される心配はない。しかし、直進するレーザー光線を交信に使うため、ハードレイクから見てベースキャンプが地平線上にないと使えない。

「それに、どういう連絡が来るか、ある程度の予測はできるぜ」

浅黒く日焼けした顔で、デュークはにやりと笑ってみせた。

「とにかく、一刻も早く宇宙船を組み上げて地球軌道から飛び出せ。地上で誰よりも早く彗星を捕まえようとしている奴が、他に言うことなんかない」

同時刻、ハードレイク。

コントロールルームのコンピュータではキャパシティが低くて使いにくいのと、オフィスと回線をつなぐと途中でデータ通信を傍受される可能性があるため、マリオは自分のシステムでデータの分析をしていた。

電子の要塞と呼ばれるマリオのデスクまわりに構築されたコンピュータシステムは、そのほとんどがマリオが自分の手で組み上げたものである。自分が使いやすいように特化しているから、他のオペレーターに使いこなせるものではない。

メインディスプレイには、地球低軌道にあるオービタル・サイエンスの宇宙基地、クラーク・ステーションから発進したバズ・ワゴンの現在位置と軌道要素が表示されている。

「予定航行日数一一〇日、彗星到達予定は発進後七五日か」

公式発表されているデータと、スウがわざわざパサディナから持ってきたディスクの中のデータをふたつのディスプレイに表示して、マリオは顔をしかめた。

「この航行スケジュールはＪＰＬで作ったの？　それともアナハイムのオービタル・サイエンス本社製？」

「アナハイム製らしいわ」

マリオの横からディスプレイを覗き込みながら、スウは答えた。

「もちろん、うちのスタッフも関わってるでしょうけど。これはアナハイムからパサディナに最終チェックのために送られてきたデータのコピーだから、実際のスケジュールとくらべてあんまり変更部分はないと思うんだけど」

「さすが、大手が自分とこの社運を賭けただけのことはあるプロジェクトだ」

「データの分析は進んでるかしら？」

オービタルコマンドから戻ってきたジェニファーが、オフィスに入ってきた。

「どお？　我がエントリー艇に勝つチャンスはありそう？」

スウの反対側から、何面もあるディスプレイを覗き込む。

「正直言って、かなり厳しいですね」

「ええ？」

ジェニファーは不服そうに首を振った。

「そんな分析聞きたくないわ」

「この航行スケジュール通りにバズ・ワゴンが飛んでくれるのなら、なんとかスケジュールを繰り上げてタッチの差で勝つことはできるでしょうけど。でも、向こうも素人じゃないんです。前にも言った通り、最初に航行スケジュールが公開されれば、二番手以降はそれに勝つための計画を作りますから、一番手はそれを承知の上でかなり余裕を持ったスケジュールを組んでいるはずなんです」

「要するに、今日スタートしたバズ・ワゴンは、このスケジュール通りには飛ばないってこと？」

ジェニファーは、予備知識がなければそれぞれがどのような意味を持っているのかもわからない、幾筋もの軌道曲線が描き出されているディスプレイを見やった。

「公式発表されている航行計画では、バズ・ワゴンは、手持ちの燃料だけで加速と減速、軌道変更を行ってヨーコ・エレノア彗星に接触することになってます。しかし、現実には予備燃料タンクが満タンで予定軌道上に先行してますから、これを使うだけでかなりの加速が効くはずなんですよ」

マリオは、一番大きなディスプレイに軌道相関図を映し出した。

「わかりやすいように、これから三カ月先までに絞って軌道図を描いてみました。太陽系を北極星側から見たものだと思ってください。左上にあるのが太陽、地球は一年で太陽のまわりを一周しますから、この扇形の部分軌道でほぼ三カ月を移動することになります。で、減速されたヨーコ・エレノア彗星はほぼもとの軌道要素を保ったまま、こんな軌道で地球に接近してきます」

太陽に急接近した楕円軌道が、太陽を回って地球軌道に近づく双曲線として描き出された。

「つまり、地球から彗星めがけて発進した宇宙船は、おおざっぱに言えば三カ月後、太陽周回軌道を九〇度動く地球から、ゆっくり離れて急いで戻ってくるような飛行になり、これに関してはもう何がどうなろうと変えようがないんですけど」

ふむふむとジェニファーがうなずいた。

「彗星は黙っていてもあと三カ月強で地球軌道に到達しますから、彗星との距離もどんどん短くなっていきます。ただし、このレースの目的は誰が最初に彗星に触れるか、ですから、先に出発して距離を稼ぐもののほうが、後から出発して速度を稼ぐものよりも有利になります。ご存じの通り、距離はともかく、速度は今ある機材に厳重に制限されますから」

「それで？　最新型のエンジンと切り詰めた船体構造で、なんとかトップ取れるんじゃなかったの？」

「プラズマロケットって言ったたって、今ある化学ロケットとくらべて、性能がいきなり五倍や一〇倍になるわけじゃありません。一番手スタートのバズ・ワゴンは、手持ちの資材と宇宙船を使って、計算上、現在の化学ロケットのほぼ限界に近いスピードを引き出すことに成功しています」

　マリオは、たん、とキーボードを叩いた。地球から発進したバズ・ワゴンの軌道は、一直線にエレノア彗星の予定軌道に近づいていく。

「単純なだけに、誰がスケジュールを組んでも似たような航行スケジュールになると思いますけど、その分確実で、不安定要素がありません。しかも、予定軌道上に予備の燃料まで飛ばして、緊急時の加減速が必要になってもある程度対応できるようにしてますし、いざとなれば、不必要なブロックを切り離して軽量化するくらいのことはするでしょう」

「勝てるの？」

　ジェニファーはディスプレイから目を離さない。

「それが、最大の問題なのよ」

「バズ・ワゴンが、素直に航行スケジュール通りに飛んでくれるのであれば、いくらでも付け入る隙があります。しかし、もし二番手以降の追い上げに気がついて最大限に切り詰めた高速航行に切り換えたら……」

「追いつけない？　はっきり言って！」

「難しい、としか言えません。こっちのスタートを早めて、できる限りの手を打ったとすれば、かなりいい勝負に持っていけるとは思いますが……」

「勝てる可能性が残ってるのね」

「不確定要素が多すぎるんで、断言はできませんけど……」

「ああっ、もうじれったい！」

それまで黙って話を聞いていたスウが声を上げた。

「いつからそんな奥歯に物が挟まったような言い方しかできなくなったのよ！　教授連中相手にたんか切って一歩も引かなかったいたずら坊主は、いったいどこ行っちゃったの⁉」

「自分一人の問題なら、どんな無茶だってできるさ」

マリオはスウを見ようともしない。

「この計画には予算と機材、他人の生命まで懸かってるんだ。ミッションディレクターが、数字と理屈だけで無茶言えると思うか」

「それで、どうすれば勝てるの？」

自分を見つめるジェニファーにちらっと顔を上げて、マリオは溜め息をついた。

「降りないつもりなら、ベットを上げる必要があります」

「具体的には？」

「もう一度、軌道上で人員募集を行ってください。今のまんまの人／労働時間《マン・アワー》じゃ、バズ・ワゴンはおろか、明日にも出発するはずのローリング・プレンティにも勝てません」

「……そういえば、ライバルはこの宇宙船《ふね》だけじゃなかったわね」

ジェニファーはディスプレイ上の軌道図を見た。

「だけど、今さらポイント・ゼロに人を集めようたって……」

軌道上での人員募集は、多大な困難を伴う。宇宙空間への物資の輸送コストは、民間で単段式宇宙機が運用されるようになって二〇世紀後半よりも劇的に下がったものの、まだまだ高価である。だから、すべての人員と物資はあらかじめ用途を決めて厳密なコスト計算の結果として地上を離れ、宇宙空間で遊んでいるものはほとんどいない。

例外的に、軌道上まで人員や物資を配置してからのキャンセル、あるいは飛び込みの仕事が入って軌道上の人員が地上への帰還を延期すれば、突発的な仕事に対応できることもある。しかし、人員の手配はついていても、宇宙空間における仕事は目的のために特殊化しているものが大部分だから、機材を転用できることは滅多にない。しかも、スペース・プランニングは自前の彗星捕獲用宇宙船建造のための人員募集をすでに軌道上で行っている。

「他の会社に掛け合うか、報酬を上げるか、でなければオービタルコマンドからちからか人員輸送のためのシャトルを上げるか。とにかく、今のポイント・ゼロの人員を労働法を無視して働かせたとしても、現状ではバズ・ワゴンに追いつくことは不可能です」

「……困ったわね」

電子の要塞の陰から顔を出して、ジェニファーはそしらぬ顔でキーボードを叩いているミス・モレタニアのデスクを見た。

「今からポイント・ゼロの人員を増やすとすると、上げる宇宙船の手配だけじゃなくて居住ブロックも追加しなきゃならないのよね。近所であまってる移動キャンプ《モビルハウス》ないかしら」

「勝つつもりなら急いでください。わかりやすく言うと、一時間遅れるごとに一パーセントずつ確率を失っていきます」

「……四日しか余裕がないじゃない」

「正確に言うと二日とちょっとですね。最初っから勝ち率は五〇パーセントで計算してますから」

「あらあら」

腕時計に目を走らせて、ジェニファーは肩をすくめた。

「使える宇宙機は今のところ出払っちゃってるし、またお隣さんに機体借りにいかなくっちゃ」

ジェニファーは、首を振りながらオフィスを出ていった。

「借りられると思う?」

ジェニファーの後ろ姿を見送りながら、スウは小声でマリオに訊いた。

「難しいんじゃないかな」

キーボードをちゃかちゃかと打ちながら、マリオはあっさり答えた。

「うちのA号機を打ち上げてから後も、オービタルコマンドの機材を予約してあるわけじゃない。向こうには向こうでやらなきゃならない仕事があるから、それを押しのけてまでこっちの要求を通すには、必要経費だけじゃなくて違約金まで負担しなきゃならなくなる。ミス・モレタニアがそんなこと許すはずがないよ」

「それじゃどうするのよ」

「他から機材を調達するか、でなければ……」

ネットにアクセスした近所の航空宇宙会社の操業スケジュールを画面上にスクロールさせて、マリオは手を止めた。

「見事に予約でいっぱいだ。まあ、無理もないか」


「それで?」

挑戦的な声とともに、ジェニファーは目の前の相手を睨みつけた。

「どうしてこんな場末の田舎空港の、しかも弱小のオフィスにあんたたなんかがいるのよ」

「人の事務所《ひとんち》に来て、弱小とはご挨拶だな」

コーヒーを満たしたマグカップ片手のガーランド大佐が苦笑いした。

「弱小だなんてとんでもない」

ジェニファーにとっては見慣れたにやにや笑いを張り付けたまま、年代もののフライトジャケットを引っかけた劉健《リユウケン》は大袈裟に両手を拡げてみせた。

「ハードレイクを根拠地に活動しているオービタルコマンドは、単機あたりの飛行重量なら半径五〇マイルでも最大級の数字を保持している。この辺りでこれより大きな可搬重量《キャパシティ》を持つ空中発射母機を運用しているところはない。しかも、大手の傘下《さんか》に入ることなく独立営業を堅持していらっしゃる」

「西海岸にはそんな会社いくらでもあるわよ。なんでわざわざ選んだようにここに来て、人の仕事を妨害しようっていうの⁉」

「人手が必要なのさ」

劉健はあっさりと答えた。

「宇宙船の打ち上げ成功、おめでとう。これからそっちも軌道上での組み立て作業だろ」

「あなたの仕事じゃないわ」

ぶっきらぼうに答えて、ジェニファーははっと気がついて今度こそ劉健を睨みつけた。

「ほんとに仕事の邪魔しに来たのね！」

「言ったろ、人手が必要なんだって」

劉健は困った顔でうなずいた。

「空の上の作業は、厳密なスケジュールに支配されてる。そこに、飛び込みで、民間じゃ例がないような長距離航行用の宇宙船を一度に半ダース近くも作ろうっていうんだ。軌道上じゃ資材も労働力も限られてるとなれば、地上で手配するしかない」

宇宙空間での仕事は、年単位で念入りに準備され、しつこいほどの検討を繰り返したうえで初めて実行に移される。そこに人材と資材を送り込むだけで、地上では考えられないほどの費用がかかるから、宇宙開発は気の長い、しかも厳密に組まれたスケジュールに支配される。

オービタル・サイエンスは、地上からの作業要員と機材の増援に加えて、予定されていた軌道宇宙船の改装作業の転用によって、必要な宇宙船を作り出した。その宇宙船が行うはずだった飛行任務を後回しにしたり、いくつかの進行中の計画を中断したのである。

スペース・プランニングは必要な機材と作業要員を地上から送り出し、宇宙空間で増援を募集してこれに対応した。しかし、機材は何とかなったものの、作業要員に関しては当初の予定ほどの人員は集まっていない。

「今からどうやって宇宙作業《EVA》をこなせる宇宙飛行士や宇宙船揃えるつもりよ⁉」

「こうやってさ」

劉健はジェニファーに大袈裟に両手を拡げてみせた。

「片っ端から外回りして、空いているシャトルと人員を押さえる。いくらニュー・フロンティアの彗星捕獲計画に関する設備とスタッフをあらかた押さえたからって、本来なら彗星を地球のそばに安定させるまでは有人の宇宙船なんか飛ばす予定はなかったんだ。それが、今回のレースのおかげでなりふり構わずに宇宙船を飛ばさなきゃならなくなっちまったから……」

「ニュー・フロンティアほどの大手の、しかも倒産したおかげで業務停止になった宇宙船をあんなにいっぱい買い占めたんじゃなかったの?」

ジェニファーは劉健にいやみったらしい横目をくれた。

「打ち上げブースターだって、連絡用のシャトルだって、軌道宇宙船だって、それこそあり余ってるんじゃないのかしら」

「地上の会社が予算調達できなくなって業務を停止したからって、軌道上の作業計画まで止まったわけじゃない。言ったろ、軌道上の仕事は厳密なスケジュールに支配されてるって。やりかけの仕事や飛んでいる宇宙船をスタッフやクルーごと放り出して知らん顔決め込むのならともかく、少なくとも採算の取れる事業は止まってないから、そういう意味じゃいくら宇宙船《ふね》があったって余ってる宇宙船なんか一隻もないんだ」

「嘘つき」

上目使いに劉健を睨みつけて、ジェニファーはつぶやいた。

「え?」

「軌道上のコマンチ砦《フォート・コマンチ》で改装中のミーン・マシンの目的は?」

コマンチ砦は、ニュー・フロンティア社が低軌道の基地として建設した宇宙ステーションである。ミーン・マシン——登録ナンバーからゼロゼロマシンとも呼ばれる船は、軌道上で専用に使われる実験用宇宙船で、新装備の実験や実地運用の他にも、高軌道や月への人員、物資の輸送や補給などの任務を行っていた。実験用宇宙船というその性格上、居住人員や電力容量も大きい、高出力で余裕のある設計で知られている。

「い、いったい、どこからそんな情報を？」

「ここがどこだか知らないの？　西海岸で一番星に近い所よ」

驚いた顔の劉健に、ジェニファーはここぞとばかりに胸を張ってみせた。

「ナノテク利用の超小型無人探査機《マイクロプローブ》ならともかく、宇宙船がどこで何やってるかなんて、格納庫の野良猫だって知ってるわ」

ミーン・マシンに限らず、軍用宇宙船の機密任務でもない限り、軌道上の宇宙船の動きは低軌道の有人連絡船から高軌道の無人観測衛星まですべてコンピュータネット上で公開されている。

「野良猫まで、ねえ」

劉健は、とりあえず感心したようにうなずいてみせた。

「もっとも、せっかく動かせる宇宙船があっても資材も人員も足りないから、地上から動員かけようと思ってこんなところまで来たんでしょうけど、無駄よ」

まっすぐに劉健を見て、ジェニファーは言い放った。

「今、ハードドレイクは総出でうちのバックアップに入ってるの。こんなところで遊んでるくらいなら、即座にそっちのプロジェクトを中止したほうがまだ損害が少なくなると思うけど？」

「ふうん」

劉健は、興味深げにうなずいた。

「かなり苦労してるようだね、ジェニファー」

「そう、わかってるじゃないの。え？」

劉健の言葉の意味を頭の中で反芻《はんすう》して、ジェニファーは思わず相手の顔を見直した。目が笑っているのに気がつく。

「……どういう意味よ」

「調子がいい時なら、すぐにばれるようなはったり《ブラフ》なんかかまさないだろ。みえみえの勝負に出るときの君は、駆け引きとか勝負の後先なんか考えられないくらい追い詰められてる」

脇で黙って話を聞いていたガーランド大佐がくっくと笑い出した。横目で大佐をにらみつけてから、ジェニファーはくわっと牙を剝いた。

「分《ぶ》がいい勝負じゃないのは認めてあげるわ。でも、追い詰められているのはどっちかっていうとあなたのほうでしょ」

「それは、どうかな？」

劉健は、意味ありげに上を指差してみせた。

「準備がどこまで進んでるかは秘密だけど、こっちの宇宙船はもう軌道上にできあがってる。そっちの宇宙船は、まだ形もできてないんじゃなかったっけ」

「余計なお世話よ」

ジェニファーは歯を食い縛るような低い声で言った。劉健はそしらぬ顔で続ける。

「資金力と機動力ならこっちの勝ちだ」

「札束振り回すしか能がないくせに！」

「そういうわけで、次は君のオフィスにもお邪魔しようと思ってたところなんだけど、よかったら宇宙船と人手をこっちに回して小金稼ぐ気ない？」

「劉健！」

ジェニファーの剣幕に、劉健は意外そうな顔をした。

「だって、オービタルコマンドは手持ちの母機《マザーボーン》とシャトルを貸してくれるって、たった今決まったとこだけど」

「たいさあああ！」

劉健を睨みつけたまま、ジェニファーが悲鳴のように叫んだ。

「このあとに入ってるはずのスカイコムの中継衛星打ち上げと、テルサットの静止衛星のメンテナンスの仕事はどうなったの！」

「コマンチ砦での仕事が終わってからになるんじゃないかな」

ガーランドはあっさり答えた。

「通常料金に特急のボーナスがついて、しかも作業スケジュールを移動させることに関する必要経費と違約金、その他のリスクまで、すべてそちら持ちって条件で飛び込まれちゃったもんでねえ」

ガーランドは、劉健に向かって手を上げた。

「とりあえずスペース・プランニング《きみんとこ》のダイナソアを打ち上げちまえば、あとの仕事は軌道上で地上のこっちは関わらないし、これだけいい条件を並べられて乗らない司令官なら、部下どもに反乱起こされちまう」

唇をかんでいたジェニファーは、大きく深呼吸した。

「よっくわかりました、ガーランド大佐。つまり、今からうちが新しい仕事を依頼しても、協力してくださるような余裕はないってことですね」

「今すぐって話かい？」

「いいえ、お気になさらなくてもけっこうですわ」

優雅に腰をひいて、ジェニファーは夜会のように大佐に挨拶した。

「他にも会社はいくらでもありますし、仕事を求めているプロフェッショナルだっていっぱいいますもの。他当たってみますわ、どうもお邪魔しました！」

刺のある口調で大佐にくるりと背を向けたジェニファーは、そのままドアに歩き出した。思い出したように歩を止める。

「念のために言っとくけど」

「今夜なら空いてるよ」

ジェニファーは劉健の顔も見ずに続けた。

「うちの事務所の半径一〇〇メートル以内に一歩でも足を踏み入れたら、その場で撃ち殺すからね」

「おやまあ、こわあ」

「何考えてんだ、このやろ！」

「だったら他に手があるっていうの⁉」

スペース・プランニングのオフィスのドアを開けると同時に、いきなり怒号にはたかれたジェニファーはそのまま立ち止まった。

「……なんか、最近このパターン多いわね」

「言ってごらんなさいよ！　この手詰まりの状態で他に打てる手があるもんなら聞いたげる。でも、代わりのアイディア持ってないなら、聞く耳持たないからね！」

「何事？」

電子の要塞の向こうから熱心に議論する声が聞こえてくる。ジェニファーは、入り口のそばのデスクで耳栓でもしているように平然と伝票の整理をしていたミス・モレタニアに小声で聞いた。

「スウに、軌道上のベースキャンプに人員を集めるアイディアがあるようです。うちのミッションディレクターのお気には召さないようですけど」

ミス・モレタニアは手も休めずに簡潔に状況を要約してみせた。ジェニファーの顔がぱっと輝いた。

「聞く価値はあるわね」

「そうかしら?」

ミス・モレタニアのつぶやきを聞き捨てて、ジェニファーはマリオのデスクに歩み寄ってぽんぽんと手を叩いた。

「はあい、ちょっとお邪魔するわよ」

「ああああ!」

にこにこと現れたジェニファーを見たマリオが絶望するように両手を挙げた。

「終わりだ。これでこのミッションは完璧に終わりだあああ」

「不吉なこと言わないでよ。いったいなんでもめてるの?」

「ポイント・ゼロに、人を集めるいい方法があるってマリオに提案したんですけど」

さっきまでの金切り声が嘘のようにしおらしく、スウは恥ずかしそうにジェニファーを見上げた。

「でも、マリオったら聞いてくれないんです」

「聞くだけなら聞いたさ! そんな無茶な提案する方がどうかしてる、ちょっとは考えてみろ!」

ジェニファーは興味深げに眉を上げてみせた。

「よかったら、あたしにも聞かせてくれないかしら、その提案」

「喜んで」

スウはにっこりと微笑んだ。マリオはコンソールに突っ伏して頭を抱える。

「宇宙望遠鏡科学研究所の軌道上天文台はご存じですよね」

「もちろんよ、シュピッツァー・ステーションでしょ？」

スウはうなずいた。低軌道上に数多く設けられた宇宙ステーションの中でも、大規模な電波望遠鏡と天文観測設備のためのトップクラスのスケールサイズを誇る学術目的の宇宙ステーションが、シュピッツァー・ステーションである。

二〇世紀の中頃に、軌道上に大望遠鏡を設置することを初めて提案した天文学者の名を取った宇宙ステーションは、国際協力で建設された。現在は月より遠い高軌道に配置された無人観測衛星、火星軌道の近傍にまで飛んでいる探査衛星の司令室として、また、軌道上から送り出される無人観測船の発射基地としても機能している。

「ＪＰＬの教育プログラムの一環で、選抜されたカルテック《ちう》の学生の何人かが、シュピッツァー・ステーションにホームステイしています。若いうちから無重力状態や軌道上の生活に慣れさせようっていうプログラムで、もちろんステーションの本来の業務にも協力していますけど、今回の騒ぎのおかげでいくつも計画が延期になったり途中停止されたりしてるから、いつもよりは手が空いてるはずなんですよ」

「そうなの？」

ジェニファーは首を傾げた。

「大学が見込みのある学生を軌道上に島流しにして鍛《きた》えるってコースだから、海兵隊の新兵訓練みたいにハードだって聞いてるけど？」

「……よくご存じですね」

スウは苦笑いした。

「学生の身分で勝手に使える宇宙船なんかないから、ステーション内からは動けないけど、でも、ゴールドラッシュならぬ彗星襲来《コメットアタック》で軌道上は大騒ぎだから、ぽかっとほっとかれてる状態なんだそうですよ」

スウは、マリオの視線を無視してコンソールのキーボードを叩いた。

「同級生がひとり、軌道上《うえ》に上がってるから、待ち時間《リアルタイム》なしで連絡とれるんです。で、正規業務の上に飛び込み仕事で忙殺されてる研究所員ならともかく、手伝いと自由課題しかやることのない学生連中なら、ちょっとこっちのベースキャンプに来てもらってうちの観測機器の据え付けや調整の手伝いやってもらえるんじゃないかと思うんですけど」

「よりにもよって、宇宙飛行士資格も持ってないような学生連中に、軌道宇宙船の建造をやらせようっていうんだ、こいつは！」

とうとう我慢できなくなったマリオが洪水のように叫ぶ。

「人が二人も乗って、今まで火星有人探査船《マーシャン・シップ》しか通ったことのないような深宇宙に送り出そうって宇宙船とうちの会社の命運を、そんな連中に任せるつもりですか社長は⁉」

ジェニファーが考え込んだのは、ほんの一瞬だった。マリオでなく、スウに真顔で聞く。

「使えるの？」

「そりゃ、プロのベテランパイロットみたいな手際《てぎわ》は期待できないでしょうけど。でも、軌道上に派遣される学生なら、みんな必要な訓練コースはこなしてます。始まってからまだ日の浅いプログラムで誰も卒業していないけど、でも、次の次の火星探査船の乗組員に内定してる子だっていますよ」

「どう思う、マリオ？」

ジェニファーは、マリオに目を戻した。

「ミッションディレクターのあなたが決めることよ。責任とれなんて言わない、今回のミッションの全責任は社長であるあたしにあるんだから」

哀願するような目で社長を見上げてから、マリオは溜め息をついた。

「一応聞いときたいんですけど、お隣さんから宇宙船とスタッフを借りるって話はどうなりました？」

「ああ、あれは駄目」

いきなり気の抜けた顔で目をそらしたジェニファーは、ぱたぱたと手を振った。

「悪質な営業妨害にあっちゃって。うちには近づかないように警告はしといたから、もし見かけたら撃っちゃっていいわよ」

なんの話だというようにマリオはスウと顔を見合わせた。

「だけど、少なくともハードレイクじゃ、うち以外の宇宙船はあんまり期待できないわね。他当たってみてもいいけど、もし、もう軌道上にいるスタッフが手伝いに来てくれるなら、大歓迎したいところなんだけど」

「……学生なんですよ」

マリオは、ぶつくさと小さい声で言った。

「みんなプロじゃない。資格もない。しかも初心者なんですよ」

「素人じゃないわよ」

スウが冷静に指摘した。

「シュピッツァー・ステーションに行ったら、まず宇宙作業《EVA》で使えるように念入りにしごかれるんだから。ホームステイ中のびっちり詰まったスケジュール、よかったら見せてあげましょうか？」

「いいんですか社長、そんな連中にデュークや美紀の乗っていく宇宙船任せて」

「軌道上の作業なら、美紀やデュークだけじゃなくって、チャンやヴィクターだって監督できるでしょ。あの連中ならいい加減な仕事なんか許さないと思うけど」

「素人寄せ集めて、能率のいい仕事なんかできるわけないと思うんですけど……」

「あたしの観測機器を取り付けてもらうのよ」

いたずらっ子のような表情で、スウはマリオとジェニファーに微笑みかけた。

「訓練作業の一環として申請すれば、まともにプロの作業員に報酬払うよりもずっと安く済むと思うけどな」

「安いのはありがたいわ」

それまで離れていたミス・モレタニアが、デスクから突然声をかけた。

「うちのミッションディレクターなら、今回の予算配分がとっくの昔にめちゃくちゃになってるのはご存じのはずだろうし、同じ破産宣告うけるにしても、からだは少しでもきれいな方がいいもの」

「ミス・モレタニアまでそんなこと言うんですかあ」

マリオは情けない声を出して車椅子に沈み込んだ。

「決断するのはあなたよ」

情熱的な瞳で、ジェニファーはマリオに微笑みかけた。

「あなたがミッションディレクターなんだから」


ハードレイクと、軌道上のベースキャンプ、ポイント・ゼロとのレーザー交信は、ポイント・ゼロが通信可能範囲に入ると同時に再開された。司令室に開かれた映像回線に映し出されたマリオは、まるで死刑宣告を受けたような沈痛な面持ちをしていた。

「……どうしたのよマリオ」

さすがに驚いた顔で、美紀は片手に持ったヘッドセットに話しかけた。

「バズ・ワゴンの航行スケジュールって、そんなに早いの？」

『そうじゃない』

ディスプレイの中のマリオは力なく首を振った。

『今のままの建造スケジュールじゃ勝つのは難しいけど、でも、ベースキャンプに人を集めて人／労働時間《マン・アワー》を稼げば何とかなる、はずだ、こっちの計算だと』

「人を集めて？」

美紀は、いかにも寄せ集めの手狭な司令室を見回した。ヴィクターは無重力酔いのため薬を飲んで居住ブロックで昼寝を決め込んでいるし、デュークが前の仕事から引き抜いてきた宇宙飛行士二人はまだポイント・ゼロには到着していない。

「これ以上、ここに人増やすの？　どうやって？」

『あーっもう！』

我慢し切れなくなったように、ディスプレイの横からスウが顔を出した。

『ごめんなさいね、このミッションディレクターがいつまでもぐずぐずしてて。あのね、うちの学生連中に手伝ってもらうことになったから』

「がくせいれんちゅう？」

声を揃えて、デュークとチャンは顔を見合わせた。映像回線のカメラに映らない角度で、デュークがそっとスウの映っているディスプレイを指す。

「あの娘、そう言ったか？」

「……そう聞こえましたが」

『シュピッツァー・ステーションにホームステイしている学生どもの手が空いてるのよ。ただし、ＪＰＬにも科学研究所にも余ってる宇宙船なんかないから、そこから迎えに行ってもらう必要があるけど。少なくともこれで作業要員の頭数だけは揃えられるはずだわ』

「……いいけど」

目をしばたたかせて、美紀は曖昧にうなずいた。

「でも、いいの？　シュピッツァー・ステーションにいる人って、みんな資格上は国際宇宙機関の人でしょ。こんな、特定の民間企業のプロジェクトの手伝いなんかやらせちゃって、大丈夫？」

『手伝ってもらうのは、あたしの観測設備の据え付けとか調整とか、後は送り出しの手伝いかな？』

スウはハードレイクからポイント・ゼロにウィンクしてみせた。

『軌道上での宇宙船組み立てなんていい実習になると思うし、下請けでそういうプログラムを請け負ってる民間企業だっていくらでもあるわ。それでできあがった宇宙船を何に使うかは、また別の問題だと思うけど』

「……まあ、軌道上のあたしたちが心配することじゃないわね」

美紀はうなずいた。

「それで、具体的にはどうすればいいのかしら？　バズ・ワゴンがもう初期加速を終わっちゃってるから、急いだほうがいいんじゃないかと思うんだけど」

『ええ、そのとおりよ』

すっかりディスプレイを占領しているスウがてきぱきと言った。

『こっちのミッションディレクターの計算によれば、一時間遅れるごとに勝率が一パーセントずつ落ちていくそうだから』

「あたしたちはすぐ仕事を始めてもいいけど、予定通りに荷物を開いちゃっていいのかしら？」

「問題ないと思うわ、ええと」

『……ちょっと交代して』

力のない声とともに、ディスプレイ上にマリオが再登場した。

『できればもう少し休んでもらってから作業に入るつもりだったんだけど、修正したスケジュールを送るからそっちの表も書き換えてくれ。それで、今日最大の変更点としては、デュークス、そっちがポイント・ゼロに来るのに使ったダイナソアのC号機はすぐに使えますか？』

「ああ。緊急発進にでも対応できるようにしてあるぜ」

『それで、シュピッツァー・ステーションに手伝いに来てくれるっていうボランティアを迎えに行かなきゃならない。人手がないのと、向こうにもパイロット候補生は何人かいるらしいし、シャトルのコントロールくらいはこっちからできますから、C号機の発進準備を整えてください』

「了解した」

『無人で発進させてシュピッツァー・ステーションに飛ばします。軌道要素が似てるんで、手間はかからないはずなんですが。とにかく時間がないのでスピード優先の飛行計画《フライト・プラン》になりますから、推進剤は満タンにしといてください。それから、美紀とチャンは早速だけど船E

外作業《VA》の用意、地上から持って上がった荷物を開いて宇宙船の建造準備を始めてください。ヴィクターは司令室で指揮をとってほしいんだけど、まだ、起きられないかな？』

「起きてるわよ」

低い、機嫌の悪そうな声が聞こえた。恐ろしく悪い顔色で、髪の毛もとかしていないヴィクターが顔を腫れ上がらせたムーン・フェイスのまま、ふらふらと司令室に漂い入ってくる。

「何度やっても慣れないわね、この無重力酔いってやつは。これさえなきゃ、軌道上も楽しいところなんだけれど」

宇宙酔いの原因は前世紀からいろいろと研究されているが、いまだにこれといった要因が確定されていない。地上の、一Gの重力下にあるときと同じように血液を送り出す心臓が無重力状態の頭部に血液を充満させるため、逆立ちでもしているようにむくんでしまうのと、耳の奥で平衡《へいこう》感覚を司《つかさど》る三半器官が上下を感知できずに混乱するため、不快感、頭痛、その他の症状が出るのが宇宙酔いである。

個人差も大きく、美紀やチャンのようにほとんど酔わない体質もいれば、ヴィクターのように薬を飲んでも対応するのに時間がかかるものもいる。本人の言によれば二日酔いが二、三日続くのよ、という宇宙酔いも、からだが無重力状態に適応してしまえばさっぱりと消えてしまう。しかし、それまではひたすら我慢して耐えなければならない。

「しばらく愛想よくできないけど、気にしないでね」

地上から持ち込んだ色の濃いパイロット・グラスをかけて、ヴィクターは通信モニターに顔を向けた。

「大丈夫ですか？　気分が悪いのなら、もう少し寝てもらっていても構いませんけど」

「睡眠剤《クスリ》飲んだくれてがあがあ寝てれば、そりゃ楽にはなれるけど、そんなことしてる暇ないんでしょ」

よほど気持ち悪いらしく、ヴィクターの声にはほとんど抑揚《よくよう》がない。

「とっとと指示ちょうだい。じつを言うと、こうやって喋ってるのだっておっくうなんだから」

「デュークに、ダイナソアC号機の発進準備をしてもらいますので、ヴィクターは司令室からそのアシストと、それから住み込みの要員の数がちょいと増えますんで、その分の居住設備《キャンパー》を今探していますす。そいつを繋ぐための準備を始めてください」

宇宙船のドッキングシステムやハッチ、ドッキングモジュールなどは、ほとんど規格化されて共通化している。よほど特殊な設備や装備でないかぎり、ブロックやモジュールごと持ってくれれば、そのまま接続して通気、通電してすぐ使えるようになっている。

「それはいいけど……」

ヴィクターは、鬱陶しそうな顔のまま目の前のコンソールを叩いて、近傍空間に浮遊している他のステーションや宇宙船、衛星などのデータを呼び出した。

「このどたばたした状況の中で、いったいどっから浮いてる居住《キャンパー》ブロックなんか引っ張ってくるのよ」

「欧州宇宙機構《ESA》の研究ステーションでしばらく閉鎖されてたブロックと、エネルギヤ・コマルシュの工場衛星の居住ブロックでモデルチェンジになった中古と、あとは、バズ・ワゴンが発進したおかげで一息ついたクラーク・ステーションのキャンパー、どれか一つくらいは手に入るでしょう」

「それまでは雑魚寝《ざこね》ってことね」

ヴィクターは、コンソールまわりのディスプレイにちらりと目を走らせた。

「だいたいわかったわ。それじゃ美紀とチャンは船外作業の準備、デュークはC号機の発進準備、始めてちょうだい」

平均地上高度二四〇キロは、かなりの低衛星軌道である。衛星速度であればしばらく周回できるが、それでも微小ながら大気の抵抗があるため、この軌道を周回するものは定期的に上昇しないと速度低下のため高度を維持できなくなり、大気圏に突入してしまう。

そのかわり、最低限の推進剤で上がれる地上から近い軌道であること、バン・アレン帯の内側にあるために有害な宇宙線から保護されていることもあり、有人、無人にかかわらず周回衛星は多い。地上との連絡船も頻繁に飛行しており、もっとも混雑している空域でもある。

スペース・プランニングのベースキャンプ、ポイント・ゼロは、急造の軌道上複合体としてこの低軌道上に形成されていた。

シリンダー状の居住モジュールに交差したドッキングユニットを介してダイナソア型のシ

ャトルと、さらにキャンプ全体に電力を供給するための太陽電池パネル《ソーラーアレイ》がバランスをとるように居住ブロックと連結された作業ブロックの両側に拡げられている。

しかし、ささやかな中央部分の構造とくらべると巨大な羽根を拡げたような印象を与える太陽電池パネルも、居住ブロックと接続されたシャトルに必要な電力を供給するだけの能力しかない。

宇宙船の組み立てとそれに伴う作業や、必要な人員に生存のための酸素や水を供給するには、さらなる電力が必要になる。そのため、地上から推進剤タンクとともに持ち上げられた高変換効率のガリウム・砒素《ひそ》系太陽電池の展開が、宇宙空間での最初の作業になる。

『いいけど』

軌道速度による遠心力とすぐ足元の地球の重力が釣り合うために感じるかりそめの無重力状態と、昼の面を飛行しているために圧力すらあるような強い太陽光を感じながら、着慣れた宇宙服で濃いサンバイザー越しに辺りを見回した美紀がつぶやいた。

『まず、推進剤タンクの両側に太陽電池パネル用の接続ユニットを結合、それから太陽電池パネル本体の接続――。毎回思うんだけど、どうしてこの程度の仕掛けを、完全自動化できないのかしら』

『多分、完全に自動化すると、俺たちの仕事がなくなるからじゃないか』

居住ブロックの後ろに付け足しのように接続された推進剤タンクが、今のところ軌道上複合体の中でもっとも巨大な容量を持っている。彗星捕獲用の宇宙船はこの推進剤タンクを中央構造材として組み立てられる予定だから、作業開始のために、組み立て用のロボットアームを組み上げなくてはならない。

『ダイナソアA号機、ドッキング解除。動き出すぜ』

開かれた貨物室《カーゴベイ》にいる美紀に、チャンが伝えた。

地上から宇宙船組み立てのためのロボットアームを運んできたA号機が、ドッキングを解除し、低推力のスラスターでゆっくり離れていく。このままA号機で推進剤タンク上の作業位置に移動し、自前のロボットアームと船外に出ている美紀の人力で大型アームを組み立てる。軌道上では幾度となく行われている作業だが、楽な仕事ではない。

『そっちの作業開始前にC号機を発進させるわ』

司令室から、ヴィクターが伝えてきた。

『飛行計画はすべてプログラム済み。噴射もうちには当たらないように調整してあるつもりだけど、一応気をつけて』

軌道上での軌道変更は、ハイパーゴリック推進剤を使った軌道上機動系《オービタル・マニユバリング・システム》によって行われる。ドッキングを解除されたシャトルは、小推力の姿勢制御スラスターでステーションの構造から離れたあと、大推力のスラスターを噴射して目的の軌道に向かう。その際、噴射がステーションにかからないように注意しないと、構造材の不安定な動揺や破損をまねくことになる。

『了解しました』

『こちらも了解です』

ダイナソアの操縦室のチャンと、貨物室の美紀が続けて答えた。

歩くよりも遅い速度で離れていくA号機の反対側のドッキングモジュールから、同じようにゆっくりとC号機が離れていく。シュピッツァー・ステーションまでの送迎飛行に人手を割くような余裕がないため、C号機の飛行は全航程が無人で行えるようにプログラムされ、中継衛星を介してハードレイクからコントロールされる。

『安全距離確保。姿勢制御して、作業位置にA号機を持っていく。作業開始は……』

操縦室の席から立ち上がったチャンが、腕時計と計器板のストップウォッチを確認した。

『三〇分後だ。それまでに、美紀はこっちのロボットアームを展開して動作確認をしといてくれ』

『了解』

チャンは、あまり広くない操縦室の中を器用に移動して、後ろ向きに付いているコントロールパネルに取り付いた。上部ハッチと、シャトルの背中のカーゴドアが全開になっている状態なら、カーゴベイ側の窓からも外部が確認できるようになっている。

ドッキングユニットから離れたA号機は、ステーションの構造に背を向けたまま距離をとってゆっくりと推進剤タンクに移動し、そこで再び静止、自前のロボットアームを使用して建造用のロボットアームの組み立てを開始する。

ステーションとの距離は離れないが、ほんのわずかずつ軌道要素を変えて飛行し、再び一致させて作業を開始、作業終了後は再びドッキングユニットに戻ってこなくてはならない。

頭の上をゆっくりと移動する、見上げるように巨大な宇宙ステーションの構造を視界の隅に入れたまま、美紀はロボットアームのコントロールパネルに指を走らせた。カーゴルームの隅に折り畳まれていた三関節のロボットアームを、まずは目視で点検、異常がないのを確認する。

ダイナソアの貨物室《カーゴベイ》に取り付けられているロボットアームは、無重力状態での使用を前提に設計されている、ごくきゃしゃなものである。コントロールは操縦室からでも、貨物室からでも、回路を接続すれば外部からのリモートコントロールもできる。

「うまく動いてちょうだいよ……」

前回、軌道上でこのロボットアームを使った実験衛星の回収作業に散々苦労させられた美紀は、祈るようにつぶやきながら、コントロールパネルのジョイスティックに宇宙服の手袋越しの指を当てた。おおむね思い通りに動いてくれるロボットアームは、時折麻痺したように動きを忘れることがある。

『司令室よりミキ、聞こえてるか?』

繋ぎっぱなしの通信機に、デュークの声が入ってきた。

『通信状態は良好です。A号機のロボットアームも、今のところ正常に稼働中』

『こっちはC号機を送り出して手が空いた。これから、そっちのサポートにまわる。もっとも、減圧からはじめなきゃならねえから、すぐってわけにはいかないが。まあ、適当にやってくれ』

『わかりました』

ロボットアームの関節部の動きを確認した美紀は、先端部分のマニピュレーターの点検に移った。複雑な作業でもこなせるように多数の関節と回転系を備えたマニピュレーターは、構造も操作も複雑化している。

『そうそう、忘れてた。ロボットアームがご機嫌を損ねたら、今までどうしてた？』

『……ぶったたいて、性根《しょうね》を入れ直してやりましたけど』

美紀は苦笑混じりに答えた。

『悪くない方法だ。だが、少し待って、くすぐってやった方がうまく動いてくれるぜ』

『……くすぐる、んですか？』

予想外の対処法に、美紀は思わず聞き返した。

『そうだ。その方がロボットアームのダメージも少ないし、言うことも聞いてくれる。次にそいつがやること忘れちまったら、試してみな』

『……了解しました』

推進剤タンク上にクレーン用の足場を組み上げ、宇宙船建造用のロボットクレーンの基礎構造が姿を現したころ、ダイナソアよりもほっそりとした小型シャトルがポイント・ゼロとのランデブーに入った。

アリアン・スペース社製、ヨーロッパ製の第二世代有人シャトルであるエルメスの発展型、エルメスプラスである。軌道変更用のエンジンの高出力化、運用の柔軟性を狙った大気圏内飛行性能の向上のための空力性能の洗練などによって、ダイナソアよりもはるかにスマートな機体を持つが、その分、有償荷重《ペイロード》は少ない。

『助っ人が来たようだぜ』

組み立てに使うダイナソアのロボットアームを使い易いように機体位置を細かく変更しながら、チャンが告げた。

『ほぼ、スケジュール通りだ』

『こっちのスケジュールは遅れてるわよ』

基礎構造部分の動力結線を確認しながら、宇宙服の美紀が答えた。

『手伝いのシャトルが到着するまでに、クレーンアームの組み立てくらいは終わらせるんじゃなかった?』

『本来四人でやるような仕事を二人で片付けようってんだ。少しくらいのずれは気にしちゃいけない』

『ポイント・ゼロよりシャイバード?』

司令室のヴィクターがエルメスプラスの個体名《パーソナル・ネーム》を呼んだ。

『こちらはドッキング準備完了、いつでも来てください』

『シャイバードよりポイント・ゼロ、こちらはセンサーでそちらを捉えている。ただいまより最終接近、ドッキングに入る予定だが……』

フランスなまりのある英語の返答は、作業中のチャンと美紀にも流れている。

『このまままつっこんじまってもいいのかい？　ドッキング・ポートの反対側で組み立て作業中のようだが』

二つの飛行物体が軌道要素を一致させてドッキング作業を行う場合、他の船外作業は行われないのが通例である。

今のベースキャンプでは、ポイント・ゼロ本体、ダイナソアA号機、機動ユニットを背負った宇宙服の美紀、他に固定されていない部品がいくつも浮いている。こんな状態のステーションに姿勢制御しながら宇宙船が近づくと、低推力のスラスターを使用しても噴射ガスに流された浮遊物体が予想外の事故を起こしかねない。

『本当は作業中止したいところなんだけど、ご存じの通りの事情で一秒でも時間が惜しいところなの。できるだけステーションに触らないような、やさしいドッキングをお願いできるかしら』

『自動《オート》で楽してってわけにはいかないか』

レーダーとセンサーをスラスターと連動させたコンピュータ任せの自動制御なら、人の手を介さなくてもドッキングできる。しかし、可能な限り他に影響を与えないようなデリケートなドッキング作業は人間がコントロールしなくてはできない。

『エアロックよりシャイバード、こちらデュークだ』

通信と同時に、ところどころ焼け焦げたり煤《すす》けたりしてかなりくたびれた宇宙服が、これまた年代物の機動ユニットとともに作業ブロックのエアロックから現れた。

『ただいまより、クレーン組み立て作業のサポートに入る。何ならつっこみやすいように押してやろうか?』

ヘルメットの横に取り付けられているライトを接近してくるエルメスプラスの鼻面に向けたデュークが、両手を押し出すようなジェスチャーをしてみせる。

『はん、チェリーボーイじゃあるまいし、こちとら精密飛行でメシ食ってんだ。いいから黙って仕事してな。いつつながったのかもわからないような、芸術的なドッキングってやつを見せてやるぜ』

『だからもー……』

基礎構造部分の動力結線と接続を確認した美紀は、小声でつぶやいた。

『どーしてこー、下品なんだか』

『おやじが揃ってるからねえ』

後ろ向きの操縦システムでダイナソアを動かしているチャンが応える。

『染まらないように、気をつけろよ』

『誰が! はい、基礎構造部分最終確認終了、クレーンの第三関節の設置作業に入ります』

『あいよ。それじゃ遠慮なく、精密機械の据え付けにかかりますんで、ドッキングはお手柔らかに』

あらかじめダイナソアのロボットアームの先端につまんでおいたクレーンの関節部品を振り上げて、同時にチャンはダイナソアを反転させた。

このまま一発で関節部分を基礎構造にはめ込めればいいのだが、ありとあらゆる物理法則が厳密に適用される宇宙空間では、物事はそう簡単にはいかない。ゆっくりとロボットアームを旋回させるだけでもダイナソアはその反動で機首を巡らせ、放っておけば質量や速度などの微妙な軌道要素の違いからどんどん離れていってしまう。

『だいたいこんな感じで、大丈夫じゃねえかと思うんだが……』

小刻みに低推力の姿勢制御スラスターを噴かしながら、チャンはダイナソアを空中静止させた。クレーンが伸びるに従い、重心位置を中心に静止させたダイナソアの機体がわずかずつ離れてしまう。

『はい!』

基礎構造部分から、接近してくるロボットアームの先の関節部品を見ている美紀が声をかけた。

『一度止まって。そこから放してくれれば、どんぴしゃり収まるはずよ』

『お?　おお?』

応答の代わりに妙な声が返ってきた。

『ありゃ、またスラスターがおかしくなりやがった。せっかく今まで調子良く動いてやがったのに』

経年劣化か、どこかに見つかりにくい結線不良でもあるのか、A号機の姿勢制御スラスターは原因不明の故障を起こすことが多い。燃料バルブが詰まったり、作動不良を起こしたり、設定された出力に達しなかったり多すぎたり、起きる症状はいろいろである。

原因不明なだけに、放っておくとつぎの時にはなんの問題もなく使えることもあり、一度ならず徹底的な分解整備を受けているにもかかわらず持病は直っていない。

『なんだ？　またへそ曲げやがったか？』

背中に背負った機動ユニットを噴かして、宇宙服のデュークが作業区域に接近してくる。

『Z軸プラス方向のスラスターが一部分反応しません』

自機を基準にした三軸方向の表現で、チャンが報告した。

『こういうデリケートなことやってなけりゃ、景気よく噴かしてみたりできるんですが……』

『うっかりすると、ロボットアームからタンクに衝突するわな』

宇宙服の爪先を推進剤タンクに取り付けられたステップに引っかけて器用に行き足を殺したデュークが、検分するように基礎構造とその上に浮いているダイナソアを見上げた。

ぱっと見にはダイナソアはこちらに背を向けたまま静止しているようだが、精密計測すればおそらく微妙に動いてずれているはずである。しかも、時間が経てば経つほどそのずれは大きくなっていく。

『だいたいわかった。美紀、自前でどれだけ動ける？』

訊かれて、確認のために美紀は背負っている機動ユニットから自分の両側に突き出しているアームレスト型のコントロールパネルに目を走らせた。

　宇宙服のまま軌道上を動きまわるための機動ユニットは、宇宙船にくらべて人間を含めた自重がはるかに軽いため、ハイパーゴリックのような強力な推進剤は使えない。代わりに、圧縮された窒素ガスを噴き出して推進システムに使っている。

『残圧、三〇パーセント。まだしばらくは使えると思いますけど』

『それだけありゃ充分だろう。ヴィクター、この状態からアームに関節を放り出させて、こっちの機動ユニットを姿勢制御に使って据え付けようと思うんだが』

『あなたができるって言うんなら大丈夫でしょ』

　作業開始の時点よりはずいぶん明るくなったヴィクターの声が答えた。

『めんどくさいからって確認手順省略しなければいいわ』

『了解。チャン、これから俺と美紀が第三関節を捕まえるから、俺が言う通りにアームを動かして関節部品を放せ』

『そりゃまあ、言う通りには動かしますがね』

　軌道上で、しかも船外作業中のデュークには逆らうだけ無駄なのを知っているチャンが答えた。

『今はうまいとこ止まってるらしいから、まず、美紀と俺が関節に取り付く。両側から、うっかり揺らさないようにゆっくりとだ』

『了解』

『まだ飛ばなくていい』

軽く推進剤タンクを蹴って、デュークは基礎構造部分に飛んできた。設置部分の、美紀の反対側で身体を止める。

『こっちが取り付いて、アームに余計な動揺が起きないのを確認してから、そっちは設置部分めがけてアームを振って関節を放り出せ。こっちはその勢いを使って設置部分に接近、自前の機動ユニットを使って関節を基礎構造に取り付ける。そっちは部品を放した反動で充分距離を取ってる間に、クレーンの次の連接をロボットアームで取り出してからもう一度こっちに接近をかけてくれ。距離が離れるからパワーをかけられるのと、時間をおいてるから今度はまともに噴いてくれるはずだ。それでもまだ調子がおかしいようなら、そのあとのことはそれから考える』

『了解しました』

機体の姿勢を制御するコントロールスティックから手を離したチャンは、ロボットアームをコントロールするジョイスティックに指を当てた。推進剤タンク上の基礎構造部分から、まるでアーティスティックスイミングのように二体の宇宙服が揃って上昇を開始する。

部品をつかんでいるロボットアームに余計な振動を伝えないようにゆっくりと接近してきた二人は、直接部品をつかんで上昇を止めるような真似をしないで、自前の機動ユニットで部品を目の前にして空中に静止した。

『よし、ゼロタイミングでつかむぞ。三、二、一、ゼロ！』

つかまえるというよりはそっと触れるように、二体の宇宙服がマニピュレーターの先の関節に手を伸ばした。第三関節部分だけとはいえ、宇宙船建造用の大型クレーンの基底部の部品だから、機動ユニットを背負った宇宙服二人よりも関節のほうが大きい。

『しっかり捕まえとけ。今度は、俺たちが放り出される。チャン、こっちは部品をしっかり摑んだ。秒速一〇センチくらいで放り出せるように、クレーンを伸ばしてマニピュレーターを開け』

『秒速一〇センチ、了解。センチ単位での制御なんかできるんか、おれ』

ぶつくさ言いながら、チャンは言われたようにジョイスティックにクレーンの動きを入力した。指示が数字によるデジタルで行われても、ジョイスティックは人間が見当と手加減で動かさなくてはならない。

『そんじゃまあ、こんな感じで、行けえ！』

チャンがゆっくりとジョイスティックを動かした。滑るように関節部を動かしたロボットアームが、推進剤タンクに押し付けるように部品を手放し、反動で浮かび上がったダイナソアが離れていく。

『ダイナソアの自重を考えなかったわりにはいいできだ』

部品ごと推進剤に降下しながら、デュークが言った。

『この程度の速さなら二人分の機動ユニットで充分コントロールできる。ダイナソアはしばらく任せたぞ。美紀、タンクまでの距離が五メートルになったらブレーキのための噴射を行う。気をつけろよ、タイミングや噴射方向を外したら、このでかい部品がくるくる回りはじめるぜ』

無重力状態は無重量状態であるが、質量は地上にあるときと変わらない。うっかり余分な力を与えて妙な運動をはじめさせたら、再び静止させるには三倍の手間がかかる。

『噴射圧をセットしろ。一噴射《ワン・パルス》で二ニュートン、微調整は生かしておけ』

『了解』

言われて、美紀は片手でゆっくりと推進剤タンクに降りていく関節部品を押さえたまま、残りの右手をコントロールパネルに走らせた。

通常、機動ユニットはコントロールパッドのアナログ制御で窒素ガススラスターの出力を調整するが、同時にニュートン単位での設定も可能である。シャトルリングとジョイスティックで、美紀は機動ユニットのスラスター出力を指示された数字に設定した。これで、機動ユニットは一度の噴射で正確に二〇四グラムの推力を発生する。

ただし、宇宙服に機動ユニットを加えた装備重量はともかく美紀とデュークの体重差が大きいから、細かい修正のための噴射はそのつど行わなくてはならない。

『噴射圧、設定完了』

『こっちもセットした。ゼロタイミングでまずワンパルス噴射する。まずは、降下速度の減速からだ』

『了解。スラスター噴射、用意』

両手がふさがっている状態での機動ユニットのコントロールは、音声及び視線によって行う。音声スイッチで視線入力が入ったのを、右目の前に重ねられたサイト・オン・ディスプレイで確認して、美紀はデュークのカウントに合わせて視線を一気に上に跳ね上げた。背中の機動ユニットが下向きに溜め息のように窒素ガスを吐き出し、その分だけ降下速度が減速される。

『窒素ガスの残量、五パーセント』

ヘルメットの中に響いた警告音を聞いてコントロールパネルに目を走らせた美紀が、司令室に報告した。

『機動ユニットの活動限界ね』

ヴィクターが答えた。

『いいわ、今日は上がってちょうだい。エアロックのソフィーから出動準備完了したって連絡が来たから、交代のいいタイミングだわ』

『わかりました。このアームの固定が終わったら戻ります』

『あとはやっとくから、すぐ戻りな』

デュークに言われて、まだ締めおわっていないボルトを目の前にした美紀は顔を上げた。アームの向こう側で仕事をしているデュークの顔は、金を蒸着したサンバイザーのために見えない。

『でも……』

『機動ユニットの推進剤を残しておくのは自分だけのためじゃない。他で非常事態が起きても、助けに飛び出せるだけの余裕を作っておくためだ』

『……了解』

うなずいて、美紀は持っていたスパナを胸のツールステーションに固定し直した。

『美紀、現場を離れてエアロックに引き揚げます』

『はい、ご苦労さん』

クレーンの基礎構造部分を軽く蹴って、美紀は推進剤タンクに沿ってエアロックへの移動を開始した。作業《サービス》モジュールでクリスマスツリーと呼ばれている標識灯が点滅し、サイケデリックな塗装を施した小柄な宇宙服がエアロックから出てくる。

『わあ、派手』

出てきた宇宙服は、エアロックから出たところにある作業ラックに固定されている機動ユニットを手際よく装着した。

『ソフィー、機動ユニットの作動確認、全系統異常なし』

ステーションの軌道が現在昼の面を移動中のため、サンバイザーを降ろした宇宙服の顔は見えない。

美紀は、ゆっくりと浮かび上がったデコレーションケーキのような色彩の宇宙服に手を上げた。

『美紀、ただいまからエアロックに戻ります。あと、よろしく』

『はい、任せて』

すれ違いざまに上げた両手をタッチして、美紀はハッチが開いたままのエアロックに降着した。

エアロックの前で機動ユニットをはずして作業ラックに固定し、点検整備用ケーブル《アンビリカル》をつないで自動点検システムのスイッチを入れる。機動ユニットに故障がなければ、コンピュータによって自動チェックされた後にバッテリーは充電され、チューブから窒素ガスも推進剤タンクに充塡される。

機動ユニットのコントロールパネルに故障箇所や不具合が表示されないのを確認して、美紀はエアロックに入った。気密ハッチの閉鎖が確認されると、宇宙服と同じ〇・三気圧まで大気が満たされる。

内圧でぱんぱんにふくらんでいた宇宙服が、真空だった外圧が元に戻ってくるにつれてたるんでいく。エアロック内に気圧が戻ってきたのを確認して、美紀はヘルメットのボルトをゆるめてバイザーを上げた。宇宙服の中の循環気ではない空気を深呼吸する。

上下二分割式の宇宙服を脱いで、アンダースーツ姿になった美紀は作業ブロックの中に入った。更衣室でヘッドセットが仕込まれたスヌーピーキャップと呼ばれるフードを頭から剝ぎ取り、体温調整のためのアンダースーツを脱いで通常の作業着に着替える。

船外活動《EVA》は、真空中で膨れ上がった宇宙服を着て行うから筋力が必要である。全身の筋肉にだるさに似た疲れを感じながら、美紀は現状把握のために居住ブロックの司令室に向かった。

「A号機は次の部品をカーゴベイの中からつまみ出して。ソフィーは関節部分の作動を確認してからデュークのフォローに入ってちょうだい」

「戻りました」

オペレーター席にひとり増えた司令ブロックのハッチをくぐって入っていくと、ヴィクターがコントロールパネルから振り向きもせずに手を挙げた。

「お疲れ。シャワー使うなら今のうちよ、C号機はもうシュピッツァー・ステーションに着いて修学旅行の準備してるわ。五~六人来てくれるらしいから、戻ってきたら足の踏み場もなくなるわ」

言われて、美紀は胡乱《うろん》な顔で司令室を見回した。オペレーター席に着いた二人目の金髪のオペレーターが、顔はディスプレイに向けたまま握手のために左手を出す。

「ルネ・クレールだ。外で仕事をしてるのが妹のソフィー、仕事中なんで挨拶はのちほどゆっくり」

「羽山《はやま》美紀です」

左手を握り返して、美紀は司令室の中を見回した。現在、司令室内に三人、A号機のチャンと船外活動の二人で、現在ポイント・ゼロには六人が滞在していることになる。

「この上さらにクルーが倍？　キャンパーを持ってくるって話は？」

「エネルギヤ・コマルシュのブロックを借りるってことで話がついたわ」

ヴィクターが答えた。

「ただし、閉鎖されてるってだけで、まだ向こうの工場衛星につながったままなの。切り離して送り出すから、今日明日にこっちに来るってわけにはいかないでしょうね」

美紀は、ヴィクターの横からコントロールパネルを覗き込んだ。

何面もあるディスプレイが、すべて稼動してそれぞれの状況を映し出している。船外活動中の二体の宇宙服の視界カメラ映像、作業フレーム側からの映像、作業艇として活動中のダイナソアA号機からの映像、そして、それぞれの現在の状況を示すテレメトリーデータなど、司令室でモニターすべき事柄はあまりにも多い。

「あたしのデータ、残ってます？」

「消してないわ」

ダイナソアのチャンと交信する片手間にヴィクターが答えた。ディスプレイ上には、美紀の宇宙服及び機動ユニットの酸素残量、呼吸気中の二酸化炭素を吸着したり微細な塵《ちり》を漉《こ》しとるエアフィルターの有効残量、それぞれのバッテリーの使用状態、推進用窒素ガスの残量などが表示されている。

エアロックで記憶した数字と変わりないことを確認した美紀は、隣のディスプレイに表示されているデュークのテレメトリーデータを見た。

「……うっそお」

思わず声を上げてしまう。年季か腕か、デュークが宇宙服に機動ユニットを背負った状態で自分よりはるかに効率良く動きまわるのを間近で見ていた美紀は、今現在も活動中のデュークを捉えた映像をモニターの中に見上げた。

「驚いた？」

「推進用の窒素ガス、ろくに減ってないじゃないですか」

「呼吸気はそれなりに使ってるけどね。最低限の推進剤で最大限の仕事をすることにかけては、彼、若い頃からトップクラスよ」

「……いったいどんな魔法使ってるんです」

大の男よりは体重が軽いから、美紀が船外活動中に使う推進ガスの量は比較的少なくて済む。一回の船外活動中に使う推進ガスの量は、その内容や作業状況によっても違うが、無駄な動きが多い新人《ルーキー》ほど修正のための噴射が多くなる。

自分の質量及び運動エネルギー、やるべき仕事の動きを先の先まで読んで、それによって窒素ガス噴射を最低限に抑えることはできるが、無重力、真空の軌道上では重力や大気のある地上と違って一切ごまかしが効かない。

「使ってるのは、魔法じゃなくって頭だって」

パネルに向いたまま、ヴィクターは自分の頭を指してみせた。

「ゆっくり動けばいくらでも推進剤を節約できるけど、バッテリーや呼吸を止めるわけにはいかないからね、できるだけ効率良くてきぱき動いて、時間と推進剤を使わずに作業を終わらせるのに必要なのは、先読みと計算だそうよ」

「はあ……」

船外活動中の機動ユニットの効率的な使い方については美紀もかなり自信があったのだが、久しぶりに同じ台詞を訓練学校の教官が言っていたのを思い出す。たしかあの教官も、宇宙開発の初期から軌道上で船外活動時間を稼いだベテランだった。

「……シャワー浴びてきます」

結構頑張ったつもりだったのに、自分よりはるかに長く続きそうな船外活動の様子を見て、美紀は司令室を後にした。

5 ハードレイク、ミッションコントロール

『シュピッツァー・ステーションよりハードレイク、ダイナソア・チャーリー、発進準備完了』

声と同時に、衛星回線を通してダイナソアC号機の貨物搭載重量、推進剤残量、搭乗人員数などのデータが送られてきた。オペレーター席を占領しているスウが、早速、搭乗員名簿を呼び出す。

「全部で八人？　シュピッツァーの学生向けプログラム、空っぽになっちゃうじゃない」

「通常態勢のC号機ってのは六人乗りなんだが」

浮かない顔で、マリオはスクリーン上に投影されているシュピッツァー・ステーションのドッキングベイにいるダイナソアの実写映像を見上げた。

「三〇パーセントも定員オーバーか」

生命維持装置の許容量には充分の余裕があるし、搭載重量が増えたわけではないから、シュピッツァーからポイント・ゼロへの飛行にも問題はなさそうである。

「非常時、緊急避難てことで、飛行計画を修正しといた方がよさそうだな。んで、パイロットとナビゲーターの見習いが誰と誰だって？」

マリオが、自分の前のディスプレイに乗員名簿を呼び出した。ダイナソアの操縦室のテレビカメラの前に、眼鏡の学生がひとり顔を出す。

『天体物理学科のジェフ・トレーシー、パイロットコースもとってます』

「ハードレイク、ミッションディレクターのマリオです、よろしく」

通信モニターの学生に顔を上げて、マリオは彼の資格データをディスプレイに重ねた。

航空機の免許は自家用軽飛行機、宇宙飛行は今回のプログラムが初めてだが、地上では軌道上飛行のためのフライトシミュレーターを何十時間もこなしており、軌道上でも二度の飛行補佐の経験がある。ただし、宇宙空間での単独飛行の経験はない。

「クルーの中で、君がパイロット経験は一番？」

『だと思います』

「オーケイ、君が今回のメインパイロットだ。飛行はすべてプログラム済みで、予定では通信途絶だの電子系統が全部吹っ飛ぶだのの異常事態がない限りは操縦システムに触ってもらう予定はないが、一応操縦席に座っていてくれ。んで、飛行準備完了だって？」

メインスクリーンでは、ポイント・ゼロでの船外活動の様子が映し出されている。マリオは、データ中継衛星で送られてきたダイナソアの状況をチェックした。コンピュータによる自動診断は、全系統に異常も故障もない。

あらかじめ作っておいた飛行計画に自動修正をかけ、マリオは飛行経路をチェックした。どれだけ厳密に作った飛行計画でも、時間が経つとどこかに予定外のずれが生じてくるから、何度も念入りにチェックして、必要があればそのつど修正しなければならない。

「飛行計画の送りはこっちでできるわ」

スウが声をかけた。

「シュピッツァーとポイント・ゼロ、両方に送ればいいんでしょ」

「ダイナソアの本体に送らないと、軌道上で迷子になるだろ」

「ああ、ほんとだ。それと、軌道管制局？」

「そう。向こうの着信を確認してからでないと、ダイナソアを動かせない。ハードレイクよりダイナソアC、発進準備完了のまま現状待機、こちらから自動発進準備を開始する」

軌道上の飛翔体《ひしようたい》は、有人、無人にかかわらず外部から遠隔操作でコントロールできるようになっている。低軌道上のシャトルなら、中継衛星を介しても時間差を抑えられるから、カリフォルニアのハードレイクで発進からドッキングまで制御できる。

コンピュータ任せの自動発進から軌道変更、ポイント・ゼロへのランデブーから自動ドッキングまでの飛行プログラムをすべてチェックし終えて、マリオはダイナソアのコンピュータにすべてのシークエンスを転送した。

「軌道管制局、シュピッツァー・ステーション、ポイント・ゼロ、ダイナソア、すべての受信を確認。軌道管制局から飛行許可が戻ってきたわ」

「ハードレイクよりダイナソアC及び関係各所、ダイナソアCただいまよりシュピッツァー・ステーションからの自動発進シークエンスに入る。カウントマイナス三〇〇より開始、発進シークエンス開始」

いくつかのディスプレイの画面が切り換わり、ダイナソアC号機関連のディスプレイに発進三〇〇秒前の表示が出た。

「スタート！　発進三〇〇秒前、カウントダウン開始！」

ダイナソアの操縦席と、ハードレイクのミッションコントロールで完全に同期して、三〇〇の数字が二九九に変わった。発進シークエンスに従い、カウントダウンの数字が減っていく。あとは、すべての作業がコンピュータに従って行われるため、ミッションコントロールから操作することはない。

「シュピッツァー・ステーション及びポイント・ゼロにハードレイクミッションコントロールから連絡、ダイナソアC号機はシュピッツァーからポイント・ゼロへの自動飛行シークエンスに入りました。発進は二八〇秒後の予定、到着予定時刻は三時間後」

『ダイナソア・チャーリー、了解』

『シュピッツァー・コントロール、確認』

『ポイント・ゼロ、飛行シークエンス確認』

司令室のヴィクターが答えた。

『たぶんこっちの船外活動はまだ続いてると思うけど』

「長時間仕事、ご苦労様です」

いかに活動時間の長いデュークでも、その頃には生命維持装置のバッテリー容量が危険領域に入るから、再充電やエアタンク、推進剤タンクの再充塡のために一度船内に戻らなくてはならない。

ユニットごと交換すれば船外にとどまることはできるが、規定でも医学的にもよほどの重大事でない限りは禁止されている。厳重な防護措置が施された宇宙船内と違って宇宙服はもろに宇宙線に曝《さら》されるため、年間の最大作業時間も制限されている。

マリオは、ポイント・ゼロからの映像とデータで、作業の進行状況を確認した。微妙な操縦を要求されるダイナソアA号機の姿勢制御システムが時々不調になるおかげで、その分の負担が手と機動ユニットを使える船外作業員《スペース・ウオーカー》二人にかかっている。

「それでも作業能率が落ちてないのは、さすがってとこか」

「シャトルの飛行管理しながら船外作業のモニターか」

自分のまわりのモニターをざっと眺めて、スウは目立った異常が起きていないことを確認した。

「いっつもこんなどたばたしてるの？」

「……いや、今回はまだ静かなほうだけど」

少し考えて答えたマリオは、シュピッツァー・ステーションのドッキングベイで自動シークエンスで発進のためのカウントダウンを進めていくダイナソアの状況を確認した。

「これで⁉」

スウは思わず声を上げた。

「だって、宇宙船の管制しながら作業の監督まで……」

「作業の監督をしてるのはポイント・ゼロの司令室のヴィクターだし、ダイナソアのコントロールだって設定や操縦もコンピュータ任せだ。ここから自分で動かしてるわけじゃない。何より」

マリオは、自分とスウの二人しかいない広いミッションコントロールセンターを見回した。すべてのコンソールに灯が入れられ、自分の前のディスプレイや壁の大型スクリーンもすべて使ってはいるものの、まだきれいで、散らかったり汚れたりしていない。

「ぼく一人しかいないんだよ。これがいくつもの作業を並行させて、その上複数の宇宙船の飛行制御までしなきゃならないとなったら、とてもじゃないけど手が足りない」

「そりゃ、今はあなた一人しかいないけど……」

　不服そうな顔で、スウはコントロールセンターを見回した。

「だけど、スペース・プランニングくらいの会社の規模で、このセンターが一杯になるほど人手を使うことってあるの？」

「そりゃ、今は昔とくらべて自動化が進んでるから昔ほどの人手がいらないらしいけど、必要ならここにオペレーターを並べなきゃならない。仕事だってうちは請け負いや下請けが多いから、スポンサーや共同作業する連中が出張《でば》ってくることもあるし、非常事態でも起きた日にゃあ猫の手でも借りる必要が起きてくる。上のことはヴィクターに任せとけば問題はないし、現場に出てるのがデュークなら今さら何も言うことはない。だいたい、船外作業やってるって言ったたって、本番前の作業の準備にクレーン組み立ててるだけだ」

「……いっつもこんな感じで仕事してるの？」

「だから……」

　答えかけて、マリオはスウの質問のニュアンスが変化しているのに気がついた。ディスプレイから顔を上げずに答える。

「まあ、だいたい、いっつもこんな感じだ。もうすぐC号機がシュピッツァーから発進する。見てなきゃ」

「はい」

珍しく素直な答えが返ってきたので、マリオは同じ列のひとつ置いた隣のオペレーター席に着いているスウにちらっと目を走らせた。

軌道上では、ダイナソアの発進準備が順調に進んでいる。同じデータは地上にも表示されているのだが、ダイナソアに乗り込んだ女子学生の一人が操縦室でシークエンスがひとつ進むたびに確認事項を声にだして読み上げている。

「……時間がないから決めちまったけど……」

メインスクリーンを見上げたマリオが聞いた。

「本当に使えるのか、あの連中?」

「全員知ってるわけじゃないけど、頭のいい子が揃ってるわよ。全米で一番競争率の高いプログラムだし、選抜はペーパーテストだけじゃなくって健康診断や体力テストも入ってるから、体力的にも問題はないだろうし」

「なるほどね」

ばかにしたように首を振って、マリオはディスプレイにダイナソアに乗り込んだ学生たちのデータを呼び出した。簡単な履歴と持っている資格、特技、専攻などが表示される。

「なによ」

「これだけのデータじゃ、誰にどんな仕事割り振ればいいのかわからない。ええと、この連中の出席状況とか成績とか、取ってる授業のプログラムとか、その手のデータを確認したいんだけど、ここからカリフォルニア工科大学《カルテック》のコンピュータにアクセスできる?」

「できることはできるけど……」

気の乗らない顔で、スウは空いているコンソールに目を走らせた。

「あの、一応、学生にもプライバシーってもんがあってね」

言いながら、スウはディスプレイに目を戻した。発進一〇秒前、ダイナソアに乗り込んだ学生たちが声を揃えて最終《ファイナル》カウントダウンの数字を読み上げている。

「部外者に学生の個人データを見せることは禁止されているのよ」

「今さら、なに言ってやがる」

メインスクリーンの中で、ささやかな反動制御《RCS》の噴射とともにシュピッツァー・ステーションのドッキングベイからダイナソアが離れた。衛星回線を通じて歓声が聞こえてくる。

「でも、あたしが記憶してる範囲で、あなたにそれを教えるのは、多分規約違反にはならないと思うけど」

「学生の教育プログラムを下請けした会社のミッションディレクターが、個人情報くらい見られなくてどーするつもりだよ。そもそもその記憶ってのは確かなのか?」

ドッキングベイから安全距離をとって離れたダイナソアが、機体の姿勢を変えながら軌道変更噴射を開始した。

「その程度の基礎知識もなくて、組み立て要員に推薦なんかしないわ。って言いたいところだけど」

スウはぺろっと舌を出してみせた。

「シュピッツァーに留学中の学生がまさか全員来るとは思ってなかったから、さっき全員分のデータをチェックしといたのよ。誰から聞きたい？」

「それじゃあ、まず、今操縦席に座ってるジェフ・トレーシーってのは何時間飛んでる？」

「軌道上で？　大気圏内で？　実時間とシミュレーション、両方やってるけど」

「両方だ。それから、船外活動の経験があるのかどうか。そっちをやる気があるのか、それとも軌道上で作業用の精密操縦のほうがいいのか」

「船外作業の経験もあるしコースも取ってるけど、実際に使うのなら作業船動かさせたほうがいいと思うわ。パイロットコースだから、長く訓練してることをやらせるほうができが良くなると思うけど」

「他には？　宇宙船の操縦以外に、何ができる？」

送られてきた乗員データに自分でデータを書き加えながら、マリオは矢継ぎ早に聞いてくる。スウはそのひとつひとつに答えていった。

「パイロット二人に、オペレーター四人、船外活動に関しては、資格は持っていないまでもプログラムが第三段階まで進んでるのが合わせて五人か……」

一人で複数のプログラムを取っているものもいるから、コースの合計は学生の数よりも増える。

「どお？　結構いい人材が揃ってるでしょ」

「言ってるだろ、こっちのベースキャンプに来てるのはプロばっかりなんだ。いちいち現場で手取り足取り教えてる暇なんかないから、作業の足引っ張るだけの素人なら、いないほうがいいんだよ」

「そこまでの能無しじゃないと思うけど」

スウは、ダイナソアの操縦室の様子を映し出しているディスプレイを見た。通常定員の六人分のシートに加えて予備座席まで持ち込んだダイナソアのキャビンは、まるでバカンスのドライブに行くワゴンのような状態になっている。

「……昔の駅馬車って、あんなだったのかしら」

「さあね。さて、そうすると、このデータをもとにして各自の資質を見分けて、明日からの仕事の割り振りしなきゃならないんだけども……」

マリオは、ベースキャンプの作業の進捗状況を確認した。組み立て中のクレーンは、ほぼその形を現している。

「今日中に、太陽電池パネルの展開までいけるかな」

軌道上での作業の電力供給に使ってから、そのまま宇宙船とともに飛んでいくことになる太陽電池パネルは、その面積に比して非常に軽くできている。太陽光は、地球軌道上でさえ一平方メートルあたり一ミリグラムの圧力を発生するから、船体の両側に同時に展開していかないとバランスがとれない。

マリオは、予定されている作業手順を現実に進行しているスケジュールにあてはめてみた。

「かなり厳しいか。とはいっても、やれっつったらやっちまうだろうしなあ」

クレーンの組み立てが終わったら、次は太陽電池パネルの接続基部を推進剤タンクの両側に取り付ける。それから、太陽電池パネルの向きを制御する接続部を取り付け、折り畳まれている太陽電池パネル本体の接続はその後になる。太陽電池パネルの展開は自動で行われるが、途中で何か問題が起きた時のために作業要員をスタンバイさせておく必要がある。

「そうすると、まず必要になるのはパイロットよりもスペース・ウォーカーか」

マリオは、宇宙遊泳のための資格取得プログラムを取っている学生五人のデータをスクロールさせた。実地訓練まで進んで、実際に宇宙服を着て宇宙空間に出たことがあるものはそのうち四名、うち二人は五回以上の船外活動を経験している。

「まず、使えそうなネコの手はこの二人だな」

「ネコの手ってなに?」

「あってもなくても同じだけど、ないほうがいいのかもしれないって東洋のことわざ」

マリオは、首にかけていたヘッドセットのマイクを跳ね上げた。

「ハードレイクよりダイナソアC、こちらミッションディレクターのマリオだ」

『こちらダイナソアC、現在順調に飛行中』

パイロットシートのジェフ・トレーシーが型通りに答えた。

「そちらの飛行状況はこちらでもモニターしている。今回の通信は、各自の適性とこれからの仕事の割り振りを判断するための面接が目的だ。そちらにも状況は流れていると思うが、いまダイナソアC号機が向かっているベースキャンプ、ポイント・ゼロでは、地球に接近しつつあるヨーコ・エレノア彗星との接触のための長距離宇宙船を組み立て中だ。もっとも、まだ、組み立てのためのクレーンを組み立ててる段階だけどね。そういうわけで、一人ずつ希望の職種と資格、それから経験なんかを聞かなきゃならない」

ダイナソアC号機が、軌道要素を変更してのポイント・ゼロへの飛行に予定されている所要時間はおよそ三時間。飛行時間の大部分を要して、マリオは乗り込んでいる八人の学生全員と会話して、各自の適性と資格、能力を把握していった。

宇宙服を着て船外作業の手伝いをすることになる四人に関しては、できれば実地テストも行ってどれくらい動けるのか見たいところだが、小さなシャトルの中でしかも移動中に、資格を持った監督要員もなしにそんなことをしている余裕はない。

「オペレーターはまず大丈夫だろうが……」

それまでのデータに加えて、繋ぎっぱなしの衛星通信で得られた情報を書き込んだクルーリストを見て、マリオは息をついた。

「問題が出るとしたらこのパイロットとスペース・ウォーカーだろうな」

人員配置のパターンをいくつも頭の中で考えてみる。

「ポイント・ゼロにいるシャトル全機を作業艇に使うつもりね」

当然だというようにマリオはうなずいた。先にキャンプに入っているスペース・プランニングのスタッフと助っ人合わせて六人のうち、パイロット資格を持っていて作業のための精密操縦を任せられるのはヴィクターを除く五人。ただし、その全員が信頼できる船外作業要員だから、ダイナソアAとC、エルメスプラスと三機あるシャトルをフル回転しようと思ったら、どうしてもパイロット要員が足りなくなる。

「……試してみるしかなかろうな」

つぶやいて、マリオはポイント・ゼロへの通信回線を開いた。

「ハードレイクよりポイント・ゼロ司令室、間もなくそちらに学生連中を乗せたダイナソアCが到着しますが」

『視認してるわ。どんな子たちが乗ってるのかしら?』

ヴィクターの発言にもだいぶ余裕がでてきている。

「それはそっちでゆっくり確認していただくとして、パイロットの腕を見るために、キャンプへのドッキングを完全手動《フル・マニュアル》でやらせてみようかと思うんですが」

長距離の衛星間を中継されるタイムラグでなく、はっきりとヴィクターの返答が遅れた。

『そりゃまあ、今やってるのは組み立て作業を終わったクレーンの点検と動作確認だから、少々乱暴なぶち込みかたされても、たいしたことはないとは思うけどね』

「こちらでもC号機の操縦の様子はモニターしてますし、危ないと思ったらそちらの判断で緊急回避なり自動操縦への切り換えなりしてもらって構いませんけど」

『了解。ドッキングもできないパイロットじゃ、これからの仕事の役に立ってもらえないものね。何とか見てられると思うわ』

司令室では、作業監督のヴィクターと後からエルメスプラスで到着したルネが船外作業を監視しているはずである。

「今のところ順調に接近中」

マリオは、ゆっくりと姿勢を変えながらドッキングポートに接近していくダイナソアを、ポイント・ゼロ側からの実写映像で見た。レーダー、レーザーサーチャーその他で捉えられた図式化された相関図で見ても、ダイナソアC号機の挙動におかしなところはない。

「うまくやんなさいよ」

ダイナソア、ポイント・ゼロ双方の実写映像、CG化された相関図を見ながらスウがつぶやいた。

「ゆっくり寄せていけばいいんだから、この程度ゲームでもやってるでしょ」

「リセットは効かないぜ」

ダイナソアへの回線を切ったまま、マリオが言った。

「あわてて妙な動作しない限り、大丈夫だとは思うけどね」

最終進入に入ってから手動操縦に切り換えられたため、ダイナソアはドッキングポートへの接近《ランデブー》は問題なく終了させた。その後、姿勢を合わせてのドッキングは多少手間取ったものの、多めの修正噴射と時間を使い、何とかベースキャンプ本体の複合体《コンプレックス》に余分な振動や動揺をあたえずにドッキングに成功する。

歓声が上がった操縦室の状況を横目で見ながら、マリオはダイナソアの動きをディスプレイ上でチェックした。

「手間取ってるわりに使ってる推進剤が少なめだから、まあ、合格ってとこか」

ダイナソアへの通信回線を開く。

「ハードレイクよりダイナソアC、ポイント・ゼロへの到着おめでとう。パイロットの二人、操縦テクニックは合格だ。ダイナソアとキャンプ内の気圧差を合わせるのにまだ時間がかかるから、機内で待機していてくれ」

船外作業を毎日行う予定のベースキャンプは、通常の一気圧ではなく、宇宙服内の気圧に近い〇・五気圧に減圧されている。シュピッツァー・ステーションは一気圧で、ダイナソアは軌道変更の間にゆっくりと機内の気圧を下げていたが、それでもまだキャンプ内の気圧とは一致していない。

「それと、ポイント・ゼロで予定されている作業のスケジュールとマニュアルを送る。どの仕事が誰に割り振られるかはまだ決まっていないが、全体の進行の感じを頭に入れておいてくれ」

『了解』

マリオは、ダイナソアに、宇宙船の組み立てのために作成したスケジュールおよび予定されている作業手順のマニュアルをデータ通信で送った。

「今日の仕事は、これでおしまい?」

「まさか」

マリオは、クレーンの作動確認を終えたポイント・ゼロの司令室へ呼びかけた。

「こちらではクレーンに異常は見つかりませんが、そちらはどうですか？」

ディスプレイや計器上で正常に作動していても、実際に動かして異常が見つかることはいくらでもある。

『司令室からと現場から、一通り振り回してみたけれど、使えると思うわ』

ヴィクターが答えた。

『たぶん、現場で動かすことのほうが多くなると思うけど』

クレーンアームは、複数のコントロール系統を持っている。図体がでかいわりに微妙なコントロールを求められることが多いから、いくつものテレビカメラとセンサーで監視している司令室からだけでなく、船外作業を行っている現場で、様子を見ながら直接動かすことも多い。

マリオは、現在まだ船外で待機している二人の宇宙飛行士の状態をチェックした。後から船外作業に入ったソフィーはまだ活動時間に余裕があるが、デュークはバッテリー容量、酸素容量などがかなり低下している。

「予定通りですから、今日はこれで船外作業を終了してください」

マリオは軌道上のベースキャンプに指示した。

『デュークはそろそろ上がりの時間だけど、ソフィーはまだ大丈夫よ』

ヴィクターが答えた。

『まだあと一ステップか二ステップくらい進められると思うけど』

「明日から学生連中が手伝いに加わりますんで、その分の負担がそっちにも増えます。初日から全開で飛ばすよりも、体力を温存しといたほうがいいと思いますが。どうせ明日からの予定は変更になりますし」

『オーケイ、そうするわ。ハードレイクもそう言ってることだし。デュークとソフィー、チャンは戻ってきて。新人たちの歓迎パーティーもしなきゃならないわね』

「……いいですけど」

宇宙酔いもまだ治まっていないはずなのに、お祭り好きは変わらんな——と思ってマリオは苦笑した。

「明日からの仕事に差し支えない程度にしてくださいよ。全員の帰還を確認して、本日の業務を終了します」

『ポイント・ゼロ、了解』

「ああ、それと、学生諸君には明日の作業のための詳しいマニュアルを各自に送るから、本番までに目を通しておいてくれ」

『ええ？』

ドッキング作業を終了したダイナソアの機内から、意外そうな声が戻ってきた。

『明日からの作業スケジュールはもう受け取りましたが』

「それには、全体の進行しか書いてない。さっきの通信で話した通り、ジェフとマリアはダイナソアCでパイロットを、フェリーとラシュ、ジェーンはオペレーターを、残りはスペース・ウォーカーとして船外作業をやってもらう。それぞれ役割が違うから、全体の作業をスムーズに進行させるためにも、それぞれの仕事をきっちり頭に入れておいてもらわなくちゃならない」

悲鳴のような声がダイナソアから返ってきた。

「各自の個人用マニュアルはまだ作成中だ。ポイント・ゼロの総監督のヴィクターが歓迎パーティーを準備しているそうだから、ゆっくり楽しんでくれ。パーティーが終わるまでにはマニュアルを送っておくから、寝る前に各自のメールをチェックするのを忘れないように」

「はい、やってる？」

元気な声とともに、ミッションコントロールセンターにジェニファーが入ってきた。何やら大きなバスケットを抱えている。

「差し入れにきたわよ。上の仕事は進んでるかしら？」

「初日の作業スケジュールが終わったところです」

マリオは社長に車椅子ごと振り向いた。

「シュピッツァー・ステーションからの学生グループは無事ポイント・ゼロに到着しました。明日から仕事に参加してもらう予定ですが」

「それで、どお？」

コンソールの後ろのテーブルにバスケットを置いて、ジェニファーはディスプレイとスクリーンを見回した。軌道上ではクレーンの設置作業が完了、船外作業に出ていたデュークとソフィーの二人がエアロックに戻っており、ダイナソアA号機もドッキングポートに向かっている。

「前途有望な学生たちは、使えそう?」

「使います」

スウは、バスケットに手を伸ばしたマリオを見た。

「少なくともパイロット候補の二人は最低限の操縦技術を会得しているようですし、残りの連中も素人じゃありません。志願して来たんだから、仕事をやってもらいますよ」

「頼もしいわね」

手近の椅子を引いて、ジェニファーは腰掛けた。

「でも、助かったわ、何とかなりそうで。軌道上は大騒ぎだから、他から人員や機材借り出すなんて当分できそうにないし」

「でしょうね」

バスケットを開いたマリオは、嬉しそうにミス・モレタニアのお手製らしいサンドイッチを取り出した。

「ただでさえきちきちのスケジュールでやってるところに、いきなり三隻も四隻も宇宙船作るんだから、うちみたいにゼロから長距離船でっち上げるのだって苦労してるのに」

「ところで、月で準備中のローリング・プレンティはいつ頃出発予定だったかしら？」

コーヒーカップを口に付けたまま、マリオの手が止まった。

「こちらの読みでは、一週間後くらい……ただし、予定を繰り上げて出発したバズ・ワゴンの情報は向こうにも入ってると思いますから……」

「早まる可能性があるってことね」

マリオはうなずいた。

ジェニファーは、プリントアウトの束を取り出した。

「ラグランジュ・ポイントの基地や月面でなら状況が違うかと思って、当たってみたのよ。そうしたら、こんなのが出てきたんだけど」

「……月向けの、予定外の輸送船ですか……」

対地高度五〇〇キロとか一〇〇〇キロの低軌道ならともかく、静止軌道より遠い高軌道への連絡は条件が厳しくなる。単純計算で、低軌道への五倍の推進剤を必要とする高軌道への物資輸送はコストも高く、よほどの非常事態でない限り予定外の宇宙船が、しかも連続して運行されることは少ない。

プリントアウトには、ローリング・プレンティが改装作業で入っている月面基地向けの、大型輸送船の運行スケジュールが載っていた。

打ち出された時刻を見たマリオは、手近のコンピュータに向いてキーボードを叩いた。

「確か、最初の二隻以外はもともと月基地への寄港が予定されていた船のはずです。だけど、確か来週になってからの到着予定だったと思ったけど」

ディスプレイに、さらに細かい最新の運行スケジュールが映し出された。低軌道と違って、高軌道への連絡船ははるかに少ない。

宇宙船の運行スケジュールは気象条件や保守点検状況、その他様々な要因に左右されるから、実は、変更されないことのほうが珍しい。

「コペルニクス・クレーターのセレニティ基地への運行状況は、と。ああ、やっぱり増えてる」

キーボードの操作で、ディスプレイの情報の変更状況を表示させる。最近一カ月に限ってみると、この二~三日の変更が異様に多い。

「セレニティ基地で準備中のローリング・プレンティの正式な航行計画はまだ表には出てないわよね」

ミッションコントロールの片隅のサービス・ステーションから自分でコーヒーを淹れてきたジェニファーが、オペレーター用の椅子に腰をおろした。

「だけど、これだけ慌てて宇宙船《ふね》を増やしてるところみると、スケジュールを繰り上げようとしてるんじゃないかしら」

「……でしょうね」

マリオはうなずいた。

「低軌道から発進したバズ・ワゴンとくらべて、セレニティ基地のローリング・プレンティは軌道速度の点で最初から有利なんですが、それでも稼げる優位は一日か二日でしかありませんから」

「聞いてみようか?」

スウが口を出した。

「セレニティ基地だったら、うちの知り合いがいるはずだから、多少の内部情報も聞けると思うけど?」

ちらっとスウの顔を見て、マリオはセレニティ基地への宇宙船の到着/出発状況が表示されているディスプレイに目を戻した。

「まかせる。どっちみち、ローリング・プレンティの出発が多少早まったところで、これ以上ポイント・ゼロに人員を増やしたりすることはできないんだ」


翌日から、軌道上の補給キャンプ、ポイント・ゼロでの宇宙船の組み立て作業は本格的に開始された。

現場監督であるヴィクターの指揮のもと、作業艇に用いられるダイナソアA号機とエルメスプラスはそれぞれチャンとルネが専属パイロットとなり、C号機は学生二人のペアによって動かされる。

船外作業は、デューク、美紀、ソフィーを中心に、ペアを組んだ学生がバックアップにまわる体制で作業が進められた。

まず、宇宙船本体に取り付けられる大型の太陽電池パネルの展開。折り畳まれているとはいえ、一基あたりのさしわたしが二〇〇メートルを超えるガリウム・砒素系の高変換効率太陽電池パネルの展開は、自動でも半日はかかる。

パネルの展開と電力供給が安定して行われることを確認して、プラズマロケットエンジンの設置にかかる。

その日の午後遅く、エネルギヤ・コマルシュの軌道上工場から予備の居住ブロックが届いた。耐用年数こそ過ぎていないものの、老朽化したおかげで閉鎖されていただけあって、ロシア製らしい頑丈一点張りの外観は太陽輻射《ふくしゃ》と宇宙塵の衝突跡などでかなり汚れ、煤けていた。

無人のタグボートとともに自動操縦で到着した居住ブロックの、軌道上複合体への接続は、学生が中心になって行われた。ドッキングユニットにシリンダー状の居住ブロックを接続し、通気、通電のためのパイプやコードを繋ぐ。

ポイント・ゼロは、船外作業を多く行うために、通常の軌道上ステーションや宇宙船よりも船内気圧が下げられている。新しく到着した居住ブロックには規定通りの通常大気が一気圧充塡されており、接続作業が完了した後は船内気圧を合わせる必要がある。その間に、接続された回路を通じて内部の点検が行われた。

閉鎖されていたブロックを時間優先と費用節減のために現状渡し、という少々の不具合があっても文句を言えない状況にしては、居住ブロックの状態は良好と言えた。

四系統あるエアコンディショナーのうち一系統が不調なのと、一二カ所に備えられている内部環境センサーにところどころ働いていないものがあるくらいで、通常使用されていないブロックの常としていつの間にか溜め込まれているがらくたさえ片付ければ、すぐに使用できると判断された。

その日の深夜から、居住ブロックはシュピッツァー・ステーションからの『修学旅行団体客』の常宿として使用されはじめた。

「ベイツ・モーテル・スペース・イン、ね」

通信回線を通じて地上に知らされた新しい居住ブロックのパーソナルネームを聞いて、マリオは苦笑いした。

「どうですかヴィクター、学生キャンプの引率教師の気分は?」

『まさにその気分を味わってるわ』

作業開始三日目、やっと宇宙酔いが治ってきたヴィクターが答えた。

『若いってのは元気でいいわね。あの元気をもっと役に立つ方向に使ってくれたほうがいいと思うんだけど』

「賑やかそうですね」

『ええ、賑やかですとも。初日なんか、合わせて一四人がキャンパーになんか収まるはずないから、司令室やダイナソアの中にまではみ出して騒いでたんだから。ここだけの話、ベイツ・モーテルの中に収まってくれてほっとしてるのよ』

「少しは慣れてきました？」

『まだまだだけどね』

ポイント・ゼロでは、まだ船外作業が続いている。ヴィクターは、学生二人が船外にいて、オペレーター二人がコンソールから支援している司令室を見回した。

『でも、これだけ実地作業が続くと、さすがに進歩は早いわよ。デュークみたいなベテランはいまさら一時間や二時間経験値が増えてもどうってことないけど、若い子たちのレベルはどんどん上がるから』

「さすがに、宇宙服と機動ユニットの消耗は早いようですけど」

マリオは、六基ある機動ユニットと一〇セット用意されている宇宙服の生命維持装置の使用状況を示すディスプレイに目をやった。

デュークの使用したユニットの消耗が少ないのはいつも通りとして、SS資格を持つ二人の女性宇宙飛行士、美紀とソフィーの消耗はいつも通り、学生たちに使い回されているユニットの消耗は充電間隔だけを見ても半分以下になってしまう。

『まあ、こうなるんじゃないかって気はしてたから、浄化カートリッジも推進用の窒素ガスも予備は一杯持ってきてるけどね。ポイント・ゼロも人数は増えたけど、最初から余裕をもって容量《キャパシティ》を設定してあったから、パンクするなんて心配はないし』

「仕事のペースはどうですか？」

作業の進捗状況を示すグラフを見ながら、マリオは聞いた。

「現状のスタッフメンバーで、今以上にペースを上げることは可能ですか?」

『不可能じゃないとは思うけどね』

難しい顔で、通信モニターの向こうのヴィクターは手元に目を落とした。

『さっきも言ったとおり、学生たちのレベルは一日ごとに上がってるから、作業能率も確実に向上していくとは思うわ。でも、毎日違う作業をこなしていかなきゃならないから、劇的にペースを上げるなんて期待されても無理よ』

「気がついているとは思いますが……」

マリオは通信モニターに顔を上げた。

「おそらく、ごく近いうちに、月面のセレニティ基地からローリング・プレンティが出発します。先行しているバズ・ワゴンは液体酸素と液体水素をメインエンジンに使っていますが、ローリング・プレンティはおそらくムーン・ブラストで飛ぶはずです。この場合、効率はバズ・ワゴンより落ちますが、推進剤である月面の土壌はほぼ無限に調達できますから……」

月の石は、還元することによって酸素を取り出すことができる。すでに月面のコペルニクス・クレーターのセレニティ基地では、現地で酸素を調達するための工場が稼働しており、基地全体および軌道上の宇宙船にも酸素を供給している。

還元されたケイ素を主成分とする月の土壌《レゴリス》は、再び酸素を吹き込んで燃焼させることによって推進剤として使える。エンジン効率は液酸/液水系のロケットに比べて三分の一ほどに落ちてしまうが、地球から三八万キロも離れた月で、推進剤を現地調達できるメリットは大きい。

宇宙船は、月の土を噴いて飛ぶため、この推進方式はムーン・ブラストと呼ばれている。

『バズ・ワゴンより遅れている分、積めるだけの還元燃料を積んで、速度を稼ぐでしょうね』

「後から平気で宇宙船を出発させる以上、バズ・ワゴンを途中で追い越すか、最低でも同時に彗星に到着するような航行スケジュールを組んでいるはずです。同着を狙うようなギャンブル的な航行をコロニアル・スペースが認めるとは思えないんで、おそらく到着寸前にバズ・ワゴンを追い越すスケジュールを組んでいるはずなんですが」

『……言いたいことは大体わかったわよ』

ヴィクターは、ポイント・ゼロの司令室で大袈裟な溜め息をついた。

『うちの宇宙船《ふね》のスケジュールは、ぎりぎりバズ・ワゴンに勝てる程度でしかない。もし、ローリング・プレンティがそれより早く飛ぶようなら、こっちの作業がすべて無駄になるってことでしょ』

「そうです」

マリオは、メインスクリーンの軌道相関図を最大範囲に切り換えた。今回のミッションのため、わざわざ惑星間宇宙まで表示できるようにセッティングしなおしたメインスクリーンは、隅に地球を含む月軌道を扇形に表示した。

そこからほぼ一直線に延びている先行しているバズ・ワゴンの軌道は、発進後わずか一日で月軌道を横切り、三日後にはラグランジュ・ポイントの近傍も通過、そろそろ民間宇宙船としては前人未到の領域に入りつつあった。

『そっちの予想ではどうなの？』

ヴィクターは、通信モニターの中から地上のミッションディレクターを見返してきた。

『いくらローリング・プレンティが発進を早めるっていったって、月面の基地じゃどうしたって月の位置に縛られちゃう。ヨーコ・エレノア彗星に向けて発進するための最適位置は、二九日と二分の一ある月の公転周期の一点で、少しくらい急ぐんならかえってそれを待ったほうが最終到達速度も時間も稼げるはずでしょ』

「とはいっても、月の公転速度ってのはせいぜいが秒速〇・四七キロってとこですから、彗星から見て地球をはさんだ反対側にいてははるばる月軌道を縦断していかなきゃならないとか、地球をかすめていかなきゃならないとか、そういうことでもない限りは厳密な発射可能《ウィン》時間帯《ドウ》が設定されるわけじゃありません。もちろん宇宙船発進にもっとも効率のいい一点てのはありますし、当初のローリング・プレンティの航行スケジュールもそれによってたてられたとは思いますけど」

『それは、そうね』

ヴィクターは、ミッションコントロールに表示されたのと同じ月軌道まで含んだ軌道相関図を見た。

『惜しかったわね。もう半月ずれていれば、月が地球の反対側にあって、どうしたってレースには参加できなかったのに』

一週間以内に、月は今回の周回の中でもっともヨーコ・エレノア彗星に接近する。最接近時に飛び立つのがもっとも効率がいいが、しかし、時間を最優先するなら、余分な推進剤が必要になるのを承知で予定を早めて飛び立つことはできる。

「もし、月の位置が悪ければ、軌道上のプラットフォームで宇宙船を組み立てるだけのことだと思いますが。ところで、うちの宇宙船の登録番号と名前が決まりました」

『それは助かるわ。そろそろ宇宙船の形ができるから、呼び名が欲しかったところよ』

「個体名は〝コンパクト・プシキャット〟、登録番号はCCM-05になります」

『ちっちゃな小猫ちゃん《コンパクト・プシキャット》?』

美紀は、その名をプラズマロケットを組み付ける船外作業の最中に聞いた。

『いったい誰よ、そんな名前つけたの』

『社長じゃねえの?』

ダイナソアA号機でプラズマロケット本体をロボットアームでつかんでいるチャンが答えた。

『社長が付けそうな名前だと思うけど』

『いや、違うな』

デュークが会話に加わってきた。

『おそらく、発案者はガルベスのヤローだと思うぜ』

『どうしてわかるんです?』

『先行してるのがバズ・ワゴン、月基地で準備中なのがローリング・プレンティに、コマンチ砦のゼロゼロマシンだ。となれば、残る宇宙船にコンパクト・プシキャットなんて名前思い付く歳の奴は、ハードレイクにゃガルベスしかいねえよ』

『なんの関係があるの?』

『さあ?』

6　ポイント・ゼロ／健康診断

コンパクト・プシキャットと名づけられた長距離宇宙船へのプラズマロケットの取り付けが終わり、細部の調整と並行してA号機が船外作業からはずされた頃、ローリング・プレンティ出発の報が地球圏に届いた。

地球のわずか六分の一とはいえ決して無視できない月面の重力を振り切るためのブースターを装備したローリング・プレンティは、固体ロケットに似たオレンジ色のムーン・ブラストの炎を噴いて、セレニティ基地の大型船発着場から離床した。

地上からの中継映像なら轟音が響きわたるところだが真空の月面では効果音はなく、代わりにセレニティ基地の管制センターとローリング・プレンティとの超短波での交信が聞こえている。ローリング・プレンティは月をまわる孫衛星軌道に乗ってからブースターを切り離し、積載重量限度まで積み込んだ推進剤で、月／地球圏離脱のための最終加速に移る予定らしい。

「これが、二隻目のライバルってわけね」

ローリング・プレンティ出発の知らせを船外活動の最中に聞いた美紀は、キャンプ内に戻ってから、データ回線で配信されたニュースでセレニティ基地から発進する映像を見た。

軌道上宇宙船の例に洩れず、最先端部に操縦室を含む居住ブロック、軽量構造のトラスフレームでつながれた最後部にエンジンブロックを接続した構造は、先行するバズ・ワゴンと変わらない。

ただし、基本的に月面基地への着陸にまで対応していないバズ・ワゴンと違って、月面上への降着、離陸など船体にかかる応力が大きいことを考慮して、船体中央のトラスフレームは二重構造になっている。

また、液酸／液水よりも重いムーン・ブラストを推進剤として常用するために、エンジンブロックにしても船体構造にしても強度優先の設計になっており、バズ・ワゴンよりも一回り大きく、武骨な印象を与える。

「これまた通常の貨物コンテナの代わりに詰めるだけの推進剤タンク積み込んで、あとは居住ブロックの増設かい」

ニュース映像とともにコロニアル・スペースから配信されたローリング・プレンティの船体構造を、サブディスプレイ上に呼び出したチャンが言った。

「バズ・ワゴンより手間かけたわりには、芸のない構成だな」

「ムーン・ブラストってのは、液体燃料ほどすんなり流れてくれるわけじゃない」

シャワー上がりか、首まわりにタオルを引っかけたままのデュークが司令室に漂い入ってきた。

「普通なら、タンク一つにつき燃焼室一つ付けて、粉末状の推進剤を長々と引きまわさなくても済むような配管にしてあるんだが」

「セレニティ基地離床のためのブースターは、あわせて六つ付いてましたが」

チャンは、キーボードを操作してサブディスプレイに映し出されたローリング・プレンティの側面からの映像を変化させた。

「彗星への航海をはじめたら、最終的にはエンジンは後ろのふたつだけですな。まあ、加速にも減速にも噴射時間さえ気にしないのならエンジンはひとつあればいいわけだし、慣性飛行してれば飛行時間の九九パーセントはエンジンは使わないから死重量《デッド・ウエイト》になるし。わざわざエンジンふたつ残したのは、そこらへんの信頼性の問題ですかね」

「あとは、通信系と、観測系の機材をずいぶん追加装備してるわ」

ヴィクターが、サブモニター上のローリング・プレンティの映像を覗き込んだ。

「月軌道をうろついてるいつものタグボートなら、こんな大出力で、しかも指向性の高い通信システムをいくつも持ち歩いてたりしないもの。見てごらんなさい。フレームからこんなにアンテナ張り出して、しかも高出力、大容量のレーザー通信システムまでふたつも持ってるのよ。それに、観測船でもないのにこんな大がかりな探査装置《センシングシステム》まで装備して、現場中継でもニュースネットに売る気かしら」

「買うやつは多いだろうな」

デュークがうなずいた。

「それに、コロニアル・スペースの最終目標はスペース・コロニーの建設だ。データ収集の準備さえ整えておけば、今回のレースの結果がどうなろうと、貴重なデータが手に入る」

「そういえば、ラスベガスの賭け率《オッズ》、どうなったの？」

美紀が聞いた。

何でも賭けの対象にするイギリスの賭け屋《ブック・メーカー》だけでなく、今回の彗星捕獲レースは、ギャンブルが合法化されているありとあらゆる場所で賭けの対象になっていた。

まだ、一隻目と二隻目の長距離宇宙船が出発しただけの段階であり、最終的な出場隻数も判明していないにもかかわらず、様々な情報によってエントリーした各宇宙船の賭け率が計算されている。しかも、この賭け率は様々な状況によって毎日変動している。

今のところ、もっとも賭け率が低い、つまりトップをとることが確実視されているのが、最初に出発したバズ・ワゴンだった。二隻目のローリング・プレンティが出発したことによって、オッズは大きく変化しているはずである。

「こんな感じね」

コンソールを操作したヴィクターが、メインスクリーンの片隅に表を重ねた。ラスベガスからの最新情報、彗星捕獲レースに参加することが確定している宇宙船の名前と、宇宙船がまだ公表されていなかったり登録されていなかったりする場合は、エントリーした会社、あるいは組織の名前がリストになって並んでいる。

リストの最初にバズ・ワゴンが、そして、二番目にローリング・プレンティが載っていた。三位の位置にいるのは軌道上、コマンチ砦で出港準備を進めているはずのゼロゼロマシンことミーン・マシン、スペース・プランニングのコンパクト・プシキャットはそれよりずいぶん下の方にいる。

「我が形勢、未だ有利ならざる、か」

チャンがつまらなさそうに肩をすくめた。

「実際にできあがって軌道を離れればともかく、ベースもなしに宇宙船を一からでっち上げて飛ばそうってんだもんなあ。まあ、乗るやつは少ないか」

「今のうちに全財産はたいておけば、億万長者になれるわよ」

美紀は、メインスクリーン上のバズ・ワゴンやローリング・プレンティと二桁ほど違う賭け率を指した。

「残念なことに、はたくほどの全財産がない」

チャンはむすっとして答えた。

「ついでに、もしコンパクト・プシキャットがトップをとれるのなら、スペース・プランニングの社員はわざわざこんなもん買わなくたって億万長者になれるはずだぜ」

「あたし契約社員だもん」

「気前のいい社長のことだ、彗星のかけらを買えるくらいのボーナスは期待できると思うよ」

「トップをとれりゃ、ね」

「とれるつもり、みたいよ」

言ったヴィクターに、司令室にいる全員の視線が集中した。キーボードを叩きながら、ヴィクターは続けた。

「バズ・ワゴンの出発は予想より早かったけど、ローリング・プレンティのスケジュール繰り上げは予想の範囲内だったって。こっちの作業の進行状況をにらんで、また細かいスケジュールの入れ替えを考えてるみたいだけど、何とかなるだろうって言ってたわよ、うちのミッションディレクターは」

「そいつは心強い」

言ったデュークに、ヴィクターはちらりと視線を走らせた。

「まさか、マリオ自ら白旗上げるわけにはいかないじゃない。ハードレイクには、うちの社長様がいらっしゃるのよ」

「なおのこと安心だな」

デュークは平然と答えた。手を止めたヴィクターが不思議そうにデュークに振り向いた。

「どうして?」

「マリオは無駄な仕事はさせない。ジェニファーは、勝てないギャンブルにチップを張るほどばかじゃない。最後に、チップに張られているのは俺たちの金じゃない」

ぴくん、と眉を動かしてから、ヴィクターは笑い出した。

「あたしたちがチップに使われているって、あなたは気がついてるかしら？」

「……できるだけ気がつかないようにしている」

口もとだけ歪《ゆが》めて、デュークは笑ってみせた。

「できれば最後まで気がつかない方が、幸せでいられるかもね。ところで、その無駄な仕事はさせないミッションディレクターからデューク宛に伝言が届いてるわ」

居住ブロックに戻りかけたデュークは、もう一度司令室に戻ってきた。

「ここで読めるか？」

「読めるわ。大した用件じゃないわよ、出発前の健康診断を何とかしてくれって」

手近のコンソールに取り付いたデュークは、キーボードに指を走らせて自分のメールボックスを開いた。溜まっている未読のファイルから、マリオから送られてきたメールを選んで開く。

「長生きしたかったら医者の世話にはなるなって、この業界の鉄則なんだが」

非常時にはすぐに地上に戻れる低軌道と違い、月やラグランジュ・ポイントなどの高軌道からでは緊急帰還にも時間がかかる。また、ミッションの途中で身体をこわしでもしたらその続行に支障がでるから、すべての宇宙飛行士は資格維持のための定期検診だけでなく、飛行前の健康診断が義務づけられている。

前のミッションから続けてポイント・ゼロに入ったデュークは、前回の飛行前の健康診断のデータしか地上に残していない。飛行前検診はおろか定期検診さえすっぽかそうとするデュークであるが、ミッションディレクターのマリオは今回の長距離飛行の前に確実な検診データを手に入れるつもりらしい。

「まあ、半径一〇〇万キロに医者はおろか人っ子ひとりいないような真空の宇宙空間に送り出そうってんだ、その程度の心配は当然か」

メッセージの文面を読んだデュークは顔をしかめた。

「明日、宇宙船ドクターの巡回が来るそうだ。聞いてるか？」

「聞いてるわ」

船外活動中の学生たちに次の作業手順を指示しながら、ヴィクターが答えた。

「学生たちのチェックもしてもらうし、ルネは親知らずが痛いって言ってるし、あたしも最近よく眠れないから見てもらおうと思ってる。でも、デュークの健康診断が予約の一番よ」

軌道上では、地上に戻るほどではないにせよ多少のケガや病気に対応できるように、専用の救難艇に乗り組んだ医者が巡回している。緊急の事故や病気にも対応できるように大出力の推進機関を備えた宇宙船に、軍属の宇宙医やパイロット資格を持つ専門医が乗り組んでいる。

通常は、軌道上での定期検診を行うために恒久宇宙ステーションをまわっているが、必要があれば往診もしてもらえる。

「これだけスケジュール詰めといて、その上、わざわざ医者呼んでくれるとは、ありがたいねえ」

しかめっ面で、デュークは首を振った。

「それじゃあ、あしたの健康診断に備えて体調を整えておこうかい」

デュークは居住ブロックに戻っていった。


次の朝早く、ミッションコントロールに寝袋を持ち込んで仮眠を取っていたマリオは、軌道上のポイント・ゼロからの直接通信で呼び出された。

計器灯だけが点灯し、ディスプレイとメインスクリーン、スイッチライトくらいしか明りのないミッションコントロールの床でごそごそと身体を動かしたマリオは、寝袋の中から手を伸ばして、枕もとに引きずってきていた、開きっぱなしのノートパソコンのキーボードを叩いた。

通信システムを入れて、隣に転がしておいた通信用のヘッドセットを寝袋の中に引きずり込む。

「はい、ミッションコントロール」

右手でヘッドフォンマイクを耳にあてながら、左手の腕時計を目の前に持ってくる。闇の中に浮かび上がったルミライトのデジタルの二四時間表示は、かろうじて太陽が昇っている程度の時間を示していた。

『ポイント・ゼロよりハードレイクへ、おはよう。朝早く叩き起こして済まん』

「デュークですか？」

マリオは寝袋から半身を起こした。予定された時間外の通信が意味するものは異常事態しかないし、ベテランが自ら通信に出てくるのはオペレーターに任せられないような重要な用件であるとしか思えない。

「どうしたんです？」

『時間がないのはわかっているから、手短に行こう。医者の診断結果を待ってもいいんだが、おそらく、この次地上に降りたら俺はもう上がれない』

マリオは、一瞬デュークの言葉の意味が理解できなかった。

「……放射線病、ですか？」

わずかの間での問い返しに、直接通信の声が苦笑いしたようだった。

『よくわかったな』

宇宙空間は、地球の磁場や大気圏に保護される地上とは比べ物にならないほど激しい放射線に曝されている。銀河系中心方向から飛んでくる銀河宇宙線は重粒子、高エネルギー粒子などを含み、生体細胞の遺伝子などがこれの直撃を受けると破壊され、もとには戻らない。

「今回のミッションのために、乗組員候補三人の身体履歴はチェックしましたので」

マリオははっきり目覚めた。寝袋から半身這い出して、ヘッドセットを押さえたまま枕もとのコンピュータのキーボードを片手で叩く。

「もし、問題が出るとすれば、デュークだろうと思ってましたから」

『長年空の上で仕事してれば、誰だって多少の障害はある。俺みたいに、ろくな遮蔽シールドもなしに高軌道に昇っていたロートルなら、誰だってこぶの二つや三つ抱え込んでるもんだが』

デュークは、今までの検診で内臓に良性の腫瘍がいくつか発見されている。ごく小さいものであり、それ以上成長しないのと、定期的な投薬で症状が表に出ないために要注意事項以上の扱いにはなっていない。

「だから、健康診断のデータを送ってくれるように言っていたんですが、自覚症状でも?」

『言いにくいことをはっきり言うな。正直に言えば、ときどき腹が痛むことがある。俺は医者じゃないから、それが宇宙放射線病によるものなのか、単なる腹痛なのか、それは判断できない。だが、俺くらいのキャリアで年間許容量ぎりぎりまで宇宙線を浴びていれば、いつ、何がどうなったって不思議はない。幸いなことに歳を喰ってるから、若い連中とくらべて症状の進みは遅いだろうが』

地上で働く放射線技師と同様に、軌道上を飛ぶ宇宙飛行士や宇宙空間で作業をするスペース・ウォーカーにも、年間被曝許容量が厳密に定められている。

地上なら、放射線の量はそう変動することはないが、宇宙空間では太陽活動、軌道高度などによって宇宙線量は大きく変化する。軌道上での宇宙線被曝量は船外活動の作業内容、飛行時間によっても変わるし、個人差も大きい。

そのため、軌道上では各自が専用の放射線バッジを携帯して、毎日の放射線被曝量を測定、記録する。被曝量が年間の許容量を超えれば、それ以降の宇宙飛行にドクターストップがかかることもある。

「ドクターは、まだそちらには到着していませんよね」

マリオは、顔を上げてメインスクリーン横の二四時間表示の大時計を確認した。グリニッジ標準時と、米大陸西海岸時間を表示している二つの大時計は、予定された医療宇宙船《ドクターシップ》の到着時刻にはまだ遠い。

「検診してもらって、データを揃えてからでも、その話は遅くないと思いますが」

『プシキャットへの乗組員を交代させるのは、早いほうがいいだろ』

軌道上のベテランは、平然と応えた。マリオは、メインスクリーンで軌道上のベースキャンプの現在位置を確認した。

「軌道上の長老が、大仕事を目の前にして引退を考えてるんじゃないでしょうね」

応答は、すぐには返ってこなかった。マリオは、レーザー通信が運んでくる沈黙に耳を傾けた。

『無理やり休暇をとらされるんじゃないかとは考えていたが』

自嘲しながら、デュークが言った。

『引退を考えているわけじゃない。だが、軌道上で一週間単位のミッションならともかく、どこからの支援もあてにできない状態で、長期航行中に体調を維持する保証がないんだ』

「今ならいい薬もありますし、手間はかかりますけど、遺伝子の復元治療だってできますよ」

『歳なもんでな、薬も効きにくくなってるし、遺伝子治療は時間がかかる。この商売、現場を離れるとどれだけ勘が鈍るか、知らないお前さんじゃないだろう』

「……わかりました」

頭の中で瞬時に様々な状況をシミュレートして、マリオはヘッドセットを当てる耳を替えた。

「つまり、デュークは今回のミッションへの参加を辞退すると考えていいんですね」

『まさか、この俺がこんな機会を目の前にして他の奴に席を譲るなんてことを考えるとは、夢にも思わなかったぜ』

ほとんど抑揚のない声で、デュークが言った。

『だが、確実に仕事をこなせる自信もなしに外に出てくのは、プロとしてどうしても許せなくてな』

「今の作業には、何か支障が出ているんですか?」

『さっきも言った通り、仕事にさしつかえるような自覚症状はない。歳相応に体力も反射神経も落ちてるが、それはいくらでも技能でカバーできるし、新陳代謝が落ちているおかげで生命維持システムも長持ちさせられる』

音声のみのレーザー通信の向こうに、デュークのしかめっ面まで見えるような気がして、マリオは溜め息をついた。

「長時間の船外活動ができるのは年季だけじゃないでしょう」

無重力状態での作業は、地上で考えるよりもはるかに多くの体力を必要とする。減圧されているとはいえ純粋酸素を詰めた宇宙服は突っ張って内部の人間の活動を阻害するから、腕一本曲げるにも力がいる。また、ストレスによる消耗も大きい。

マリオは、デュークが宇宙空間での筋肉トレーニングを人一倍熱心にやっているのを知っていた。

「医者が余計な診断を下さない限りは、軌道上での作業は続けられますね」

『そのつもりだ』

「最終的な判断は、今日の検診の結果を見てこちらで行います。美紀とチャンを組ませての長期ミッションで考えてみましょう」

『手間をかける』

「しかし、まあ……」

マリオは、もう一度メインスクリーンの波動曲線上に表示されているポイント・ゼロの現在位置を見た。

「デュークがそう言い出したってことは、美紀とチャンでも、今回の長距離ミッションは何とかなるだろうってことですね」

ヘッドフォンの向こうで、デュークが笑い出した。

『火星に行ってきた連中以外、民間で長距離ミッションをやった宇宙飛行士なんか誰もいないんだ。とりあえず、宇宙船を飛ばせる奴なら、誰がやったっていっしょだよ』

「デュークがそう言ってくださるのなら、安心ですが」

軌道上で有人宇宙船を運行するすべての航空宇宙会社によって共同運行されている医療宇宙船〝コバヤシマル〟は、その日、予告されたスケジュール通りにポイント・ゼロにドッキングした。

軌道専用宇宙船に、急患輸送用の突入艇を抱えたコバヤシマルは、看護師資格を持つパイロットと、専門医が乗り組んでおり、各種検診用の設備だけでなく無重力仕様の手術室まで備えている。予備のモジュールにドッキングしたコバヤシマルは、順番にひとりずつポイント・ゼロの人員を移乗させて健康診断、検診、必要ならば治療を済ませていく。

作業ブロックを抜けて、四連装されたドッキングブロックに入る。ドッキングユニットの二つにはエルメスプラスとダイナソアC号機が接続されており、もう一つはすでにコンパクト・プシキャットの中に組み込まれたA号機が使っていた。

コバヤシマルは予備として残されていた最後のひとつにドッキングしており、二重の気密ハッチは両方とも開かれて来訪者を待っている。

「おーお、さすが病院船。消毒液の臭いがここまで漂ってくるわ」

ハローと声をかけて、チャンはドッキングポートに足を踏み入れた。

軌道上に建設されてまだ間がないのに早くも物置になりかけているポイント・ゼロのドッ

キングポートと違って、コバヤシマル側は医療宇宙船らしくきれいに片付いていた。船外作業用の最新型軽装宇宙服が出動準備状態で掛けてあるエアロックを通って船内に入る。

「おお、来たか」

診療室のドアが開いて、デュークが出てきた。

「待たせたな、こっちは終わった」

「いえ、今来たとこですから。どうでした？」

「年齢よりは健康だそうだ。だが、どうやらお前に彗星を獲《と》りにいってもらうことになるだろう」

「それは……」

すれ違いかけて、チャンはデュークの言葉の意味に気がついた。壁のハンドルで身体の行き足を止めて振り向く。

「……今、なんて言いました？」

「お前が、彗星を獲りにいくことになるだろう」

片手を上げて、デュークはコバヤシマルのハッチに手をかけた。

「俺が？　デュークの代わりにプシキャットに乗って？」

「そうだ」

デュークはゆっくりとチャンに向き直った。

「まあ、この商売始めて毎年毎年、年間許容量なんぞ気にしないで宇宙線を浴びてれば、そのうちどっかで痛い目を見るだろうとは思ってたんだが、こんな土壇場で年貢の納め時が来るとは思わなかったぜ」

「……いいんですか？」

聞きたいことはいっぱいあったのに、チャンが真っ先に口にしたのはその質問だった。

「自分で、彗星を捕まえるつもりじゃなかったんですか？」

デュークはチャンから目をそらした。

「そりゃ、この歳までこんな商売やってれば、いくらでも裏技や抜け道は知ってるさ。行こうと思えば行ける。だがな……」

次の瞬間、チャンは無重力下でデュークがどう動いたのか見えなかった。それまでいた位置に空気が巻いたかと思うと、まるで瞬間移動したかのように目の前に飛んできたデュークがチャンの襟首をつかみ上げていた。

「彗星行き宇宙船の席は譲ってやる」

遅れて、風が吹きつけてきた。

「恥ずかしい仕事しやがったら、承知しねえぞ」

壁に押さえつけられたまま、チャンはゆっくり両手を挙げた。

「ええと……」

「返事はどうした！　パイロットならしゃきっと答えろ‼」

「アイ・アイ・サー」

チャンは襟首を押さえられたまま、デュークに海軍式の敬礼をした。

「……どうかしましたか？」

柔らかな声とともに、診療室のドアが向こうから開かれた。白衣を身につけた女医が顔を出す。

「なんでもない」

抜く手も見せずに、デュークはチャンに背を向けていた。

「よく、俺が海軍出身だって覚えていたな」

「ガルベスが空軍出身でしょ。それで、うちの会社も手当たりしだいに人材集めてるなあと思いまして」

エアロックに飛びながら、デュークは顔を出した女医に片手を挙げた。

「ちょっとした任務の引き継ぎをしていた。念入りに診てもらえよ、長旅の最中に腹痛起こしても医者は呼べねえぞ」

「任務の引き継ぎか……」

実感のないまま、チャンはつぶやいた。

「つまり、そうすると……」

開いた自分の両手のひらに目を落とす。

「俺が、行かなきゃならない、ってことか？」

「あなたが、チャーリー・チャンね」

大きく診療室の気密ドアを開いて、女医は微笑んだ。

「隅からすみまで点検するように、デューク・ドレッドノートに頼まれたわ。いらっしゃい」

「今行きます」

壁のハンドルに手をかけて、チャンは自分の身体を泳がせた。

「つまり、これが飛行前検診か？　となると、ちょっと待ってください、時間がかかるでしょうから現場監督に一言いっとかないと」

「ヴィクターにはこっちから伝えとく」

エアロックの向こうから、デュークの声が聞こえた。


「ハードレイクと直接回線《ライン》がつながるにはまだちょいとかかるか」

司令室に来たデュークは、ディスプレイ上のポイント・ゼロの現在位置と時計を見て言った。引っかけていたフライトジャケットのポケットからデータカードを取り出す。

「どうだった？」

司令室には、ヴィクターひとりしかいない。ルネとソフィーはエルメスプラスのチェック、学生は二手に分かれて片方は美紀をリーダーに船外作業中、もう片方は作業ブロックで地上からの監督を受けて、プシキャットに積載予定の観測システムの組み立てを行っている。

ヴィクターは、数体の宇宙服の状態を同時にモニターしながら言った。

「今さらどうだったもないだろう」

デュークは、取り出したデータカードを指先でゆっくり弾いた。ラベルに簡単な手書きのメモが記されたデータカードが司令室の中を漂う。

「お察しのとおり、毒電波にやられちまった。主なところだけでも内臓と、あと、左足に腫瘍があるそうだ」

「あらあら」

ヘッドセットを頭から外して、ヴィクターはデュークの方を向いた。無重力下で使用されることが前提になっている司令室には椅子がない。

「それだけ?」

「精密検査すれば、あといくつか引っかかるかも知れねえな。とりあえず腫瘍の成長を抑える薬を貰ったが、できる限り緊急に治療を開始する必要があるそうだ」

「前と比べて、船外活動の時に左足をかばってたから、おかしいかなとは思ってたんだけど」

「なんでえ、そこまで気がついてたのか」

デュークは苦笑いした。ヴィクターめがけて移動していくデータカードを指す。

「そいつを地上に送らなきゃならない」

「わかってるわ」

ヴィクターは、漂ってきたデータカードをつまみとった。

「レーザーが使える空域に入ったら、すぐに送っとく。それで、あなた自身はすぐに降りなきゃならないの?」

「そこまで悪きゃねえよ」

デュークは両手を拡げてみせた。

「だいたい、自覚症状ってたって、仕事にさしつかえるほどのもんじゃないんだ。ここの仕事だってあと一週間もかからん。その程度なら医者の許可は取ってあるよ」

「そんな許可よく出させたわね」

軌道上は地上よりも生存環境や条件が厳しいから、医療宇宙船の医者は常に慎重第一主義をとる。宇宙空間ではなにが事故につながるかわからないから、この方針は現場と患者以外に異議を唱えるものはいない。

「口説くより説得する方に時間かかったぜ」

「あいかわらずね。それで、地上《した》はそのことを知ってるの？」

「マリオには知らせてある」

デュークはもう一度、ポイント・ゼロの現在位置を示すディスプレイに目を走らせた。もう間もなく、ハードレイクとのレーザーによる直接交信可能空域に入る。

「チャンにも知らせた。あとは、美紀と」

「社長ね」

ヴィクターはデュークにうなずいた。コンソールに向き直る。

「そうすると……きっとまた、全世界のギャンブル場でうちの船の賭け率が跳ね上がるわよ」

「大きく賭けるにはちょうどいい」

「この期《ご》に及んで乗組員交代ですってえ⁉」

マリオから簡単に要約された事態を聞かされたジェニファーは、卒倒しそうな声を上げた。

「それも、美紀がチャンに替わるんならともかく、デュークが抜けるってどういうことよ！」

「恨むんなら、医者を恨んでください」

マリオは、ポイント・ゼロからデータ通信によって送られてきたデュークのカルテが入っているデータカードを目の前にかざした。

「長年の軌道飛行と船外活動のおかげで、デュークの身体は宇宙線の被曝で蜂の巣みたいになってます。今回の組み立て作業くらいは保つでしょうが、そこから先、プシキャットに乗り組んで彗星捕獲レースに参加した場合、容体が急変する可能性があります。……もっとも、低軌道から出てけば、デュークだろうが美紀だろうが、浴びる宇宙線の量はどっかの国の為替レートみたいに景気よく跳ね上がりますけどね」

「……それで、デュークの身体は大丈夫なの？」

ポイント・ゼロで行われている観測機器の組み立て作業の監督をしているスウに気がついて、ジェニファーは声のトーンを落とした。

「そんな身体で、船外活動なんかしてて大丈夫？」

「いまさら一週間や一〇日、軌道生活が延長されたところで、たいした違いはないでしょう。もっとも、戻ってきたら大きな病院で身体中の腫瘍の除去と、念入りな遺伝子復元治療を受ける必要があります。……デュークの原遺伝子《オリジン》ってどこに保存されてるんだろ」

宇宙放射線病によってもっともダメージを受けるのは、遺伝子そのものである。身体機能の低下、腫瘍の発生・成長、白血病などは、それによって起こされる二次的な症状にすぎない。

「あらまあ……」

つぶやいて、ジェニファーはポイント・ゼロの現在位置が表示されているメインスクリーンを見上げた。

「それじゃあ、うちの宇宙船《ふね》は美紀とチャンで飛ばすことになるわけ?」

「キャリアからして、美紀がコマンダーパイロット、チャンがコパイロット・ナビゲーターってことになりますね」

マリオは、わざとらしく、ジェニファーの目の前でディスプレイ上に呼び出したコンパクト・プシキャットの乗組員表《クルーリスト》を書き換えた。デュークの名前が消されて代わりに美紀の名前が書き込まれ、空欄にバックアップクルーだったチャンの名前が移動する。

「すごいな。乗員二人のキャリア合わせても、きっと他の船の誰よりも少ないぞ」

「大丈夫なの?」

さすがに心配そうな顔で、ジェニファーは乗組員表を見つめた。

「大丈夫だと思いますよ」

まるで夕食の予定を答えるような気楽さで、マリオは言った。

「飛んでく距離が大きいってだけで、飛んでった先でそう複雑怪奇なことやらせるわけじゃないんですから。問題があるとすれば……」

「……なによ」

「火星行きの有人探査船といっしょで、地球から離れるにつれて、通信のタイムラグがどんどん無視できなくなっていきます。三分とか五分みたいな数字にはなりませんが、少なくとも一分くらいのずれは起きますから」

レーザーでも電磁波でも、通信波は光速でしか飛ばないから、双方の距離が離れるにつれて届くのに時間がかかるようになってくる。地球上でも、地上と軌道上の通信でもタイムラグはあるのだが、静止衛星を使った中継でも一秒に満たないずれでしかないため、ほとんど無視されている。

相手が月基地、あるいはそれ以上の高軌道になると、往復二秒以上のタイムラグが起きるため、同時通信はかなり間が抜けたものになる。しかし、民間でそれ以上の長距離通信が頻繁に行われるようになるのは、今回の彗星捕獲レースが最初である。

とっくに月軌道を越え、ラグランジュ・ポイントも過ぎたはずの一番手のバズ・ワゴンは、そろそろ用件を一方的に喋るだけの、電信のような通信モードに入っているはずである。

「一分か。短い時間じゃないわね」

「交信に、片道三〇秒ずつかかる計算になりますから。まあ、向こうの状態は常時データ通信でリンクしてるにしても、それは三〇秒遅れのデータでしかないわけで、それに対してこちらから即座に指示を送っても、それは向こうで非常事態が発生してから六〇秒も経ってからの返信になるんです」

「それは、デュークがチャンに交代したからって変わることじゃないでしょ」

「だから、緊急事態に対しては、地上からの指示を待たずに向こうの判断で対処する必要があるんですが、この連中がそういう事態に対して的確に対応してくれるかどうか」

「デュークでなけりゃ、駄目なの？」

「社長が生まれる前から、空の上で仕事してる人ですよ。経験してる修羅場の数が、僕や美紀なんかとは桁違いです。だから、今回のミッションでもコマンダーをやってもらうつもりだったんですが、地上からのサポートで何とかなるかな」

「何とかするしかないでしょ」

「いいから仕事してろ」

口出ししてきたスウの顔も見ずに、マリオはあっち行けと手を振った。

「なによ。想定しうる限りの非常事態に対応できるように、緊急プログラムせこせこ作ってるんでしょ」

「んなもん気休めだ」

「それに、格納庫の奥から引っ張り出した同期訓練機《リンク・トレーナー》、ウォーレンにプシキャットと同じ仕様に整備し直してもらってるんでしょ」

「これだけの長期ミッションだぞ。非常事態用に、プシキャットに同期したコクピットを近所に置いとくくらい、基本中の基本だろうが」

「そんなもの、ここに入るの？」

ジェニファーは、ミッションコントロールを見回した。軍用の払い下げを安く手に入れたリンク・トレーナーは、操縦席だけが三次元プラットホームの上に載っていて、実機と同じ動きをシミュレートできる。実機の訓練にも使えるが、旧式化したのと、可動プラットホームの調子がおかしくなったために、最近はあまり使われていない。

ミッションコントロールは、ハードレイクで一番広いコントロールセンターを使っているが、この上操縦席だけとはいえ、シミュレーターを持ち込むような余裕はない。

「もちろん、使うのはうちの格納庫になります。ここといっしょで二四時間スイッチ入れっぱなしで、データ回線をつないでプシキャットの状況を地上でモニターする予定ですが」

「長距離ミッションの準備は、着々と整いつつあるってわけじゃない」

「でも、できるところから片付けてるだけで」

「大丈夫よ、何とかなるんでしょ」

ウィンクして、スウはジェニファーにうなずいた。

「前に言ってたじゃない、宇宙船ってのはパイロットがひとりで飛ばすんじゃない。地上のコントロールや、メカニックや、バックアップクルーや、みんなでよってたかって飛ばすんだって」

「へえ？」

ジェニファーは意外そうな顔でマリオを見た。

「そんなこと言ったんだ」

「だって、こいつ、何にも知らないから、せめて仕事の邪魔しないように少しでも教え込まないと、足引っ張るばっかりでどうしようもないから」

慌てて言いわけを重ねるマリオの背を、スウは軽く叩いた。

「ええ、いろいろと教えてもらってますわ。ほんと、勉強になるわあ。なに頭抱えてるのよ、今回の参加宇宙船中、最年少のミッションディレクターが」

「頼むから、あっち行って仕事しててくれ」

「わかったわ。いいわよ、通信にかかるタイムラグなんて大した問題じゃないわ」

ジェニファーに肩を叩かれて、マリオは暗い顔でこめかみを押さえた。

「通信機が使えなくなる状況に比べれば、一〇〇倍もましでしょ。少なくとも、見えないところに飛んでいっちゃうわけじゃないし」

「いや、それは、そのとおりなんですけど……」

「美紀もチャンも、少なくとも飛行資格は持ってる立派なパイロットなんだもの、きっちり仕事やってくれるでしょうよ」

「ええと、あの、それは多分僕が言うべき台詞なんだけど。でも、何か、計画に致命的な見落としや穴があるような不安が、ここのところずっと消えないんですが」

「それは、うちだけじゃないと思うわ」

ジェニファーは、そろそろアメリカ大陸上空から大西洋上に抜けていくポイント・ゼロの現在位置を見た。

「オービタル・サイエンスだって、コロニアル・スペースだって、今回の仕事に限って一〇〇パーセント確実ってことはないはずよ。あなただって、そう思ってるから、プシキャットの組み立て作業の指揮を続けてるんでしょ」

コンソールに向き直って、マリオは重い溜め息をついた。

「そのはずなんですけどね。本当に、何とかなるのかなあ、このミッション」

「あたしが、船長《コマンダー》!?」

船外活動から戻ってきた更衣室で、宇宙服のヘルメットをはずしただけの美紀は、入れ代わりに外出準備中のデュークに言われて叫んだ。

「だ、だって、そんな。デュークがパイロットであたしがコマンダーなんて、いったい何が起きたんです。どうやって指示出しすればいいんですか?」

「俺に指示出しする必要はない。ナビゲーターに乗り組むのは、チャンだ」

「え……?」

美紀は、思わずデュークと自分の他には誰もいない更衣室を見回した。いくつもある宇宙服はそのほとんどが稼働中で外に出ているから、船内に残されているのは予備のスーツと生命維持システムだけしかない。

「それってつまり、デュークが降りるってことですか?」

「そうだ。……なんて顔してやがる」

「え?」

言われて、美紀はあわてて自分の顔をぱたぱたと叩いた。

「初めて単独飛行《ソロ・フライト》に出るひよっこパイロットじゃあるまいに、飛び方を忘れたような顔してるぜ」

美紀は、まだ脱いでいない宇宙服の腕に取り付けられている確認用の手鏡に自分の顔を映してみた。目をぱちぱちと瞬かせる。

「いえ、あの、びっくりしちゃって……」

「ちょっとばかり飛行距離と時間が長いってだけで、通常の軌道飛行とくらべて変わったことをするわけじゃない。行った先で余分な仕事をしないで済むだけ、静止衛星の定期点検や回収作業なんかより楽な飛行になるはずだ」

「そりゃ、予定通りに行けばそうなりますけど……」

美紀は鏡から顔を上げた。

「どうせ、デュークだって、こんなフライトが予定通りに進むなんて思ってやしないんでしょ」

デュークは面白そうに笑ってみせた。

「こんなフライトとは言ってくれるねえ。若いわりに、よくわかってるじゃねえか」

「そりゃ、昨日今日スペース・プランニングで仕事はじめたわけじゃありませんから」

美紀は溜め息をついた。あらためて、デュークの顔を見る。

「毒電波の浴びすぎによる宇宙放射線病だ。詳しい事情の説明は勘弁してくれ」

デュークは、髪を押さえるスヌーピーキャップの上からヘルメットをかぶった。首まわりのボルトを締めて気密を確認する。

「今朝からもう何人にも説明して飽きてるんだ。詳しいことが知りたきゃ、俺のカルテが司令室にある。それじゃあ、行ってくるぜ」

バイザーを降ろして、デュークは気密ボルトを締め込んだ。コントロールパネルで、生命維持装置の作動を確認する。

「あ、お気をつけて……」

美紀は、エアロックに入っていくデュークを見送った。

7　レストラン・バー、アメリアズ

ハードレイク空港唯一のレストラン・バーとして営業しているアメリアズは、ここで働く全員の貴重な栄養供給源である。アメリカ田舎料理《オールド・ファッション》という看板同様、その内装も古びた骨董屋の様相を呈《てい》している。

「それで？」

仏頂面のまま、仁王立ちにジェニファーはカウンターに座った劉健を睨みつけた。

「今度はいったいどんな嫌がらせしに来たってのよ」

「嫌がらせとは、心外だなあ」

カクテルグラスを目の前にかざして、劉健は驚いた顔をしてみせた。

「今日がなんの日か、忘れちゃったのかい？」

「なんの日って……」

考え込んだジェニファーの目の前に、まるで魔法のようにハイビスカスの花束が現れた。

「え？」

「まあ、別れた男との結婚記念日なんて、忘れられててもしかたないか」

「……すっかり忘れてた」

久しぶりに陽光をたっぷり浴びた花の匂いを嗅いだような気がして、ジェニファーは目の前に差し出された花束を見つめた。

「……なんのつもり？」

「そりゃもう、魚心あれば下心ありってね」

変わらないにやにや笑いを見て、ジェニファーは溜め息をついた。

「あいかわらず本能に正直ね」

「そりゃもう、健康な男子ですから。今さらこんなもんで懐柔できる相手だとは思ってないけど、受け取ってくれてもいいんじゃないのかい？」

ジェニファーは、疑わしげなまなざしを劉健に向けた。

「何考えてるのよ」

「なんだかんだ言っても、同じ仕事場で商売する同業者だ。俺たちにも少しは信頼醸成ってやつが必要なんじゃないかと思ってね」

「自分で考えたの？　それとも誰かに何か吹き込まれたの？」

そっけなく応えながら、仕方ない風を装ってジェニファーは差し出された花束を受け取った。

「だいたい、どこにこんな派手な花束持ってたのよ」

「自分で考えたに決まってるよ。だから、これは、実はトップシークレット」

手品師のような指さばきで、劉健はハイビスカスの花びらの中からデータカードをつまみ出した。

「何これ？」

「きっと君が、いや、君のところのミッションディレクターが喉から手が出るほど欲しがる情報さ。軌道上で出港準備中のミーン・マシンのデータと、本番用の航行スケジュールチャートだ」

劉健の手の中のデータカードをまるで珍しい化石か何かのように見つめて、ジェニファーは上目使いに見上げた。

「ばかにしてるの？　それとも、それがどういうことかわかってないの？」

「たいした情報じゃない」

ジェニファーの瞳を正面から見返して、劉健は肩をすくめてみせた。

「ミーン・マシンが出発すれば、そのデータで加速性能も自重も、それからこれからのスケジュールも全部ばれちまう。先発のバズ・ワゴンやローリング・プレンティが出発と同時にデータを公開してるのは、一度出発しちまえば宇宙船の状況も航路もガラス張りになっちまうからだろ？」

前人未到の空域に乗り出していくとはいえ、大昔の大航海時代のように船が港から出発したら、どこかに着くまで何もわからないというわけではない。出発地から目的地のヨーコ・エレノア彗星に至るまで、精度の問題はあってもすべて地球近傍軌道から観測できる範囲で、距離は離れていてもすべての状況を見ることができるのである。

そして、地球圏を離れる時の宇宙船の初期加速から、宇宙船そのものの性能も解析可能である。ある程度の情報は事前に公開されているから、記録されたニュース映像を見れば素人でも宇宙船の性能を予測できる。

「それは、その通りだけど」

「それなら、今知られても後で公開しても、たいした違いはない。それに、早めにこっちの航行スケジュールを公開しておけば、もし何か非常事態が起きても対応が早い。新参者がこの業界に受け入れられるには、悪くない手だと思うけどね」

「本当にそれだけしか考えてないんならね」

ジェニファーは劉健からぷいっと目をそらした。

「あたしたちがややこしいことはじめないうちに、物量作戦の手の内明かしてあきらめさせようとか、そういうせこいこと考えてたんじゃないの？」

うっく、とわずかに身を引いた劉健がぺろりと舌を出した。

「もちろん、そうなってくれりゃあ楽だと思うけど、そう簡単に落ちてくれるような君じゃないだろ」

「だから、さり気なくそういうところに手をまわすなって言うの」

ジェニファーは腰にまわされた手のひらを思い切りつねり上げた。

「いいわ、心掛けだけは誉めてあげる。これも気持ちよく受け取ってあげるわ。だけど、うちの船のスケジュールや性能とバーター取引できるなんて考えないでね」

「おやまあ、人のところの情報だけ貰っといて、自分だけ秘密主義かい？」

劉健は爪の跡がくっきりついた手の甲をふーっと吹いた。

「女って秘密が多い方が魅力的でしょ、なんてね。ちょっとだけ白状してあげると、実は、公開できるほどのスケジュールが固まってないのよ、うちの場合」

片手にハイビスカスの花束を抱いたジェニファーは、いつのまにか劉健の手から抜き取ったデータカードの表裏を返した。

「ありがと。お礼に一つだけ教えてあげる。うちの宇宙船《ふね》、コンパクト・プシキャットの乗組員《クルー》が最終決定したわ」

「頼みの綱のベテランがドクターストップくらったって?」

ジェニファーは思わず劉健を睨みつけた。

「どっから聞いたのよ。なんで知ってるの?」

「ここに来る飛行機の中で、君のところの最新情報を見たんだ」

ささやかなものだが、スペース・プランニングもネット上にマリオが管理するウェブサイトを持っており、ある程度の情報は公開している。

「あんな頼りないバックアップクルーで、こんなシビアなミッション、大丈夫なのかい?」

あっかんべーと、ジェニファーはもと旦那に思いっきり舌を出した。

「頼りなくてごめんなさいね。あんなのでも、うちの立派な宇宙船乗りなの。心配してくださらなくても、そちらが地団駄踏んで悔しがるくらいきっちりミッションをこなしてくれるはずよ。それじゃ、忙しいんで、またね」

貰ったデータディスクをひらひらさせながら、ジェニファーは結局席にもつかずにアメリアズから出ていった。


「マリオ!」

その足のまま、ジェニファーは空港ビル内のミッションコントロールに飛び込んだ。

「マリオ、いる?」

「うわ、どうしたんです、その派手なかたまり」

入り口近くのコンソールから振り向いたスウが、顔まで隠れそうな大きな花束を見て目を丸くした。

「ああ、何でもないわ、そこらへんに飾っといて」

スウに花束を押しつけて、ジェニファーは同じコンソールでディスプレイを覗き込んでいたマリオを摑まえた。

「いいものが手に入ったわよ。……何見てるの？」

「ネットで、カイロン物産のゼロゼロマシンの予定性能と航行スケジュールが公開されたんです」

「え？」

ディスプレイを覗き込んだジェニファーは、瞬間、凍りついた。

「ライバルになりそうな宇宙船はもう出発しちまいましたからね、今から公開しても損失はないと判断したんでしょう。そうか、こんな仕掛け用意してたんか……」

「あンのやろ……」

思わず持っていたデータカードを床に叩きつけて、ジェニファーはくるりと踵《きびす》を返した。

「どうしたんです？」

「なんでもない！　すぐ戻ってくるから、話ならそれからにして！」

「ハードドレイクコントロールよりヴァニティ・バード、離陸を許可する。良い飛行を」

「邪魔するわよ‼」

銀行強盗でもするような勢いで管制塔に飛び込んだジェニファーに、顔馴染みの管制官が妙な顔をして振り向いた。

「どうしたんです？　ドロボーにでも入られたんですか？」

「似たようなもんよ。カイロン物産かどこかの飛行機、来てるでしょう！」

「来てましたけど」

「止めて、今すぐ止めといて‼」

「たった今、離陸許可出して飛び立ったところですけど……」

管制塔の外に、両翼の先端に可動《ティルト》ローターを持つ垂直離着陸機が上昇してきた。垂直離陸から水平飛行に入り、両翼のローターを前向きに稼動させながら管制塔をかすめる。

民間用ティルト・ローター機ＡＷ－６０９の轟音のために会話が成立しなくなった管制塔の窓から、ジェニファーは操縦席に劉健の顔を見て叫んだ。

「ばかやろー！　結婚記念日なんて半年も先じゃないのー‼」

「……なんて言ったんです？」

管制官は、悠然と飛び去るティルト・ローター機に何か叫んだらしいジェニファーに聞いた。

「……なんでもないわ」

はあはあと息をきらしながら、ジェニファーは首を振った。

「あの機体に何か御用なら、まだ無線は通じてますけど？」

「いいわよ、もう。それよりお願いがあるんだけど」

「何です？」

「この次、あの機体がハードレイクの管制空域に入ったら、かまわないから撃墜しちゃって」

「はあ……」


「ああ、社長」

コントロールセンターに戻るなり、ジェニファーはスウに声をかけられた。

「花束のことだったらノーコメントよ。捨てちゃっていいわ」

「いいえ、そうじゃなくて、あのデータカード」

スウは、ディスプレイに映し出された映像データを指した。

「いったいどこから手に入れたんです？」

「聞かないで」

ジェニファーはきまり悪そうに首を振った。最近のデータカードは、力いっぱい床に叩きつけたくらいでは壊れなかったらしい。

「何が入ってるのかと思って見てみたんですけど」

「無駄な手間かけちゃったわね、同じデータがもうネット上で公開されているんでしょ」

「ここまで詳細なデータは公開されてません」

熱心にデータを読み取っていたマリオが、ディスプレイから顔を上げた。

「ゼロゼロマシンの細かい性能にしても、乗組員表《クルーリスト》にしても、まだネット上には載っていません。最近の改装計画や実験機材のリストまであるし、航行スケジュールもネット上に載ってるものよりかなりシビアに絞り込んだものになってます」

「ええ?」

不思議そうな顔をして、コンソールに歩み寄ったジェニファーはディスプレイを覗き込んだ。

「ネットと同じ物が入ってるんじゃなかったの?」

「公開情報は、カタログやプレゼンテーション用のデータと同じで、正確な実データや細かい数値とか、表向きのスケジュールがどこまで詰められるか、みたいな情報は入ってません。これ、どっちかってーと部外秘の内部情報ですよ」

「あらあ……」

ジェニファーは驚いて、ディスプレイ上に描き出されたワイヤーフレーム映像のミーン・マシンの設計図を見直した。

最初に出発したバズ・ワゴン、二番手のローリング・プレンティにくらべて、ずいぶんスマートな船体を持つ、トラス構造を中心に構築された軌道上宇宙船とはかなり印象の違う船である。

「内部情報なのかなあ。出てきたとすれば内部からなんだけど、ほんとかしら?」

ちょっと考えてから、ジェニファーはディスプレイに目を落とした。

「これが、巡航時の船形？」

バズ・ワゴンにしても、ローリング・プレンティにしても、地球重力圏を振り切って初期加速で高速度を得るために、過剰なほどの推進剤タンクを装備していた。ところが、ディスプレイ上のミーン・マシンには、目立つ大型推進剤タンクの装備はない。

「いえ、資料によると、これが出港時の構成だそうです」

マリオは、別のディスプレイにデータを呼び出した。

「寸法も本体の質量もローリング・プレンティより大きいんですが、出発時の重量はムーン・ブラストのために重い推進剤をしこたま積み込んだローリング・プレンティを下回ります。そのため、液酸／液水系のロケットエンジンを使った初期加速は地球重力を振り切るくらいで、この時点での到達速度はたいしたことはないんですが、そこからあと、こいつは秘密兵器を持ってるんですよ」

「秘密兵器？」

言葉の響きに不穏なものを感じて、ジェニファーは眉をひそめた。

「ライバルを吹っ飛ばすような光子魚雷でも積んでるの？」

「ニュアンスとしては近いものがありますね。このミーン・マシンが今回の長距離飛行用に装備した主推進機関《メインエンジン》は、イオンジェットエンジンです」

仕事後のシャワーを早めに切り上げて、美紀は司令室に駆け込んだ。

「入ります」

「はい、いらっしゃい」

船外活動の監督の片手間に、ヴィクターが手を上げた。美紀は、船外カメラの映像でまだドッキングポートにコバヤシマルがいるのを見た。

「今あっちには、チャン？」

「結局、これが飛行前検診になるからね。念入りにやってもらってるわ」

サポートに出ている学生二人に、生命維持装置消耗による活動限界が近いことを告げて、ヴィクターは美紀に目を向けた。

「その顔だと、聞いたみたいね」

「聞きました。宇宙放射線病だって？」

「カルテあるけど、見る？」

「いえ……」

専門外のカルテを見ても、美紀には病状の判断はできない。

「それなら、その件でミッションディレクターがあなたと直接通信したいって言ってるの。そこのコンソール使ってちょうだい」

「ええと、ここですか？」

コンソールについた美紀は、会社専用回線《カンパニーラジオ》のチャンネルをつなごうとして手を止めた。

「いいんですか？　今の位置だと、中継回線使わないとハードレイクに届きませんよ」

「いいんでしょ。聞かれて困る話じゃないんじゃないかしら、直接交信じゃなくてもいいって言ってたから」

「いいのかなあ」

会社と、所属の飛行機や宇宙船との交信に専用に使われるカンパニーラジオは、マリオの手が入っているとはいえ、通り一遍の秘話コードでしか守られていない。専用のコンピュータをそばにおいて暗号解読すれば、さほどのタイムラグなしに盗聴されてもおかしくない回線である。

そして、スペース・プランニングが彗星捕獲レースに参加している今、ハードレイクとポイント・ゼロの間の交信はすべてモニターされていると考えなければならない。

「ポイント・ゼロよりハードレイク、ミッションコントロール、どうぞ」

『こちらハードレイク』

モニターに、マリオが顔を出した。

『話は、聞いた？』

「聞いたっていうか、なんていうか……」

美紀は困ったような顔で、デュークが船外活動に出ているプシキャットまわりの映像に目をやった。

「一応、デュークから聞くだけは聞きましたけど、詳しいところは、まだ、全然……」

してもいいわよ』
「だって、とにかくウチの無茶はハンパじゃないのよ。だからね、もうあれだよ、あたしまで美紀にきいてないって』

『なら話が早い』

「だから、全然聞いてないって」

『そういうわけで、美紀がプシキャットのコマンダー、チャンがパイロットになる』

「だから、何がそういうわけなのよお」

『で、今回わざわざ電話してもらったのは、実はもう一つ重要な話があって』

「わかったわよ、もう多少のことじゃ驚かないわ。今度はなんだってえの」

『役職の変更に伴うブリーフィングと訓練をやってる時間が、どうスケジュールをやりくりしても、ない』

美紀は、返答せずに深呼吸した。マリオは気づかないふりをして続けた。

『だから、プシキャットが発進してから、そこらへんの訓練をしてもらうことになると思う。よかったね、出発しても暇潰《ひまつぶ》しに苦労しなくて済むよ』

「……本気で言ってるの」

美紀は溜め息をついた。

「だいたい、こんな衛星回線で、こんな重要な話、していいの？　そりゃ、コロニアル・スペースやカイロン物産よりはモニター甘いだろうけど、一応うちだって今回のレースに参加してるんでしょ」

『その件なら心配ない。乗組員がひとり、バックアップクルーと交代するのは、もう業界のネットでオープンにした。すごいよ、ラスベガスでのうちのオッズが二倍に跳ね上がったぜ』

「うれしい？」

濡れ髪をぬぐって、美紀は冷たく言い放った。

「デュークが降りたから、うちの信用度が半分に減ったってことよ、それ」

『他の宇宙船に比べれば、ど素人寄せ集めたような弱小企業が、その程度の変動ですんでるんだ。もとから大当たり《ジャックポット》みたいな倍率だもの。だけど、たぶん、今が最大風速だぜ』

「なんでそう言えるわけ？」

『プシキャットが発進すれば、倍率は毎日下がっていくからさ』

「まあ、頼もしい」

モニターの前で両手を合わせて、美紀は大袈裟に目を見開いてみせた。マリオが嫌そうな顔をする。

『誰の真似のつもり？』

「ううん、別に」

『で、その倍率を下げるために必要なのが、今回の重要な話ってわけなんだけど』

「……まだ本題に入ってなかったの？」

『たいしたことじゃないよ。スケジュールの変更、たぶん、大がかりなのはこれが最後になる』

「ちょっと待ってよ」

美紀は、手近のディスプレイに最新のスケジュール表を呼び出した。

「もう詰められるところなんか残ってないわよ。この上、いったいどこ削ろうっていうの？」

『船内の結線作業を、出発後に回す。最終点検作業も、飛びながら行う』

美紀は絶句した。

「まともに飛ぶかどうかもわからない状態で、宇宙船出発させようっていうの⁉」

『地上からの確認作業は、軌道上での組み立て作業と並行して行われる。船内の結線作業は、時間はかかるが移動を始めてからでも何とかなる。まともに飛ばなきゃ、出発することもできないよ』

「そういう問題じゃなくて……」

『初期加速がテストを兼ねることになるけど、引き返し不能点《ポイント・オブ・ノーリターン》までには全部の確認作業が終わるはずだ。もし何か、とんでもない不具合が出たり飛行の続行が不可能になったとしても、その段階ならまだ地球に戻ってこられる』

「マリオ、あなた……」

美紀は、ディスプレイの中のミッションディレクターの顔を見返した。

「最近、社長の影響受けてない？」

マリオは眉をひそめた。

『どういうこと？』

「いえ、だいたい、無茶な作戦提案して実行させちゃうのって、うちの場合はジェニファーの役だから。それに、こんなに無理してスケジュール切り詰めなくても、結構いい勝負できるんじゃなかったの？」

『カイロン物産、ていうか、コマンチ砦で発進準備中のミーン・マシンの主動力が判明した。通常の液酸／液水系でも、ムーン・ブラストでもない』

「……それじゃ、うちと同じプラズマロケット？」

マリオは首を振った。

『キセノンガスを推進剤に使ったイオンジェットだ。あんな大型艦に使えるようなのが実用化されるには、もう少し時間がかかると踏んでたんだけど……』

「イオンジェット……⁉」

イオンジェットエンジンは、電荷性のガスをイオン化し、フレミングの法則により強電磁場で加速、噴射する。大電力を投入しなければならない割に得られる推力はささやかなものだが、コンパクト・プシキャットに搭載が予定されているプラズマロケット同様、推進剤の補給ができない宇宙空間で、わずかな推進剤を化学ロケットとは比較にならない効率で利用できるメリットは計り知れない。

「だって、ミーン・マシンってったら、妙な推進系のテストすることはあっても、通常推進系だけで電気推進系は積んでないって話じゃ……」

『惑星間航行用に、核ロケットのテストプログラムが組まれたことがある。今回のミッションにテストもしてないような核ロケットを引っ張り出してきたとは思わないけど、大電力の供給だけなら核炉を軌道上に上げなくてもできるから、大容量電池とか、大面積の太陽電池《ソーラー》パネル《アレイ》拡げるとか、でなければ地球軌道からレーザーで狙い撃ちして直接電力を供給するとか、手はいくらでもあるんだ』

「地球軌道から、レーザーで狙い撃ち……」

美紀は呆然として繰り返した。軌道上なら大面積の太陽電池パネルを拡げれば太陽エネルギーを無尽蔵に電力に換えることができるし、それをレーザー光線のかたちで発射すれば遠く離れた宇宙船にいくらでも電力を供給できることになる。

「今のところ手に入っている情報では、ミーン・マシンがそこまでやるかどうかはわからないが、軌道上でのレーザーの組み上げにしてもミーン・マシン側のレーザー受信機にしても、発進後に建造する時間的余裕も設備もある。地球軌道から一〇〇万キロも離れてから、船体構造を破壊しかねないような高出力レーザーを長距離射撃するとは思えないけど、高軌道に中継衛星を上げれば発射軸線を安定させられるし、初期加速を行う地球近傍空間なら充分な発射精度が出るだろう」

搭載できる推進剤の量には限度があるから、どんな高出力の宇宙船でも全航程で推進剤を噴射したまま飛ぶわけにはいかない。有限量の推進剤を効率的に使うには、単位時間あたりの消費量をおさえること、そして、少ない推進剤で大きな仕事をするには、推進剤が発生する運動量を高くする、つまり噴射速度を高速化するしかない。

そして、充分な噴射速度を持つ推進機関があれば、噴射時間が短くても充分な到達速度を得ることができる。

「……正直に、本音で答えてちょうだい」

美紀は、ディスプレイの中のマリオの顔を正面から見つめた。

「あとのことは出発してからゆっくり説明してもらう時間があるでしょうけど、今、あなたが一番、あたしたちのやってることとまわりのやってることがわかってるはずよね」

『……そのつもりだけどね』

美紀の声のトーンが変わったことに気がついて、マリオは画面を正面から見返した。

「本当に勝てるの、あたしたち?」

軽く顎を引いて、マリオはモニター越しに美紀の顔を見返した。

『勝算もなしに仕事をさせていると思ってるのかい?』

「思ってないわ。あなたの信条も、仕事のやり方もわかってるつもりよ。だけど、軌道上にいるあたしたちは、地上にいるあなたたちの指示に従うしかないの。だから、安心したいのよ。勝てる可能性は、どれくらい残ってるの?」

モニターの中のマリオは、美紀から目をそらさなかった。

『……希望的観測なしで、一五パーセント』

美紀は、その数字を頭の中でゆっくりと検討してみた。答えは、すぐ出た。

『今のままでも、一番手のバズ・ワゴンには間違いなく勝てる。ローリング・プレンティを土壇場で追い越すこともできるはずだ。だけど、問題はあとから出発するはずのミーン・マシンだ。こいつの切り詰めたスケジュール検討してると、今のままじゃ勝てないから……』

美紀は、にっこりと微笑んだ。

「いい数字だわ」

『え？』

「思ってたより、ずっといい。希望的観測なしってことは、それが最低の可能性なわけでしょ。現場にそんな数字を堂々と伝達してくる根性もあいかわらずね、マリオ」

『地上《した》が正直なほうが、軌道上《うえ》もやりやすいだろ？』

マリオはずいぶんと大人びた微笑みを浮かべた。

『他に何か質問ある？　新しいスケジュールをそっちに送ったら、たぶん、こんなにゆっくり話す時間はコンパクト・プシキャットの出発後までなくなるよ』

「聞きたいことはいくつもあるけど……」

美紀は、少し考え込む振りをした。

「そうねえ。それじゃ、一つだけ。ガールフレンドとはうまくいってるの？」

『話すことがないなら切るよ！』

即座に返答が戻ってきた。

『これでも忙しいんだ、スケジュール変更のための航行計画をいろんなところに提出しなきゃならないんだから！』

「わかった、ごめん。手短に済ませるから、あと一つだけ、そんなテスト航行みたいなスケジュール組んで、軌道管制局の発進許可とれるの？」

通常は、軌道上を飛ぶ宇宙船には一隻ごとに耐航証明書が発行され、公共の空間である軌道上を飛行する許可が出される。原則として、規定されている各種の航行装置を備え、安全に宇宙空間を飛べると認められた宇宙船でなければ、出港できない。

『そっちのほうは、いくらでもなんとかなる。発進前に、当局が乗り込んできて宇宙船没収とか、乗組員の身柄拘束とか、そういうことにはならないと思うから心配しなくていいよ』

「まあ、あなたがミッションディレクターやってるんだから、別に心配はしてないけどさ」

『詳しいスケジュールは、できあがりしだいそちらに送る。少なくとも、今日明日中の作業手順から変更なんてことにはならないと思う。それじゃあ、しっかりやってね、コマンダー美紀』

「了解。……ほんとにあたしが船長で、今作ってる宇宙船なんか飛ぶのかしら」

あいかわらず実感の持てないまま、美紀はつぶやいた。


『彗星狩り（下）星のパイロット2』に続く

この作品は一九九八年に『彗星狩り』（上中下）としてソノラマ文庫（朝日ソノラマ）より刊行され、二〇一三年に『彗星狩り』（上下）として朝日ノベルズ（朝日新聞出版）より刊行された。本書は朝日ノベルズ版の上巻を底本とし、加筆修正したものである。

著者紹介　1963年東京生まれ。宇宙作家クラブ会員。84年『妖精作戦』でデビュー。99年『星のパイロット２　彗星狩り』、2005年『ARIEL』で星雲賞日本長編部門を、03年から07年にかけて『宇宙へのパスポート』３作すべてで星雲賞ノンフィクション部門を受賞。

検印
廃止

彗星狩り　上
星のパイロット２

2021年12月10日　初版

著　者　笹《ささ》　本《もと》　祐《ゆう》　一《いち》

発行所　（株）東京創元社
代表者　渋谷健太郎

162-0814/東京都新宿区新小川町1-5
電　話　03･3268･8231-営業部
03･3268･8204-編集部
URL　http://www.tsogen.co.jp
暁印刷・本間製本

乱丁・落丁本は、ご面倒ですが小社までご送付ください。送料小社負担にてお取替えいたします。

ISBN978-4-488-74110-5　C0193